KB181971

내 곁에 유령

내 곁에 유령

손병현 지음

평민사

첫 장편소설을 출간하게 되었다.

언젠가 나도 흡족한 소설을 써낼 수 있을 것이라 기대하며 또 한 발 내딛어 본다. 왜 그런지 요즘은 자꾸 옛날 생각이 난다. 광주의 선배 작가들은 술을 잘 마시면 소설을 잘 쓸 수 있다고 했다. 아직 껍질도 벗지 못했던 나는 따라주는 술을 넙죽넙죽 받아 마시며 소설을 잘 쓸 수 있다, 최면을 걸곤 했다. 실은, 소설 쓰는 것보다 선배 작가들의 품을 파고드는 맛이 더 달달하던 시절이었다. 금번 소설에 한 뼘 곱씹어 볼 구절이라도 있다면 선배 작가들의 그 넉넉한 품에서 기인한 것이라 밝히고 싶다.

어느덧 불혹을 넘기고 말았다.

그동안 나는 뭘 먹고 무슨 생각을 하고 무슨 흔적들을 남겼을까.

아스라이, 시린 별똥별 하나 떨어져 내린다.

결혼을 하고 첫 출간이니 아내에게도 한 말씀 아니 할 수 없을 것 같다. 결혼 전, 소설 써서 먹여 살리겠다던 약속은 아직 유효하다.

2014년 여름 홍은동 신혼집에서

차 례

1. 행진

"저, 저기요. 벼, 병원 좀 데리다 주이소."

열쇠를 돌려 방문을 걸던 철식은 순간 뜨악했다. 건넛방 205호
가 산발한 채로 발아래 꼬꾸라졌기 때문이다. 역시 꼴통다운 행동
이었다. 복도는 수명이 다된 형광등처럼 침침한 채로 적요했다.
그 복도의 중간 어디쯤, 막 방을 나서려던 철식과 족히 사날은 굶
고 안 씻은 듯 너저분한 꼴통이 부자연스런 맞닥뜨림을 하고 있었
다. 철식은 혹시나 하는 맘으로 복도의 방문들을 간절히 쳐다봤
다. 똘깍, 어느 방에선가 잠금 장치를 돌리는 소리로 철식의 간절
한 마음에 화답을 했다.

"어제 과음이라도 하셨나, 많이 안 좋으신가 봐요."

철식은 꼴통의 사정거리 안에서 벗어나려 슬그머니 한쪽 발을
뺐다. 출입구로 이어진 복도는 끝이 보이지 않는 미로처럼 아득하

게 멀었다. 배탈이라도 난 누군가 튀어나와준다면 좋겠지만 꼭꼭 틀어박힌 두더지들은 숨소리까지 조절하고 있었다. 하지만 빳빳하게 발기된 두 귀는 철식과 꼴통에게로 촉수를 들이밀고 있을 것이 분명했다. 최대한 모습을 감추고 유령처럼 살아가는 일상에 길들여진 이들이었다.

술낸지 지린낸지 정확하지 않은 그 무엇이 꼴통에게서 풍겨져 왔다. 종종 있는 일이었다. 떡이 되어서 들어온 날은 꼭 사고를 쳤다. 그야말로 밤새 지랄발광을 했다. 양쪽 옆방은 물론이고 꼴통라인의 방 전부가 편치 않은 새벽을 맞닥뜨려야 했다. 하지만 어제는 조용했다. 물론 정말 떡이 되어서 조용히 며칠씩 시체놀이를 하는 날들도 있긴 했다.

"빨리…… 죽겠어요, 고마."

누군가, 엉겨 붙을 거리라도 있는 사람의 방문이 열리기를 애타게 기다렸을 꼴통의 손이 철식의 바짓가랑이를 움켜쥐었다. 목 늘어진 양말을 신고 있는 철식의 발이 부끄러울 지경이었다.

철식은 흡사 불알이라도 잡힌 듯 움찔했다. 꼴통의 손에서는 절대로 놓치지 않겠다는 악력이 느껴졌다. 11시까지는 인간 군상들이 모이는 삼각지 '마리서사'에 도착해야만 했다. 물건 들어오고 나갈 때 잠깐 거들어주고 이바구 좀 놀다 보면 점심때가 될 것이고 여차저차 숟가락을 들이밀 수 있을 것이었다. 시각은 얼추 10시를 넘기고 있었다.

"혹시, 많이 불편하시면 일일구를 불러드릴까요?"

"머라케쌌는겨 요 밑에 소방서 옆에 가정병원 좀 데려다 달라카이."

한순간, 꼴통이 눈깔을 치켜떴다. 미친 건지 아파서 환장을 한건지 하여간 눈에서 불을 뿜어냈다. 묶었지만 산발한 머리칼과 움푹 들어간 양 볼은 섬뜩한 기운마저 자아냈다. 철식은 슬그머니 바짓가랑이가 잡힌 발을 뒤로 뺐다. 어림없는 수작이었다. 꼴통에게 있어 철식의 바짓가랑이는 천신만고 끝에 붙잡은 먹잇감이나 다를 바 없었다. 꼴통은 급기야 "아이고- 아이고야-." 요상한 신음소리까지 토해냈다. 발아래 엎어진 꼴통은 잘 구겨 넣으면 여행용 가방 안에도 들어갈 만했다. 150센티가 될까 말까 한 작은 키에 깡마른 체구는 흡사 난민을 연상시켰다. 철식은 순간 휴- 한숨이 새어나왔다. 꽉꽉 걸어 잠갔던 빗장 하나가 뚝 부러져나갔다.

"좋아요. 갑시다."

아침도 굶고 까닥하다간 점심까지 굶을 판이었다. 철식은 출입구 쪽을 향해 앞서 걸었다. 한 끼 따스운 밥은 운명에 맡겨야 할 모양이었다.

"못가요. 업어야 가지."

철식은 순간 어지럼증이 돌아 대가리가 복도의 대리석 바닥에 처박힐 뻔했다. 간신히 혈관을 적시고 있는 핏줄기가 증발해버리는 느낌이었다. 굶기 아니면 라면으로 근근이 연명하는 마당에 업으라니, 정말 해도 너무한 처사였다. 머리털은 고사하고 좆털까지 부스러지는 판국에 업으라는 명령은 그냥 골로 가라는 얘기였다.

진정 병원으로 달려가야 할 사람은 꼴통이 아니라 철식이었다.

"아이고 죽겠는구로."

철식은 그만 허– 숨이 터져 나오고 말았다. 먹이를 물어온 어미 새를 향한 새끼의 쭉 뻗은 모가지, 똑 그것이었다. 황새의 모가지 보다 가늘었으면 가늘었지 1센티도 굵지 않을 양팔을 철식의 등을 향해 쭉 뻗고 있었다. 그래도 일말의 양심이나 부끄러움은 있었던 지 고개는 바닥에 처박은 채로였다.

"으흡."

이번에는 철식의 입에서 신음소리가 새어나왔다. 꼴통을 업고 일어서려는 순간 지르르– 뼛속까지 전기가 흘렀다. 복사뼈에서 튄 스파크가 다리뼈를 타고 올라가 골반 뼈에서 합치되었고 초고 속으로 등골을 타고 정수리까지 이어졌다. 온몸의 뼈란 뼈들이 사 시나무 떨듯 떨어댔다.

"엥에– 엥에–."

죽겠는 사람은 철식이었지만 정작 죽어가는 소리를 내지르는 쪽은 꼴통이었다. 등에 바짝 얼굴을 붙인 꼴통은 부러 그러는 것 인지 장난삼아 그러는 것인지 철식의 귓가에 고양이 소리를 옹알 거렸다. 아픈 것과는 상관없이 꼴통은 철식의 목을 양팔로 꽉 감 아쥐었다. 흡사 낙지나 거머리처럼 철식의 등에 찰싹 들러붙은 채 로였다. 꼴통의 꽉 조인 두 팔과 착 달라붙은 가슴팍 때문에 철식 은 쉬사리 발걸음이 떨어지지 않았다.

"나 병원 좀 다녀와야 ……"

꼴통을 업고 현관문을 나서려던 철식은 사무실에 앉아있는 뺀질이를 향해 고개를 내밀었다. 하지만 녀석은 못 본 척 고개를 비틀었다. 이런 상황에서는 으레 사장 놈이 나서서 병원을 데려가건 약을 사다 나르건 해야겠지만 뺀질이는 모르쇠로 일관했다. 분명 녀석은 사무실에 설치된 CCTV를 통해 모든 상황을 지켜보고 있었을 것이 자명했다. 철식은 끙- 못마땅한 기운이 치밀어 올랐지만 꾹 눌러 참았다. 고등학교 동창이라는 빌미로 그나마 의탁하고 있는 자신의 처지가 누추할 뿐이었다.

"아이고 죽겠는구로 빨리 가입시다고마."

매미처럼 달라붙은 꼴통이 철식의 앞가슴을 꼬집었다. 쓸데없는 객소리 집어치우고 빨리 업고 뛰기나 하라는 사인처럼 느껴졌다. 관리실 유리창에 박힌, '원생을 가족처럼'이라는 글씨가 '원생을 가축처럼'으로 읽혀지는 것은 비단 철식뿐만 아닌 모양이었다. 느물느물 오징어다리를 씹고 있는 뺀질이의 상판에 채칼을 들이대고 싶은 심정이었다. 놈은 '가족'과 '가축'을 편의대로 해석하는 파렴치한이었다.

"이런, 꼬랑내하고는 싹 갔다 버려버리든지 해야지."

철식은 너저분하게 널려있는 현관의 신발들을 휙 걷어찼다. 족히 한 보따리는 됨직한 각종 신발, 부츠 · 샌들 · 운동화 · 구두 …… 심지어 물장화까지 구색을 갖추고 있었다. 신발은 각자 신발장에 처넣으라고 그렇게 써 붙여 놔도 늘 현관에 벗어둔 채로였다. 나간 지 1년도 더 넘은 연놈들의 신발이 눈에 띄기도 했다. 하루 날 잡아 쓰레기봉지에 담아 밖에다 내놓든지 해야 제대로 정리가 될 것이었다. 이래저래 짜증 제대로였다. 철식은 괜한 억하심정에 한 번 더 신발을 걷어찼다.

"왜 남의 신발은 차고 그라는데요. 성격 참 이상스럽고로…… 저 노란 쓰레빠 좀 신까주이소, 아이고 머리야."

정말 가지가지 했다. 신발을 신겨주라니, 성질 같아서는 신발더미 위에 그대로 내동댕이 쳐버리고 싶은 심정이었다. 철식은 꼴통을 업은 채로 더러운 신발들 사이에서 노란색 슬리퍼를 주워들었다. 하지만 거기까지, 도저히 발에 신겨주지는 못할 것 같아 꼴통의 손에 들려주었다. 꼴통을 업고 2층 계단을 내려가자니 정말로 다리가 후들거렸다. 흘러내리는 꼴통을 한번 추워 업으니 빈창자에서 쓴물이 넘어왔다.

"아줌마가 어디 많이 아픈가보지. 아저씨가 걱정이 많겠네. 부부간에 그저 몸이 성해야 살림이 축나지 않는 건데."

하마터면 철식은 굴러서 계단을 내려갈 뻔했다. 닭소린지 개소린지 괴이한 언사를 지껄이는 인간은 다름 아닌 박스 할머니였다. 1층 이슬람슈퍼에서 흘러나오는 박스를 도맡아 챙기다시피 하는 노파가 철식을 위아래로 훑어 내리며 끌끌 혀를 차고 있었다. 다안다는, 구멍 뚫린 양은냄비 같은 구질구질한 삶을 나도 살아봤다는 뭐 그런 눈빛이었다. 그나마 바닥친 자존심까지 끓어오르게 만드는 몹쓸 노인이었다.

"부부 아니거든요 할머니. 그리고 진작부터 내가 한마디 하려고 그랬는데 쓰레기더미 속에서 박스를 주웠으면 헤집어놓은 쓰레기는 좀 정리를 해놔야 되는 거 아녜요? 할머니 때문에 건물 입구가 맨날 지저분하잖아요."

"보기보다 성질 고약한 놈일세. 여자가 고생이겠어 필경 속병이 들었을 테지."

"뭐요?"

철식의 짬밥으로는 도저히 상대할 수 없는 경지의 노파였다. 박스를 묶은 손수레를 끌고 저만치 사라지면서도 노파는 뭐라고 지껄이는지 입을 실룩거렸다. 전혀 상관없는 노파와 입씨름까지 치러야 하는 상황을 맞닥뜨린 철식은 저도 모르게 콧구멍이 벌렁거렸다. 화가 끓어오른 철식은 왼손으로 꼴통의 엉덩이를 받힌 채 오른쪽 손을 움직여 바지 주머니에서 급히 담배를 찾았다. 꼴통이 숨 막혀 죽든, 아파 죽든 몇 모금 빨아 마셔야 진정이 될 성싶었다. 담배연기가 허파 속을 급하게 몇 번 왕복하고 나서야 철식의 가슴은 가까스로 진정되었다. 등에 착 달라붙은 꼴통은 뭐라고 구시렁거리는 듯 했지만 더 이상 토를 달지는 않았다.

철식은 타들어가는 담배를 앞니로 문 채 방금 빠져나온 건물을 올려다봤다. 바닥 70평 5층짜리 네모 반듯한 시멘트 덩어리가 철식을 깔아뭉갤 듯 내려다보고 있었다. 1층은 이슬람슈퍼와 드림부동산이 세들어 있고, 3층부터 5층까지는 오피스텔이었다. 지하는 주말에만 운영되는 트랜스젠더 클럽이었다. 문제는 철식이 주거하고 있는, 아니 구겨져 지내는 2층이었다. 철식은 까닭모를 분노

와 울분이 가득한 얼굴로 2층을 올려다봤다. 파란색 바탕에 검은
색 글씨의 '2F 타워팰리스 고시원' 간판이 비웃기라도 하듯 빤히
내려다보고 있었다. 타워팰리스 같은 고시원인지 고시원 같은 타
워팰리스인지 하여간 좆나게 복잡한 곳이었다.

"가정병원인가 뭔가는 도대체 어디 있다는 거예요?"

"아이 참말로, 소방서 옆에 편의점 이층이라카이, 아파죽겠구만
은 왜 자꾸 말을 시키쌌노."

꼴통은 몸은 아파도 입은 안 아픈 모양이었다. 갈라지듯 새된
목소리가 상스럽기까지 했다. 철식은 병원에 꼴통을 내려놓는 즉
시 도망치는 쪽으로 가닥을 잡았다. 잠깐 상대했을 뿐이지만 여간
골치 아픈 존재가 아니었다.

보광동 고갯마루에서 이태원 소방서로 향하는 길은 때아니게
사람들로 붐볐다. 철식은 자꾸만 움츠러드는 자신을 의식하지 않
을 수 없었다. 빛바랜 밤색 마이와 물 빠진 남색 면바지를 입은 남
자가, 검정색 티에 주홍색 칠부 파자마를 입은 여자를 업은 채 주
위를 두리번거리고 있었다. 열흘쯤 감금됐다가 풀려난 몰골처럼
보이는 여자의 손에는 노란색 슬리퍼 두 짝이 들려있었다. 남자의
목에서 달랑거리는 노란색 슬리퍼는 커다란 나비넥타이가 되어
사람들의 이목을 끌었다. 사람들은 한 쌍의 말똥구리 같은 철식과
꼴통을 기이한 모습으로 쳐다봤다. 그러면서도 흘깃흘깃 웃음을
베어 물곤 했다. 미군인 듯 보이는 뚱보 한 놈은 카메라를 들이대
며 엄지손가락을 들어 보이기도 했다. 그런 개자식을 향해 웃어야

할지 쌍욕을 해야 할지 헷갈릴 정도로 철식은 혼란스러운 지경이었다.

어차피 인생 바닥 친 거 사진을 찍어대건 비웃건 상관할 바 아니지만 쪽팔리는 건 어쩔 수 없었다. 혼자 다녀도 불법체류 외국인 노동자처럼 보이는 마당에 비슷한 몰골의 여자까지 들쳐 업었으니 글로벌 코리아를 대표하는 집시라고 해도 전혀 이상할 것이 없었다.

철식은 자꾸만 꼴통이 무거워졌다. 흡판을 댄 것처럼 등에 찰싹 달라붙은 꼴통이 쉽게 떨어지지 않을 것 같은 불길한 예감이 무겁게 어깨를 짓눌렀다. 목을 꽉 끌어안은 채 죽어가는 소리를 내지를 때마다 철식의 목도 덩달아 조여들었다.

"여, 있잖아요. 여, 가정병원."

꼴통이 슬리퍼를 흔들어 가리킨 곳에는 전당포 같은 병원이 보였다. 간판은 술집들의 화려한 그것에 가려 보이지 않았고 입구는 들어서기가 갑갑할 정도로 칙칙했다. 계단을 한 발 한 발 디딜 때마다 철식은 숨이 콱콱 막혀왔다. 빈창자에 꼴통을 업은 것도 문제였지만, 계단에서 풍기는 퀴퀴한 냄새 때문에 내장이 뒤틀리고 쓴물이 넘어왔다. 차라리 완전군장을 하고 산봉우리 두 개를 넘는 것이 낫지 싶을 정도였다.

"어– 왜 이 지경이 되도록 내버려뒀어요."

"예?"

꼴통을 침대에 부리자마자 의사는 따지듯 물었다. 간신히 숨을 몰아쉬던 철식은 뜨악했다. 평생 감기약이나 처방하면서 의사행세를 했을 늙수그레한 원장의 눈에 질책하는 빛이 역력했다. 척봐도 실력은 없으면서 환자나 보호자를 상대로 훈계와 겁박을 늘어놓을 위인이었다. 울렁거리는 속과 후들거리는 다리가 진정되지 않은 철식은 뭐라 대꾸할 힘도 없었지만 상대하기조차도 귀찮았다. 그냥 일련의 상황들이 어이없고 짜증날 뿐이었다.

"지난번 왔을 때만 해도 괜찮더니 오늘은 심각하시네. 어디가 아파서 왔어요?"

"아, 죽겠네. 삼일 동안 물만 마시고 밥을 안 묵었거든요."

"왜 밥을 안 드셨는데요?"

"입맛이 없어서요."

"입맛이요?"

이번에는 원장이 어이없을 차례였다. 꼴통의 눈을 까뒤집으며 몇 마디 주절대던 원장은 대번에 표정이 싹 바뀌었다. '상태 안 좋구나' 여섯 글자가 원장의 굴곡진 이마빡에 선명하게 아로새겨졌다. 맥박을 체크하고 온도를 재고 눈을 까뒤집고 입안을 살펴본 원장의 진단은 간단했다.

"안되겠네. 큰 병원으로 가셔야지."

"예? 큰 병원은 무슨 큰 병원요. 영양실조라카이 링거루 한대 맞으마 괜찮을낀데."

"안 돼요 안 돼. 여기서는 어떻게 조치를 할 수 없으니까. 빨리 옮기세요."

빨리 치우라는 말인지, 정말로 위험하니 빨리 옮기라는 말인지 정확한 진의를 파악하기 어려웠다. 하지만 꼴통이 처음 들른 것 같지는 않고, 그동안 상태를 봐왔으니 의사의 말대로 하는 것이 옳을 것도 같았다.

"아 진짜로 어지라바 죽겠는데 어딜 또 가랄카는지…… 돈도 없구만은."

"내가 소견서 한 장 써줄 테니 가까운 종합병원으로 빨리 가세요. 김 간호사! 이분 진료기록 좀 찾아줘요."

철식은 이쯤해서 빠져야겠다고 생각했다. 지금까지 꼴통을 데리고 온 것도 철식 입장에서는 크게 무리를 한 것이나 다름없었다. 한 달 있다가 나갈지, 두 달 있다가 나갈지, 아니면 당장 내일 나갈지도 모르는 여자였다. 단순히 건넌방 사이로 따져보면 병원까지 여자를 업어다준 것만으로도 과한 인심이었다. 그리고 무엇보다 '돈도 없구만은' 하는 꼴통의 마지막 멘트가 철식의 발길을 서두르게 만들었다. 철식은 오줌이 마려운 듯 벨트 부근을 뒤 번추워 올리고 출입구로 향했다.

"김광숙 씨 보호자분…… 거기 파마머리 아저씨!"

"……저, 저요?"

철식은 뜨악했다. 의사만 이상한 줄 알았더니 간호사까지 개차반 같은 혓바닥을 놀려댔다. 원래 곱슬머리인 철식은 종종 파마머리로 오해를 받곤 했다. 머리채를 잡아 채인 것처럼 철식은 간호사 쪽으로 고개를 틀었다.

"화장실은 안쪽에 있구요. 소견서 받아가세요."

철식의 얼굴이 후끈 달아오른 것과는 상관없이, 도리어 이상하게 보일 정도로 간호사는 태연했다. 철식이 괜히 따지고 들었다가는 오히려 업어치기를 당할 확률이 다분했다. 철식은 쩝쩝 마른 침을 삼키며 마렵지도 않은 오줌을 누러 화장실로 갔다. 간단히 손을 씻고 나온 철식은 간호사가 내미는 소견서를 받아들었다. 소견서라고는 하지만 뭐가 뭔지 알아먹을 수 없는 영어 나부랭이가 뒤 줄 긁어져 있을 뿐이었다.

"근데, 저 환자 이 병원에 무슨 치료 때문에 다녔나요? 보호자로서 알아야할 것 같아서……"

"김광숙 씨요? 가끔 영양주사를 맞거나 염증치료를 하러 오셨어요."

"염증치료요?"

"예, 큰 병원에 가시면 꼭 소변검사도 해보세요. 염증이 원인일 수 있으니까."

혹시 꼴통이 평소 지병을 앓고 있거나 안타까운 병에 걸리지나 않았을까 한 번 물어본 거였다. 그러나 영양주사와 염증치료는 전혀 뜻밖이었다. 참 가지가지 한다 싶었다. 철식은 꼴통을 힐끗 쳐다봤다. 꼴통은 침대에 널브러진 채 철식이 업고 갈 때를 기다리고 있었다.

"아—아— 살살 업으라카이 골이 흔들리가 빙빙 돈다이까."

"진짜 돌겠는 사람은 나니까 그런 줄이나 알아요."

철식은 꼴통을 들쳐 업고 덤으로 소견서까지 주머니에 챙겨 넣었다. 올라갈 때나 내려갈 때나 빈창자는 똑같이 꼬여들었다. 꼴통은 철식의 목덜미 뒤로 들큼한 입 냄새를 자꾸 뿜어냈다. 염증이라는 말이 귓구멍에서 윙윙거렸다. 꼴통의 직업상 염증이 그리 괴이한 일은 아닐 것이었다. 어쩌면 종종 걸리는 콧물감기처럼 하찮은 것일 수 있었다. 하지만 어딘지 모르게 꺼림칙한 느낌이 드는 것은 사실이었다. 아무리 몸으로 벌어먹는 직업이라지만 이건 좀 너무한다 싶었다. 최소한 안전장구는 갖추고 전쟁을 치르는 것이 몸에 대한 예의가 아니겠는가. 보나마나 가늘고 짧게 되는대로 막 살다갈 꼬락서니였다.

보광동 고갯마루에서 회오리친 바람이 철식의 헐렁한 가슴을 직통으로 들이받았다. 초겨울 바람치고는 꽤나 앙칼졌다. 그렇잖아도 추워 보이는 철식과 꼴통에게 너무 가혹한 바람이었다. 힐끗 쳐다본 택시기사는 그대로 직진하셨다. 꼴이 꼴같잖다는 얘기였다. 뭉치면 산다는 얘기는 요원하기만 했다. 뭉치는 것도 잘 뭉쳐야지 잘못 뭉쳤다가는 정말 죽겠구나 싶었다. 벌써 시각은 11시를 넘기고 있었다. 제대로 된 밥 한 끼 얻어먹어 보려던 계획은 간단히 뭉개져버렸다. 쑥쑥 힘이 빠져나가는 팔다리는 '너 오늘 엿 한 번 먹어봐라' 하는 것 같았다. 겨우 얻어 탄 택시의 뒷좌석에 밥통만한 꼴통을 부리고 나서야 겨우 철식은 숨을 돌릴 수 있었다. 이게 다 뭣 하는 짓인가, 한숨이 터져 나왔다.

2. 도시 하이에나

남쪽 지방의 소도시에서 하릴없이 빈둥거리던 철식을 불러올린 건 뺀질이였다. 철식은 전혀 실적도 없는 보험외판을 하며 근근이 지내고 있었다. 말이 좋아 보험외판이지 낮이건 밤이건 사람들과 어울려 술판이나 벌이는 게 전부였다. 옆구리에 보험상품을 낀 채 사무실을 나오면 그때부터 막막했다. 말솜씨가 좋아서 사람을 끄는 것도 아니었고, 설령 누군가를 소개받았다 하더라도 약관을 제대로 모르니 묻는 말에 변변히 답도 못하고 일어서는 경우가 허다했다. 그러다보니 서너 군데 선후배 가게를 들러 커피를 얻어 마시다 일찍부터 술판을 벌이는 것이 하루 일과였다.

고등학교 동창인 뺀질이는 군대를 마치자마자 서울에 올라와 곡물 장사를 시작했다. 시골에 농사가 많은 부모 덕분에 가능한 일이었다. '친환경 국산 곡물' 이라는 플래카드를 1톤 트럭에 걸고 다니며 아파트 단지를 돌았다. '친환경 국산 곡물'의 진위여부는 밝힐 수 없지만 입담과 장삿속이 남다른 뺀질이는 10년 가까운 세월동안 꽤 많은 돈을 모았다. 배에 기름이 끼자 편히 먹고살 방법을 고민했고 고시원을 차렸으며, 총무가 필요했던 바 철식에게 연락을 했다.

"야! 너 우리 고시원에 와서 총무나 해라."

축의금을 받아 챙긴 직후 잠수 탔으니 정확히 3년만이었다.

"고시원? 총무?"

"그래 임마, 밤에 잠깐 사무실에 앉아 있다가 아침에 청소나 좀 해주면 돼. 너 예전에 등단도 해서 글 좀 썼잖냐 여기 와서 글도 쓰고 얼마나 좋냐."

고시원 총무라니…… 철식에게는 전혀 뜬금없는 소리였다. 게다가 철식은 등단을 했었다는 사실조차 까맣게 잊고 있었다. 철식은 한동안 대답을 못하고 쭈뼛거렸다. 워낙 말이 좋은 놈이라 휘둘리지 않으려면 찬찬히 생각하고 답을 해야 했다. 그리고 고시원 총무라는 말은 철식에게 아무래도 낯선 용어였다.

"글도 쓸라면 넓은데 와서 써야지 그런 촌구석에서 무슨 글을 쓰겠냐. 재주 좋은 놈이 왜 재주를 썩히고 그 모양으로 사는지 도대체 모르겠다."

철식은 대학 때 우연히 소설 한 편을 썼다.

당시 읍내에는 믿을 수 없는 풍문이 돌고 있었다. 삼거리 고추 다방 앞으로, 개·돼지·사람 가릴 것 없이 수컷들이라면 종자를 가리지 않고 나래비를 섰다는 것이었다. 그쪽 세계에서는 A++등급으로 통하는, 상큼 발랄 풍만한 미스 민이 짐을 풀기도 전에 스쿠터를 타고 읍내를 한 바퀴 돌고난 뒤끝이었다고 했다.

미스 민이 개선장군처럼 읍내를 휘돌던 그때 군청에서는 심각한 골머리를 앓고 있었다. 골프장 유치를 적극 추진하고 있었지만, 지역 토박이들이 슬슬 땅값을 부채질하는 작전으로 땅문서에 도장을 찍지 않았던 것이다. 세수 확보와 재선을 바랐던 군수는 날마다 직원들을 쥐어짜는 것으로 하루 일과를 시작했다. 급기야 화류계 쪽으로 능통한 홍보과 박 과장의 제안으로 미스 민을 전격 스카우트하자는 데 결의를 보았다. 골프장 건설이 확정되는 그날부로 미스 민을 민원실이든 비서실이든 원하는 곳에 계약직공무원으로 발령을 내준다는 조건이었다. 미스민은 화류계에서 공무원으로 인생역전을 할 수 있다는 일념으로 계약서를 옆구리에 낀 채 하루에 두 탕, 세 탕, 가리지 않고 척척 일을 해치웠다. 풍문에 의하면 그쪽으로는 영 불구나 다름없던 농약방 주인 최 씨가 미스 민의 특별한 치료(?) 덕분으로 새 세상을 찾게 되었다는 기막힌 사연도 나돌았다. 하여간 투사로 변한 미스 민은 공무원들이 2년째 발품을 팔고도 성과가 없던 일을 단 3개월 만에 뚝딱 해치웠다. 그리고 약속했던 대로 미스 민은 고추다방에서 군청 민원실로 출근을 시작했다. 미스 민의 주특기가 웃는 것과 차 대접이니 일단 보직은 제대로 찾은 셈이었다. 하지만 계획적이었든 아니든 미스 민은 채 1개월이 지나지 않아 강제로 사직서를 써야만 했다. 군청을 찾은 수많은 수컷들이 너나없이 미스 민 앞으로 나래비를 서는 통에 도저히 업무진행이 되지 않는다는 이유였다. 군청을 떠나던 미스 민은 '골프장은 순전히 나 혼자 수많은 좆을 일으켜 세웠노라' 통곡했다는 이야기가 전설처럼 떠돌기도 했다.

철식은 그런저런 이야기를 보고들은 대로 적었다. 그리고 그냥 재미삼아 지역신문 신춘문예에 보냈다. 그런데 덜컥 당선통보 전화를 받게 되었다. 그것으로 끝이었다. 상금을 받아서 근 보름 동안 친구들과 어울려 술을 퍼마신 기억밖에 없었다. 그 후로 한 줄 글도 써본 기억이 없으며, 어디 가서 등단했다는 말조차 꺼낸 적이 없었다. 그러니까 사실을 말하자면, 소설이라고 말하기도 뭣하고 등단이라고 말하기도 뭣한 그냥 해프닝 같은 거였다.

"전망 좋은 곳으로 방하나 빼 놀 테니까 정리 되는대로 올라와라."

느닷없는 뺀질이의 전화를 받고 철식은 한동안 고민에 빠졌다. 고민이라고 해봐야 해질녘부터 시작하던 술판이 조금 당겨진 정도였다. 술잔을 부딪치는 사람마다 절호의 기회를 잡은 것이라며 서울행을 권했다. 말은 제주도로 보내고 사람은 서울로 보내라는, 식어빠진 속담을 몇 번이고 취중 리바이벌 하며 적극 서울행을 추천했던 것이다. 몇날며칠 뜻하지 않은 환송잔치를 벌이는 와중에 철식의 서울행은 어느새 기정사실화 되어 있었다. 막상 술이 깼을 때, 철식은 서울행 고속버스에 올라앉아 있었고, 뭔가 허탈한 심정에 눈물을 찌걱거려야만 했다.

"전망 무지하게 좋다."

철식은 한숨이 팍- 터져 나왔다. '전망 좋은 곳으로 방 하나 빼논다'는 뺀질이의 말은 순 엉터리였다. 달랑 송판만한 쪽창 하나가 전부였으며, 그나마 옆 건물에 가려 전망이라고 할 수도 없었다. 게다가 방은 발을 뻗고 눕기에도 비좁을 정도였다. 생전 보도 듣도 못한 닭장 같은 곳에 쪽창이란 철식이 생각했던 것과는 너무도 다른 상황이었다.

"얌마, 원래 글이라는 거는 이렇게 좀 어둑하고 비좁은 곳에서 쓰는 거라더라. 거 이외순가 하는 사람 얘기 못 들었냐? 스스로 감옥소 같은 곳에 갇혀서 집필활동을 했다고 텔레비전에 여러 번 나오지 않았냐."

철식은 하도 어이가 없어 허파에서 바람 빠지는 소리가 새어나왔다. 세상에 믿을 놈 하나 없다는 말은 절대 진리임이 분명했다. 장사로 굴러먹은 놈답게 뺀질거리는 말솜씨 하나는 일품이었다.

"그래, 네 말마따나 감옥소가 따로 없다."

철식은 하도 분하고 원통해 환송식을 함께했던 친구들에게 전화를 했다. 이런저런 사정을 얘기하고 다시 돌아가는 게 어떻겠냐는 의사를 정중히 타진했다.

"철식아! 대하소설 한 편 쓴다 생각하고 절대 내려오지 마라. 우리 너 보내고 지금 축하파티 하고 있다. 우리도 이제 짐 좀 덜고 편안하게 살아보자."

어퍼컷과 훅을 연이어 얻어맞은 철식은 깩- 소리 한번 못하고 꼬꾸라졌다. 쉽게 일어설 수 없는 패닉 상태는 한동안 지속되었다. '전망 좋은 방'은 신기루였고, 둥지와 친구들도 한순간 잃어버린 꼴이었다. 철식은 그간의 삶을 뒤돌아보지 않을 수 없었다. 게으른 일상과 대책 없이 이어진 술타령 그리고 주위사람들을 파먹고 살아온 의지박약한 자신이 무좀균처럼 느껴졌다. 그동안 되지도 않는 푸념을 받아주고, 술상대도 해주며, 억지보험도 하나씩 떠안았던 친구들의 얼굴이 아른거렸다. 철식을 보내놓고 그들끼리 만세삼창이라도 부르고 있을 것을 생각하니 꼬리 잘린 도마뱀처럼 허전하고 부끄러웠다. 철식은 참회하는 맘으로 이 감옥소 같은 방에서 꾹 틀어박혀 살아보자 맘먹었다.

언제 끝날지 그 끝이 보이지 않는 참회가 벌써 2년을 넘어 3년째로 이어지고 있었다.

새벽 5시, 알람소리에 깬 철식은 찌뿌드드한 몸을 일으켰다. 환풍이 잘 안 되는 고시원에서의 잠은 늘 개운치 않았다. 곧 동이 틀 것이고 아침 청소를 시작해야 할 시각이었다. 간신히 눈곱만 뜯어낸 철식은 하품을 하며 사무실로 향했다. 청소를 시작하기 전, 철식은 사무실에 앉아 담배를 한 가치 피우는 버릇이 있었다. 사무실은 고시원에서 유일하게 큰 유리창이 있는 곳이었다. 철식은 어두컴컴한 사위를 쳐다보며 담배에 불을 붙였다. 이태원은 밤과 낮의 사이가 아주 짧은 곳이었다. 온갖 종류의 사람과 네온이 전쟁을 치르는 이태원은 동틀 녘이 되어서야 잠시 휴전을 했다. 그 짧은 고요 속에서 철식은 온전히 사람으로 돌아온 느낌이었다.

철식은 길게 한 모금 빨아서 후- 뱉어냈다. 부옇게 번져가는 연기처럼 사무실 풍경도 흐릿했다. 테이블에는 음식찌꺼기들이 말라붙은 일회용 용기들이 너저분했다. 아귀지느러미와 뼈다귀, 초장과 와사비간장, 찢어진 부추전이 초라하게 말라비틀어지고 있었다. 밤새, 뺀질이와 사쿠라 그리고 똘아이는 포커를 했고 야식으로 아귀찜을 시켜먹었을 것이었다. 핏발선 눈으로 손바닥만한 카드장을 밤새 들여다보고 있었을 그들의 모습이 유령처럼 떠올랐다. 낮에는 벽장 속에 웅크리고 있다가 밤이 되면 스르르 형상을 띄고 나타나서 카드를 치고 야식을 시켜먹는, 그러다가 다시 날이 밝으면 벽장 속으로 기어들어가는……. 존재하지만 존재하지 않는 그런 모습이었다.

철식은 필터까지 타들어간 담배를 빈 황도깡통에 빠트렸다. 오늘은 또 어떤 연놈이 화장실에 오바이트를 해놓지나 않았을까, 반복되는 걱정을 했다. 변기와 바닥타일에 왕창 쏟아진 그것들은 눈보다 코를 더 자극했다. 그중 센 건 보쌈이었다. 새우젓을 찍어 바른 돼지비계에 김치를 돌돌 말아 우적우적 씹어 먹다가 카- 막걸리 한 사발을 들이켰을 그것은 과히 냄새의 지존이라고 할 수 있었다. 시큼하고 들큼하고 쿡 쏘는 탄산까지 뿜어내는 그것의 향기를 한 움큼 마시고나면 머리가 혼미하고 창자가 뒤틀렸다.

철식은 필연적으로 삼사일마다 오바이트를 만날 수밖에 없었다. 혼자 사는, 게다가 복잡 다양한 사연들의 중심에 있는 원생들에게 술은 필요악이라 할 수 있었다. 한밤중이나 새벽녘, 복도에서 들리는 딸랑딸랑 맑은소리는 귓속 저 깊은 곳까지 울림을 전하곤 했다. 누군가 사들고 가는 소주병과 맥주병의 맞부딪치는 소리는 잠자는 영혼을 깨우는 종소리와 같았다. 불 꺼진 방에 누워서 그 소리를 들을 때면 가슴이 싸— 하게 무너져 내렸다. 누군가 죽음으로 한 발짝 다가서고 있구나, 극한 비극미가 아주 현실적으로 와 닿았다.

철식은 화장실 문을 열었다. 남자화장실 2개와 여자화장실 2개, 모두 오바이트의 흔적은 없었다. 운 좋은 날이었다. 하지만 여자화장실은 또 난장판이었다. 찢어진 스타킹, 생리대, 담배꽁초, 얼굴 팩, 둘둘 말아 감은 화장지, 이상한 약품 병들…… 일일이 나열할 수 없을 정도로 다양하게 지저분했다. 철식은 여자화장실을 청소할 때마다 본의 아니게 배신감을 느끼곤 했다. 겉으로 보이는 모습이랑 감춰진 생활상이랑은 너무도 큰 차이가 있었다. 화장실뿐만 아니라 방도 난장판인 경우가 다반사였다. 도저히 발을 들여놓기가 무서울 정도로 어질러진 방을 볼 때마다 철식은 '고시원 여자들과는 절대로 연애를 하지말자' 다짐했다. 물론 가진 것 없고 덜떨어져 보이는 고시원 총무에게 추파를 던지는 여자도 없었다. 고시원에 살지만 타워팰리스를 꿈꾸는 여자들에게 고시원 총무는 타워팰리스의 청소부보다 낮은 등급으로 취급되는 것이 당연했다.

오줌이나 싸고 한번 닦았을, 그러나 글러브처럼 뭉쳐진 휴지를 집어든 철식은 휴- 한숨이 터져 나왔다. 철식의 기준으로 본다면, 코도 풀고 똥도 닦고 덤으로 자위까지 한번 할 수 있을 양이었다. 영업장에서 쓰는 통 두루마리 화장지를 주문해 쓰고 있지만 대책 없이 써대는 여자들 때문에 수요를 대기가 버거운 지경이었다. 비데까지 갖춰진 여자화장실에서 두툼하게 말린 화장지가 뭉텅이로 나오는 걸 보면 통나무가 그루 째 베어지는 느낌이었다. 때문에 뺀질이는 만만찮은 화장지 비용으로 신경이 곤두서 있었다. 그냥 두고 볼 놈이 아니었지만 대단한 인내를 하고 있는 거나 다름없었다.

"띠리-띠리-띠리-. 띠리띠리띠리-."

누군가 문을 못 열고 있었다. 종종 있는 일이었다. 출입문 비밀 번호가 헷갈릴 정도면 긴말 필요 없이 소주 두 병 이상이었다. 여자화장실을 치우고 있던 철식은 문을 열어줄까 하다가 그만두었다. 아무리 취했더라도 문을 못 여는 경우는 드물었다. 이런저런 문제의 번호들을 전부 누르다보면 문은 열리기 마련이었다.

"스르르- 칙, 쾅."

제대로 취한 것 맞았다. 문을 힘껏 열어젖힌 후 그대로 놓는 소리가 꽤나 과격했다. 되도록 모른 체 눈에 띄지 않는 편이 현명했다. 만취상태인 경우 심하게 주정을 하거나 행패를 부리는 경우도 종종 있었다. 철식은 열려진 화장실문을 안에서 소리 없이 당겼다.

"에이 씨! 이기 미친나, 왜 지 맘대로 열렸다 안 열렸다 지랄이고 지랄이.”

혀 꼬부라진 상태로 봐서 오차범위 내 혈중 알코올농도 0.1 이었다. 그에 준해 앙칼진 목소리 또한 소대병력을 지휘하고도 남을 정도였다. 현관문 옆으로 여자용 세면실 두 개가 나란히 붙었고 또 그 옆으로 여자용 화장실 두 개가 나란히 붙어있었다. 보지 않아도 보이는 것처럼 생생했다.

“쌍년들, 두고 보라카지 내가 독종이라카는걸 아직 모리나본데. 낼부터 똑똑히 갈차 줄낀께로……”

바닥타일에 부딪치는 구두굽 소리가 지축을 흔들어댔다. 굽소리에 맞춰 북극의 빙하도 쩍쩍 갈라지고 있을 것이었다. 현관에서 신발을 벗고 들어오라고 수시로 안내를 하지만 취한 연놈들에게는 속수무책이었다. 긁히고 더러워진 바닥을 닦는 일은 온전히 철식의 몫이었다. 쿵, 꼬꾸라지는 소리가 들렸다. 대갈통 아니면 무릎이었다.

“아이 씨, 아파라. 와이리 미끄럽노 기름을 처발랐나냐.”

대리석바닥에 비틀거리는 구두굽은 넘어지기 안성맞춤이었다. 철식은 좌변기에 앉은 채 담배를 한 대 피워물었다. 고시원과 쪽방과 여관의 차이는 뭘까 생각했다. 셋 다 쓸쓸했다. 딱 오늘 하루를 위해서 존재하는 방 같았다. 그래서 자주 미끄러지고 넘어지는 것인 줄도 몰랐다.

“에이씨— 뭬, 내를 무시하는 년들은 하나님이 가만두지 않을끼라.”

옆, 화장실 문이 열리고 치마 올리는 소리와 속옷 내리는 소리가 들렸다. 쉬-, 좌변기가 아니라 바닥이었다. 철식은 두 가지 상념이 교차했다. '참 시원하겠다'와 '저걸 내가 치워야한다'. 여자들 오줌 뒤처리까지 해야 한다고 생각하니 담배 맛이 썼다.

"웩-웩-, 욱-욱-."

철식은 눈을 딱 감았다. 기어이 오늘도 고무장갑을 껴야할 모양이었다. 새벽부터 꼴통이 보기 좋게 한 방 먹인 꼴이었다. 토할 거면 제 방에 가서 토할 것이지 오줌 싸다말고 뭔 지랄인가. 위로는 토하고 아래로는 싸고 생각만으로도 끔찍했다. 여러모로 도움 안 되는 해파리 같은 인간이었다. 제발 좀 그만 살고 나가줬으면 좋겠지만 그럴 기미는 눈곱만큼도 보이지 않았다.

꼴통이 고시원에 들어온 것은 두 달 전 쯤, 그러니까 추석을 며칠 앞둔 어느 날이었다. 첫인상은 '참 작다'였다. 중학생 정도의 몸피에 주먹만 한 얼굴을 달고 있는 것이 인상적이었다. 하지만 외형은 여느 아줌마의 모습과 다를 바 없었다. 철식의 건너편 방에 짐을 부린 꼴통은 한쪽 다리를 질질 끌면서 복도를 왔다 갔다 했다. 걸레를 빨고 쓰레기를 내다버리고 방 정리를 하는 모양이었다. 갈색으로 염색한 머리를 틀어 올린 꼴통의 얼굴은 누리팅팅했고 뭔가 큰일을 겪고 난 사람처럼 허수한 느낌이었다. 복도에서 마주칠 때면 철식은 벽에 바짝 붙어서 길을 터주곤 했다. 다리까지 불편한 여자가 고시원까지 들어올 때는 그만한 사연이 있겠지,

철식은 미루어 짐작 할 뿐이었다.

추석이 되었지만 철식은 집에 내려가지 않았다. 빼질이 대신 고시원을 지켜야 하는 이유도 있었지만, 만나는 사람마다 현재의 생활상을 설명해야하는 복잡함이 가슴을 짓눌렀다. 고시원은 속이 텅 빈 드럼세탁기 같았다. 벽장 속 유령 같던 사쿠라와 똘아이까지 없는 실내는 으스스한 기운마저 감돌았다. 몇 남은 원생들은 발소리까지 죽여가며 복도를 오갔다. 명절날 고시원에 틀어박혀 있다는 사실을 감추고 싶은 비애가 깃들어 있는 발소리였다. 철식은 TV도 켜지 않고 가만히 누워 지냈다. 두 끼를 굶은 채였지만 공복감도 느껴지지 않았다. 쓸쓸하고 초라한 감정이 공복감보다 더 짙게 똬리를 틀고 있었다. 철식은 가만히 몸을 일으켜 베란다로 나갔다. 담배를 피우는 것이 그나마 위안이라면 위안이었다.

"어, 안녕하세요. 고향에 못 내려 가셨나보죠?"

베란다에 발을 딛던 철식은 습관적으로 인사를 건넸다. 딱히 누구라서 인사를 건넨 것이 아니라, 고시원 총무이기에 사람들과 마주치면 으레 건네는 인사였다. 베란다에는 음료회사 로고가 찍힌 플라스틱 사각 테이블 하나가 놓여있고, 그 뒤쪽으로 길게 빨랫줄 세 가닥이 매어져 있다. 몇 가지 빨래를 널었음직한 꼴통이 테이블에 앉아 담배를 피우고 있었다.

"갈 데가 있어야 가죠. 그러는 아저씨는 왜 여 있는데요?"

철식은 뜨악했다. 대뜸 되받아치는 말투가 보통 아니다 싶었다. 불쾌한 낯빛을 띤 꼴통은 옆으로 고개를 비틀어 후- 담배연기를 불어내더니 빨딱 일어섰다.

"화나셨어요? 그냥 한 말인데 뭘 그걸 가지고……"

"됐어요 고마. 저리 비키기나 해요."

성난 고양이 한 마리가 철식의 팔을 할퀴고 지나갔다. 쌩, 찬바람을 일으키며 지나가는 꼴통을 보면서 철식은 '상태 안 좋구나' 직감했다. 종종 제멋대로인 인간들이 드나들기는 했다. 내가 너희를 언제 또 볼 거냐는 막무가내식인 경우가 대부분이었다. 그들은 대개 이삼 개월을 넘기지 않고 나가기 마련이었다. 또 다른 고시원에서 그런 식으로 살다가 또 옮겨 다니는 족속들이었다. 꼴통도 그중 한 부류이거니 생각했다.

베란다 사건이 있은 후 철식은 꼴통을 마주치더라도 시선을 주지 않았다. 부딪치면 깨지고, 얽히면 피곤하겠다는 사실을 간파했기 때문이었다. 꼴통도 철식을 본체만체 했다. 꼴통은 늘 단단하게 외피를 말아 감은 채 고슴도치처럼 가시를 세우고 다녔다. 철식 외에도 딱히 인사를 트고 지내는 사람은 없어 보였다. 꼴통은 화장실과 세면장 출입을 할 때는 물론이고 주방에서 물을 떠 마실 때도 언제나 방문을 걸어 잠그고 다녔다. 방안에 무슨 대단한 물건이 들어있을 턱이 없고, 세상 것들에 대해 문을 걸어 잠근 상태로 보였다. 그러나 좀처럼 풀리지 않을 빗장을 먼저 연 것은 의외로 꼴통이었다.

어느 날, 소설이랍시고 몇 자 긁어댄 철식은 해질 무렵이 되자 술 생각이 났다. 써놓고 지우고 써놓고 지우고를 하루 종일 반복한 뒤끝이었다. 일주일째 원고지 10장을 못 넘기고 있었다. 속은 부글부글 끓어오르고 눈에는 핏발이 뻗쳐있었다. 술집에서 안주를 시켜먹을 형편도 되지 않고 술 상대를 찾기도 귀찮았던 철식은 한강마트에 가서 소주 두 병을 샀다. 안주는 구워서 포장된 쥐포 두 마리였다. 소주 한 병에 쥐포 한 마리씩, 10분에 걸쳐 들이킨 철식은 그대로 곯아떨어졌다. 모든 복잡한 것들을 잠 속에 묻어버리고 싶었다.

몇 시나 됐을까. 철식은 쓰린 속을 견디지 못하고 눈을 떴다. 소주의 독기와 딱딱한 쥐포가 창자를 긁어댔다. 나날이 속도 망가지고 있었다. 간신히 몸을 일으킨 철식은 설탕물이라도 한 모금 마셔볼까 주방으로 향했다. 철식은 어느 순간부터 몸을 혹사시키는 습관이 배어 있었다. 생각이 복잡하면 몸을 학대했다. 진통제를 복용하듯 좋지 않은 버릇이었지만 달리 해결책이 없었다. 주방 테이블에는 낯선 여자 하나가 앉아있었다. 가부키 화장을 한 채 다리를 꼬고 앉아 시바스리갈을 홀짝거리고 있었다. 또 한 마리 불나방이 날아들었구나, 짠한 생각이 들었다. 고시원생 3분의 2가 여자고, 또 그 3분의 2가 직업여성이었다. 손님이 먹고 남은 술을 들고 와서 홀짝거리는 모양이었다. 가끔은 고시원이 화류계여성들의 집단숙소가 아닌가 착각이 들 때도 있었다. 철식은 정수기에 컵을 들이밀었다.

"한잔 하실래요?"

"예, 저요?"

하품을 길게 하던 철식은 반사적으로 뒤돌아섰다. 여자는 철식을 향해 팔을 뻗어 술잔을 들이밀었다. 어디서 본 듯도 한 얼굴이었다.

"그람 여기 아저씨 말고 누구 또 있어요?"

철식은 숙취가 덜 깬 눈을 비비며 찬찬히 여자를 쳐다봤다. 팩이라도 붙인 것처럼 두꺼운 화장에 덮인 꼴통이 생끗 웃고 있었다. 순간 철식은 술이 확 깼다. 가면까지 덮어쓴 꼴통이 또 무슨 황당한 언사를 지껄일지 알 수 없는 일이었다.

"그러니까 저…… 아까참에 소주를……"

"아— 참말로 말 많네. 받을끼요 말끼요 고마 팔 뿌라지겠구마는."

철식은 얼떨결에 꼴통이 내민 잔을 받아들었다. 꼴통의 신경질적인 목소리만 들어도 왠지 주눅이 들고 몸이 경직되었다. 시각은 얼추 밤 10시를 넘기고 있었다. 손님을 받지 못하고 일찍 들어온 게 분명했다. 발도 불편하고 사투리도 심한 여자를 손님이 좋아할 턱이 없었다. 덤으로 성질도 지랄 같았다. 꼴통을 쳐다보던 철식은 갑자기 짠한 생각이 들었다. 두꺼운 화장 속으로 짙은 피로감과 쇠한 기운이 느껴졌다. 오히려 맨 얼굴일 때는 보지 못했던 진실을 보는 듯한 느낌이었다. 이태원에서 버티기에는 유통기한이 한참 지났지 싶었다.

"그라고 보이까네 한집에 살면서 인사도 제대로 몬했네요."

"지난번에 베란다에서……"

"그기 무슨 인사라요. 인사라카믄 술이 한잔 있어야지. 늦었지만 신고턱이라고 생각하세요."

"예—."

철식은 꼴통이 따라주는 술을 죽— 들이켰다. 달리 시바스리갈이 아니었다. 혀에 확 퍼지는 진한 향이 느껴지는 순간 부드럽게 목구멍 속으로 빨려들어 갔다. 철식은 꼴통에게 잔을 들이밀며 슬그머니 테이블 의자에 엉덩이를 들이밀었다. 부연 화장 속에서 알 듯 모를 듯 꼴통이 웃음 짓고 있었다.

"생활하시는데 불편하신 점은 없으시나요? 방음시설이 좀 그렇긴 하지만."

"불편하면 또 어쩔 건데요? 그냥 살아가는기지. 캬—."

"아, 예—."

철식은 돌아온 잔을 또 받았다. 술을 따르는 꼴통의 손이 조막만 했다. 화장도 그렇고 체구도 그렇고 꼭 인형하고 앉아 술을 마시는 것 같았다.

"근데 아저씨는 멀쩡하게 생기가 와 이런 데 살아요?"

예상치 못한 질문을 받은 철식은 그만 목구멍으로 넘기던 시바스리갈을 캬— 뿜어내고 말았다. 확 라이터를 켜면 그대로 불 쇼가 될 참이었다. 3년째 고시원에 사는 동안 들어보지 못했던 질문이었다. 철식은 입가로 흘러내리는 침과 시바스리갈을 닦을 생각도 잊은 채 멍하니 꼴통을 쳐다봤다.

"와요, 내 말이 기분 나빠요? 그렇잖아요 멀쩡한 사람이 고시원 총무나 하고 있다는 게 상식적으로 말이 안 되잖아요."

"……이 사장이 고향친구라 좀 봐주고 있는 겁니다."

"사내가 자기 일을 해야지 뭐한다꼬 남일을 봐주고 그래요 쪼잔하구로. 사장아저씨 보이까네 나중에 챙기줄 사람도 아니지 싶더만. 퍼뜩 마시이소. 아니믄 잔을 한 개 더 가오던지."

철식은 급하게 잔을 하나 찾아 꼴통 앞에 대령했다. 언뜻 비치는 꼴통의 언사에 늦가을 된서리 같은 시린 기운이 묻어있었다. 철식은 꼴통의 잔에 천천히 술을 따랐다. 그런 철식을 꼴통이 빤히 쳐다봤다. 들여다보듯 빤히 쳐다보는 꼴통의 눈에 노련하면서도 야릇한 미소가 번졌다.

"근데 몇 살이나 먹은 거예요? 어떻게 보면 좀 들어보이고 어떻게 보면 또 아닌 것도 같고."

"아저씨 취했어요? 숙녀 나이는 왜 묻는 건데요? 그러는 아저씨는 몇 살인데요?"

난데없이 꼴통이 꽥-꽥- 소리를 질러대며 빈정 상한 표정을 해보였다. 도리어 어이가 없는 쪽은 철식이었다. 도대체 숙녀는 몇 살부터 몇 살까지 정의되는 것인지 따져 묻고 싶은 심정이었다. 다리를 질질 끌면서 복도를 지나다니는 맨얼굴의 꼴통은 감가삼각비를 고려해도 충분히 30대 중후반이었다. 그런데 '숙녀 나이를 왜 묻는 거냐'는 얼토당토않은 말을 지껄이는 판이니 황당하기 그지없었다.

"그러는 댁은 왜 총각 나이를 묻는 건데요?"

"머시라, 총각? 내 눈깔이 삔 줄 아나보지 척 봐도 두 번은 갔다 왔지 싶구마는."

철식은 뭐라고 한마디 덧붙이려다가 허탈한 웃음을 짓고 말았다. 팩- 토라진 얼굴로 술잔을 털어 마시는 꼴통의 모습이 고집스런 계집애처럼 보였기 때문이었다. 하여간 고시원이라는 데가 별별 종자들의 집합장소요 종착점인 것만큼은 확실했다. 얻어 마신 시바스리갈을 그대로 칵- 토해내고 싶은 심정이었다.

'숙녀' 사건 이후 꼴통과 철식의 관계는 그야말로 악화일로로 치달아서 눈에서 독기를 뿜어내는 지경까지 이르렀다. 사정은 꼴통 쪽이 더해서 마주치기만 하면 눈을 찢어가며 뭐라고 구시렁거렸다. 묘한 사투리발음의 구시렁거림이 영 거슬렸지만 철식은 무던히 참아내고 있었다. 그런데 이상한 것은 꼴통이 어느 순간부터 다리를 절지 않는다는 사실이었다. 다리도 불편한 여자가 성질까지 더럽다고 여기던 철식은 꼬투리 잡을 게 하나 없어진 사람처럼 괜히 허탈했다. 정말 상관하고 싶지 않았지만 철식은 뺀질이에게 물었다. 다리를 절던 여자가 어떻게 멀쩡하게 걸어 다닐 수 있는지. 뺀질이의 대답은 단순명쾌했다. "왜 관심있냐? 다리 좀 놔주까?" 느물거리는 놈의 상판에 주먹을 날려버리고 싶었다.

"뿡-뿌지지-"

토하고 싸기를 다 마친 꼴통이 방구로 피날레를 장식했다. 꼴통의 진면목을 보는 것 같았다. 화장실을 정말로 화끈하게 사용하는 인간이었다.

"히-히-히-, 이거 미안해서 어짜지. 에이 모리겠다 지 알아서 하겠지 내는 모린다 모르는 일이다. 히-히-히-."

담배연기를 후- 내뱉던 철식은 픽, 웃음이 나왔다. 제멋대로이지만 재밌는 구석이 없지 않다는 생각 때문이었다. 말하자면 연구 대상이었다. 볼일을 마친 꼴통은 비틀거리는 구두굽 소리로 제 방을 찾아들었다. 흔들리기는 할지언정 쉽게 꼬꾸라질 것 같지 않은 삶의 결기와 비애가 어두운 복도를 타고 휘돌았다. 애써 외면하거나 잃어버렸을 그 어떤 감정의 가닥이 철식의 가슴 안에서 일렁였다. 어린 시절 뚝방에서 불장난을 하고 연을 날리던 때의 그런 감정이었다.

철식은 좌변기에서 얼른 일어서지지가 않았다. 쪽창으로 서서히 아침 기운이 밀려들어오고 있었다. 담배를 한 가치 더 피울까 말까 고민하던 철식은 끙- 자리를 털고 일어났다. 청소가 조금 늦으면 여기저기서 처르르- 셔터 올리는 소리가 들릴 것이었다. 철식은 그 소리가 듣기 싫었다. 도시의 기지개 같은 셔터소리는 전쟁의 신호탄처럼 소름끼칠 뿐이었다.

대충 복도를 쓸어낸 철식은 물걸레질을 시작했다. 천장의 5촉 전구가 바닥을 닦는 철식의 실루엣을 만들었다. 뭔가 불만이 가득하고 의기소침한 듯 흐느적거렸다. 어둠침침한 복도를 밀어댈 때면 철식은 늘 허수한 느낌이었다. 과거도 없고 미래도 없고 오직 불편한 현실과 직면하고 있는 자신의 모습이 대리석 바닥에 반사

되어 비쳤다. 철식뿐 아니라 고시원생 대부분이 그랬다. 보증금 5만원에 월세 30여만 원을 내고 사는 그들 모두가 길 위에 선 사람들이었다. 어디든 떠나야 하는, 그러나 정작 갈 곳 없는 방랑자 같은 사람들이었다. 뭐든 뿌리가 없는 것들은 가벼운 바람과 빗물에도 쉽게 쓸려버리기 마련이었다. 어느 날 깨어나면 누군가 소리 없이 떠나고 없었다. 텅 빈 방안을 들여다볼 때면 정말 사람이 살기는 살았었는가 되돌아보곤 했다.

슥—슥—, 수건을 접어조인 밀대가 천천히 어둠을 밀어냈다. 경건할 정도로 조용한 실내는 발소리도 조심스러웠다. 행여 누군가 깰세라 철식은 늘 조심스럽게 몸을 움직였다. 고요한 시간의 절정이었다. 그 절정의 순간과 겹쳐지는 또 다른 절정이 있었다. 사람들이 숨죽여 자는 시간 부지런을 떠는 인간들이 있었다. 철식은 걸레질을 멈추고 가만히 쭈그려 앉았다.

"아—아— 거기 거기, 싸컷다 요년아. 천천히 매끄럽게."

철식은 벽에 등을 기댄 채 귀를 세웠다. 두 손은 밀대를 잔뜩 틀어쥔 채였다. 그렇게라도 하지 않으면 온전히 몸을 지탱할 자신이 없었다. 1인 1실을 원칙으로 하는 고시원에서 연놈의 해괴한 짓거리는 새벽마다 이어졌다. 당연히 문짝을 발로 차서 쫓아내는 것이 원칙이었다. 하지만 그럴 수도 그러고 싶지도 않았다.

"나 프로야. 쪽발이 놈들도 나한테는 질질 싸."

프로다운 것이 어떤 것인지 알 수야 없지만 말솜씨 하나는 진정 프로였다. 귀로 잠깐 들었을 뿐이지만 발딱, 반응이 왔다. 움켜잡은 밀대에 더욱 힘이 들어갔다.

"니가 진정한 독립투사다. 애국자가 뭐 별거냐 큭-큭-."

"지금 나 비웃는 거지. 자꾸 그래봐 ……"

"아-아- 뿌러지것다. 아파- 아파-."

쭈그려 앉은 철식은 참으로 비통했다. 부러져도 좋으니 프로의 손길에 한번 맡겨보기나 해봤으면, 안타까울 따름이었다. 서른 살이 넘도록 제 손으로 아쉬움을 달래야 하는 철식은 참으로 궁상스럽게 외로웠다. 어떤 놈은 돈복에 여자 복까지 넘쳐서 멀쩡한 마누라 두고 외식까지 하고 있었다. 고시원 여자들을 삼천궁녀쯤으로 여기는 뺀질이는 요즘 똘아이와 통하고 있었다. 사람들이 전부 곯아떨어졌을 새벽녘 똘아이와 뺀질이는 한 몸이 되어 뒹굴었다. 삐거덕거리는 소리를 없애고자 침대까지 빼버린 뺀질이의 방은 온전히 그것을 위한 방이었다. 세 내주고 여자까지 덤으로 주워먹으니 뺀질이의 입장에서 고시원은 더없이 좋은 영업장이자 놀이방이었다.

"아-아-아- 싼다싼다 아---."

똘아이의 손안에서 질질 싸대는 뺀질이가 숨 넘어가는 소리를 질러댔다. 처음에는 누가 들을 세라 조심하는 눈치더니 요즘은 아예 대놓고 지랄들이었다. 말발 좋은 뺀질이와 개념 없는 똘아이는 어찌 보면 잘 어울리는 암수였다. 한쪽은 궤변까지 곁들인 느글느글한 말솜씨로 상대의 혼을 쏙 빼놓았고, 한쪽은 자칭 프로답게 오체투지의 정신으로 상대를 정신 못 차리게 했다. 그런가 하면 전혀 상반된 모습도 있었다. 뺀질이는 절대로 지갑을 열지 않고 똘아이를 상대로 실속을 차리고 있는 반면, 똘아이는 매일 잔돈푼을 써가며 국과 찌개가 빠지지 않는 밥상을 차려 바치고 있었다. 그러나 어느 쪽이 더 고수인지는 두고 볼 일이었다. 일본으로 원정매춘을 다니는 똘아이도 만만찮은 내공을 지니고 있음이 분명했다. 가끔 번쩍, 빛났다 사라지는 똘아이의 깊은 눈빛은 음험하고 날카로웠다. 28살이라고는 믿기지 않을 만큼 노련한 눈빛에 어떤 비수가 도사리고 있을지 알 수 없는 일이었다.

"음, 이 맛이야. 이 영양 덩어리, 한 방울이라도 흘리면 섭섭하지."

뺀질이와 똘아이만이 연출할 수 있는 극적상황이었다. 박수로 화답을 해줘야 할지, 쪽창으로 찬물을 쏟아부어야할지 영 헷갈렸다. 철식은 막이 내린 무대를 떠나듯 조용히 일어섰다. 추리닝 바지 속에 손을 넣어, 팬티에 휘감긴 채 치켜 올라간 그것의 위치를 바로잡아주는 것도 잊지 않았다. 주인 잘못 만나 한스러운 일상을 견디고 있는 그것에 대한 미안함과 위로의 손길이기도 했다.

철식은 수도하는 자세로 바닥을 닦았다. 고시원 생활 3년 동안 얻은 것이 있다면 '봐도 못 본 척 들어도 못들은 척' 간단명료한 깨달음이었다. 입을 단속하고 귀를 막고 때론 눈도 감아야 볼 수 있고 들을 수 있었다. 철식은 여러모로 도를 닦고 있는 중이었다. 산속의 토굴이나 도심의 고시원이나 똑같이 어둡고 습하기는 마찬가지였다. 하지만 진정한 도의 본거지는 바로 고시원이었다. 복잡다양한 인간들의 신출귀몰한 미스터리를 경험하는 과정 속에서 자신도 모르게 진짜 도인의 반열에 오를 수 있는 곳이 바로 고시원이었다.

비쩍 마른 몸에 은테안경을 쓴 증권맨이 파란색 추리닝바람으로 방문을 열고 있었다. '타워팰리스 고시원'의 최고 도인이라면 역시 증권맨을 꼽을 수 있었다. 늘 그렇듯 한손에 비누를 들고 목에는 타올을 걸친 채였다.

"형님! 요즘 재미 좀 보십니까?"

"문제는 유태자본이다. 유태자본의 흐름을 알아야 판세를 읽을 수 있어."

혼잣말처럼 내뱉은 증권맨은 곧장 세면실로 향했다. 빠끔히 열려진 방문 사이로 컴퓨터 모니터가 보였다. 이사를 오자마자 인터넷이 잘 안된다며 뺀질이에게 버럭 화를 내더니 전용선을 설치하고 방안에 칩거한 지 1년째였다. 알 수 없는 그래프들과 화살표들, 그리고 잡다한 숫자들이 화면 가득 빼곡했다. 증권맨의 말에 따르면 아침 일찍 일어나서 세계증시부터 살피는 것이 주식투자의 기본이라고 했다.

"너 내가 읽어보라고 한 책 읽었냐?"

간단히 얼굴만 씻은 증권맨은 바로 되돌아왔다. 초를 다투듯 표정은 사뭇 진지했다. 지금부터 장이 끝나는 오후 3시까지 증권맨은 초긴장상태였다. 자칫 쓸데없이 방문이라도 노크할라치면 욕설이 바로 날아왔다.

"아, 거 음모론인가 뭔가 하는 그거요…… 아직."

"무식하면 아무것도 못한다. 무식한 니가 쓴 소설을 누가 읽겠냐. 청소 백날 해봐야 고시원 총무다."

증권맨은 싹둑, 썰어내듯 바로 문을 닫았다. 한때 증권사 딜러로 연봉 10억 이상을 받는 호화생활을 했다는 그는 현재 고시원에 처박혀 단타를 치고 있었다. 아무도 찾아오지 않고 만나러 나가지도 않는 증권맨은 완전한 고립무원 그 자체였다. 벌써 10년 넘게 고시원을 옮겨 다니며 같은 삶을 살고 있다는 증권맨은 투명인간과 다를 바 없었다.

철식은 그런 증권맨이 답답하기도 하고 안쓰럽기도 해 가끔 술자리에 불러내곤 했다. 열 번 청하면 한두 번 끼는 정도였지만 늘 끝은 좋지 않았다. 조지 소로스와 워렌 버핏을 이야기하다가 외국인 투자자로 옮겨가서 결국 미국을 상대로 쌍욕을 해댔다. 그리고 마무리는 늘 실소 같은 억지웃음을 보란 듯이 질러대는 것이었다. 당장 다음 달 방세를 걱정해야 하는 사람들에게 그의 말은 딴 나라 이야기로 들리기 마련이었다. 게다가 억지로 웃어대는 그의 실소는 비웃음으로 비쳐서 기분을 상하기 일쑤였다. 산전수전을 몸소 체험하고 있는 원생들에게 비웃음 같은 말과 표정은 회복하기 어려운 무덤이었다.

딸깍, 증권맨이 안에서 문을 걸어 잠궜다. 오후3시까지 증권맨은 세상 사람이 아니다.

"크르렁 하—우 크르렁…… 하후하후."

사쿠라의 방 앞을 청소할 때마다 철식은 조마조마했다. 정말로 심장이 멈춰버리는 것은 아닌지 방문을 두드리고 싶을 때가 한두 번이 아니었다. 무호흡증을 앓고 있는 사쿠라는 일부러 문을 빼꼼히 열어놓고 잠을 잤다. 위급상황일 때 누군가 119를 불러주기를 바라는 마음에서였다. 맥주를 마셔서 불룩한 사쿠라의 배가 불규칙한 호흡에 맞춰 제 맘대로 출렁거렸다.

냉장고에 맥주를 쟁여놓고 마시는 것과 밤마다 포커를 치는 것이 하루일과인 사쿠라는 고시원의 최고참이었다. 나이로도 그렇지만 입주기간으로도 그랬다. 개업식을 하고 며칠 되지 않아 입주한 사쿠라는 3년째 살고 있었다.

"으ㅡ 하후하후 크르렁 크르렁……"

봄 동안 일본의 꽃가루 알레르기를 피해 한국에 왔다던 사쿠라는 가을이 가고 겨울이 가고 해가 세 번이나 바뀌어도 돌아갈 생각을 하지 않았다. 언젠가 철식은 무심코 "그런데 자녀분은 없나요?" 물었다가 "왜 남의 사생활은 묻고 그래요? 예의없이." 정색을 하는 사쿠라 때문에 급 당황한 적이 있었다. 하지만 누구보다 원생들의 사생활에 관심이 많은 사람은 사쿠라 본인이었다. 원생들에게 일명 '무서운 언니'로 통하는 사쿠라는 속속들이 캐내고 비방하는 것을 낙으로 삼고 있었다. 때문에 늘 몇몇 원생과는 적대관계로 지낼 수밖에 없는 불편한 생활을 이어가고 있었다.

청소의 끝은 주방이었다. 싱크대에는 불어터진 라면가닥과 밥풀들의 잔해가 어지러웠다. 씻지 않은 냄비도 수저 젓가락과 함께 포개져 있었다. 전기렌지의 주변에는 예외 없이 넘친 국물로 시커멓게 얼룩져 있었다. 본인이 먹은 그릇은 본인이 설거지를 해놓으라고 아무리 써 붙이고 말로 타일러도 듣지 않았다. 오히려 불쾌한 낯빛으로 쳐다볼 뿐이었다. 언제나 블랙리스트 몇 명은 상주하기 마련이고 바퀴벌레처럼 박멸되지 않았다.

철식은 싱크대와 전기렌즈를 대충 정리하고 의자에 앉았다. 밥통에 밥은 절반쯤 남아있어 당장 쌀을 씻지는 않아도 되었다. 담배에 불을 붙인 철식은 길게 들이마셨다. 폐가 온통 젖어들 정도로 길게 들이마시고 또 길게 뱉어냈다. 철식은 매일 새벽 청소하는 시간이 정신을 투석하는 시간처럼 느껴졌다. 쓸고 닦고 광을 내는 일에 집중하다보면 어느새 번잡한 생각들이 깨끗이 쓸려나가곤 했다. 소설쓰기를 그렇게 몰입해서 할 수 있다면 금방 유명작가가 될 수 있을 것이었다. 소설이 뭔지도 모르고 무턱대고 쓰고 있는 철식으로서는 난감할 뿐이었다. 소설인지 수필인지 아니면 그냥 장난질인지, 불분명한 뭔가를 자꾸 그적거리고 있을 뿐이었다.

다 타들어간 꽁초를 베란다에 던져버린 철식은 주방의 불을 껐다. 복도는 여전히 인적이 끊긴 뒷골목처럼 음산하고 조용했다. 앞으로 두 시간 가량은 이 고요한 정적이 더 유지될 것이었다. 방안으로 들어간 철식은 노트북을 켰다. 한글파일을 띄우자 하얀 백지가 눈에 들어왔다. 공허한 두려움이 엄습했다. 아무런 쓸모없는 것들을 날마다 쌓아올리듯 허무하고 기운 없었다. 언젠가 다 허물어버리거나 불질러버려야 할 것들일지도 몰랐다. 장난처럼 시작한 일이었지만 지금은 빼도 박도 못하게 되어버린 일상이었다. 하지만 지금 이 순간 빈 공간에 글씨라도 채워 넣지 않는다면 죽은 목숨이나 다를 바 없었다. 철식은 목숨을 연명하듯 또각또각 자음과 모음을 두드렸다.

3. 겨울, 그 언덕에서

철식은 도로변에 쌓인 눈덩이 위에 찍- 침을 뱉어냈다. 종전까지 퍼붓던 눈으로 거리는 어수선했다. 보광동 언덕배기에서 휘몰아친 바람이 목덜미를 훑고 지나갔다. 철식은 외투 깃을 세웠다. 두 달 치 방값을 미루고 있던 남자가 야반도주하면서 버리고 간 외투였다. 직장을 찾아 서울로 상경한 그는 끝내 직장을 얻지 못하고 다시 고향으로 내려갔다. 어수선한 그의 방 책상에는 '죄송합니다. 가을에 고구마라도 보내드릴랍니다.' 쪽지 한 장이 놓여 있었다.

철식은 얼른 발걸음이 떼어지지 않았다. 무작정 나온 길이었다. 고개를 들어 방금 빠져나온 건물을 올려다봤다. 철식은 외출할 때면 습관처럼 고시원 건물을 올려다보는 버릇이 있었다. 뺀질이의 낯바닥을 닮은 '타워팰리스 고시원' 간판이 느물느물 웃음을 흘리고 있었다. 타워팰리스로 착각하며 살라는 것인지, 언젠가 타워팰리스에서 살 날을 꿈꾸며 악착같이 살라는 것인지 진의가 의심스러운 간판이었다.

철식은 담배를 한가치 피워 물었다. 딱히 갈 곳이 있는 것도 아니었기에 바쁠 것도 없었다. 고시원에 처박혀 있자면 답답하기도 하고 허리도 쑤셨다. 게다가 조금 전 증권맨과 꼴통에게 어이없는 시간차 공격을 당한 후라 얼떨떨하기까지 했다. 증권맨과 꼴통은 어느 면에서 일맥상통하는 면이 있었다. 무조건 질러놓고 본다는 것과 예의란 털끝만큼도 없다는 사실이 그랬다. 고슴도치와 불도 그 같은 그들에게 당한 것을 생각하면 뒷목이 뻐근할 지경이었다.

무작정 눈을 뜬 시각이 오전 10시였다. 어둠침침한 방안에서 제일 많이 하는 것이 잠자기와 유선TV 시청이었다. 눈을 떠도 딱히 할 일은 없었다. 철식은 눈을 뜬 김에 뱃속이나 채워야겠다고 생각했다. 책상 위에는 어젯밤 소주 안주로 쓰고 남은 멸치 몇 마리가 미라처럼 누워 있었다. 멸치로 뭔가 해먹을 수 있는 요깃거리가 없을까 고민하던 철식은 오래전에 사다놓은 마른 미역을 떠올렸다. 철식은 부스스한 몰골로 멸치와 마른미역을 챙겨들고 주방으로 향했다.

"뭐냐 그게?"

"……"

"시금치 뿌리를 주워 먹더라도 야채를 먹어라. 우리에게 필요한 것은 비타민이다 비타민."

뼈다귀 같은 팔을 뻗어 정수기 물을 받는 증권맨의 얼굴은 푸석했다. 딱 봐도 영양실조에 신경과민까지 겹친 상태라는 것을 단박에 알 수 있었다. 정작 풀뿌리라도 캐먹어야 할 사람은 증권맨 본인이었다.

"그러게요. 상추 한 장이 돼지고기 한 점 보다 비싸니 원."

철식은 냄비에 물을 붓고, 씻은 미역과 멸치를 넣었다. 푹푹 끓이면 그나마 마실만한 국물이 우러나오지 않을까 생각에서였다. 처음 몇 달간 목구멍으로 밀어 넣은 것이 새우젓국과 카레였다. 부재료 없이 간신히 새우젓과 카레가루만 넣고 끓인 정도였다. 맨밥에 그것을 서너 달 마시고 나니 냄새만 맡아도 토할 지경이었다.

"김정은 이 개새끼는 도대체 뭘 하고 자빠졌는지 모르겠다. 미사일 한 방만 서울시에 쏴줘도 상황 끝나는 건데."

벌컥벌컥 찬물을 들이켜는 증권맨의 퀭한 눈이 튀어나올 듯 불안했다. 일진이 안 좋은 날인지 심기가 불편해 보였다. 요즘은 어수선한 북한정국에 기대를 걸고 전쟁관련 주에 몰빵 한 듯 보였다. 틈만 나면 전쟁을 일으키지 않는다며 김정은과 북한군을 싸잡아 비난했다.

"형님도 참, 북한이 서울시에 미사일을 쏘면 용산구가 일번일 텐데 우리가 살아남겠어요?"

"얌마, 이렇게 사나 미사일 맞아 죽나 뭐 다를 게 있냐?"

"뭐, 그거야 그렇지만…… 그래도."

"자본주의 사회에서 이렇게 사느니 차라리 죽는 게 백번 낫다는 사실을 니가 알기나 하겠냐. 니가 강남 룸싸롱을 가봤겠냐 최고급 호텔에서 밥 한 끼를 먹어봤겠냐 아니면 이태리산 실크 넥타이를 한번 매봤겠냐"

증권맨은 시뻘게진 얼굴로 침까지 튀기며 광분했다. 철식은 그런 그를 보면서 왜 저러나 싶었다. 피골이 상접한 몰골에 핏대까지 도드라지자 덜컥 겁이 나기도 했다. 너무 흥분한 나머지 뒤로 나자빠지지나 않을까 걱정이 될 정도였다. 철식은 뭔지 모르지만 듣는 척이라도 해야 할 것 같았다. 고개를 15도 각도로 내려뜨리고 사뭇 신중한 표정을 지어보이며 눈을 끔벅거렸다.

"있는 놈들이 열심히 일해서 돈 버는 줄 아냐? 니가 백날 고시원 청소해봐라 게네들처럼 단 하루를 살 수 있는지…… 다 숫자 가지고 장난치는 거다."

철식은 끄덕끄덕 고개까지 흔들어보였다. 증권맨에 대한 조속한 응급조치가 필요하다는 판단에서였다. 눈알이 쏟아지고 이빨이 튕겨 나오기 직전이었다.

"나도 모르겠다. 차라리 너처럼 아무것도 모른 채 멀건 미역국이나 퍼마시는 게 차라리 속편한 건지."

싱크대에 물컵을 내동댕이치듯 던져버린 증권맨은 쾅- 문을 닫고 나가버렸다. 철식은 이게 도대체 무슨 시추에이션이란 말인가 황당할 뿐이었다. 그러면서도 한편 휴- 안도의 한숨이 새어나왔다. 무사히 상황이 종료된 것만으로도 감사할 일이었다. 하지만 여러모로 헷갈리는 것은 어쩔 수 없었다. 증권맨이 씨알거린 해괴한 언사가 무슨 내용인지 정확히 이해되지 않았고, 철식을 상대로 한 것인지 아니면 혼자 미쳐서 날뛴 것인지 그것도 불분명했다. 머리 아픈 건 딱 질색인 철식은 폭폭 끓어대는 미역국이나 마실 요량으로 냄비뚜껑을 열었다. 그때 벌컥- 부엌문이 열리더니 증권맨이 반쯤 몸을 디밀었다. 깜짝 놀란 철식은 그만 쥐었던 냄비뚜껑을 떨어뜨리고 말았다. 증권맨은 휘둥그런 눈으로 뭔가를 찾듯 두리번거렸다.

"내 밥…… 으 여기 있었구나."

정수기 위에 올려진 제 밥그릇을 찾아든 증권맨은 꼬리를 자르듯 급히 사라졌다. 개밥그릇만한 냉면그릇에는 수북하게 밥이 담아져 있고 주방 김치냉장고에서 썩어가고 있는 신김치가 켜켜이 얹어져 있었다. 저런 개밥을 삼키면 상태가 저렇게 되는 건가, 미처 결론내리기도 전에 벌컥 또 문이 열렸다.

"뭐하고 있어요? 궁상시럽고로."

증권맨의 여운이 채 가시지도 않은 사이 꼴통이 얼굴을 디밀었다. 마치 문밖에서 바통터치라도 한 것 같았다. 병원사건 이후, 처음으로 철식에게 말을 걸어왔다. 본체만체 소 닭 보듯 하는 것이 꼴통의 주특기라 별로 신경도 쓰이지 않았다.

"…… 밥 먹어요."

철식은 힘없이 대답했다. 반갑지도 않았고 일부러 반갑게 맞이할 기분도 아니었다. 철식은 멀건 국에 밥을 말았다. 김치냉장고에 묵은지가 한 통 들어있었지만 좀처럼 손이 가지 않았다. 묵은지가 아니라 썩은지라고 해야 옳은 표현이었다. 증권맨이 켜켜이 밥 위에 얹어간 그 김치였다.

"사람이 뭔 말을 하므는 얼굴은 쳐다봐야 할 꺼 아녜요."

시비를 거는 건지 인사를 하는 건지 헷갈리는 언사였다. 철식은 국물에 헹군 밥알을 씹으면서 대꾸를 할까 말까 고민했다. 탁, 라이터 켜는 소리가 들리고 후− 담배연기 뱉어내는 소리가 들렸다. 마치 시위라도 하듯 삐딱한 행동거지였다. 대꾸를 했다가는 괜히 말이 씹힐 것 같고, 대꾸를 안 하자니 까탈을 부릴 것 같았다.

"일찍 일어나셨네요. 어제는 술을 안 드셨나봐요?"

"내가 술을 먹든 안 먹든 그건 그쪽이 상관할 바 아이고요, 금요일 저녁에 뭐 일 있어요? 밤마다 사무실에 앉아가 테레비나 멍 때리는 것 같더만."

찌리리− 몇 천 볼트 번개가 철식의 정수리에 정확히 내리꽂혔다. 예상했던 것보다 훨씬 센 한 방이었다. 목구멍으로 넘어가던 밥알이 총알이 되어 콧구멍으로 튀어나올 지경이었다. 철식은 저도 모르게 들고 있던 수저로 냄비 귀퉁이를 탁− 쳤다.

"거참, 말 예쁘게 하시네. 그러는 그쪽이야말로 내가 티브이를 보든 말든……"

"남자가 좀상시럽고로 뭔 말이 그렇게 많아요. 금요일 저녁 10시에 제일기획 앞에서 봅시다고마. 누구 발목 뿌러트릴 일 있나 눈은 와 자꾸 처와싸코 지랄이고 지랄이."

씹어뱉듯 제 할 말만 주절거린 꼴통은 쌩- 나가버렸다. 막돼먹었다고 해야 될지, 안하무인이라고 해야 될지, 하여간 철식은 어안이 벙벙했다. 속된 말로 쥐뿔도 없는 인간이 당당하기가 이루 말할 수 없었다. 게다가 한 치의 무른 구석도 없이 또박또박 말을 뱉어내는 폼이 철식을 어린애 다루듯 했다. 철식은 자존심이 상하기도 하고 어이가 없기도 해서 뒷골이 당길 지경이었다. 뭐라고 대구를 하거나 한 방 쥐어박아주고 싶은 맘이 굴뚝같았다. 하지만 이미 꼴통은 사라져버린 후였다. 재떨이에 던져 넣은 꽁초만이 살살 연기를 피워대고 있을 뿐이었다.

증권맨과 꼴통의 시간차 공격에서 아직 완전히 회복되지 않은 철식은 어디로 방향을 잡아야 하나 얼른 발길이 떨어지지 않았다. 철식이 갈 데라고는 딱 두 곳밖에 없었다. 마리서사 아니면 남산이었다. 오늘 같은 날 마리서사를 찾아가는 것은 왠지 예의가 아니라는 생각이 들었다. 길도 미끄럽고 날도 추운 터에 손님이 있을 턱이 없었다. 그리고 며칠 전 찾아간 마리서사에서 뜻하지 않은 비보를 전해들은 철식은 한동안 발길을 하고 싶지 않았다. 똥 싸고 주저앉은 꼴이 되어버린 철식은 한동안 근신이라도 해야 할 형국이었다. 그것이 다 꼴통 때문에 벌어진 사건이라는 생각을 할라치면 울화통이 치밀어 올랐다. 상대를 하면 할수록 골통이 빠개지고 체면이 깎여나갈 뿐이었다. 병원사건 이후, 철식과 꼴통은 전혀 그런 일이 없었다는 듯 지내고 있었다. 두 사람 다 병원 건에 대해서는 한마디도 하지 않은 채 데면데면 지내고 있을 뿐이었다.

　마리서사로 향할 수 없는 복잡한 심경의 철식은 남산 쪽으로 방향을 잡았다. 그래도 갈 데가 한 곳이 아니라 두 곳이어서 다행이었다. 철식은 쌓인 눈을 헤치며 힘없는 다리를 옮겨 디뎠다. 바람에 섞인 알싸한 카레냄새가 콧속을 후볐다. 뷔페식 인도식당이 손님 맞을 준비를 하고 있었다. 조금 전 먹은 미역국과는 상관없이 또다시 식욕이 동했다.

　서울생활 3년 동안 철식은 많은 것을 잃은 대신 딱 한 가지를 얻었다. 그것은 바로 식탐이었다. 언제 얻어걸릴지 모를 밥다운 밥을 만나면 배가 짜구가 날 정도로 퍼 넣었다. 하지만 불행히도 살은 찌지 않았다. 대신 자리와 사람을 가리지 않고 허겁지겁 처먹어대는 천박한 식탐만이 들러붙게 되었다. 먹는 것에 대해 처절해본 적 없는 철식은 그렇게 변해버린 자신이 딴사람처럼 느껴질 때가 많았다. 아무것도 들리지 않고 아무것도 보이지 않고 오직 눈앞의 음식만 보일 때가 많았다. 돈이 없었을지언정 먹는 것만큼은 불편함이 없었던 삶에서, 밥다운 밥을 갈구하게 된 처지에 놓이고 보니, 자신이 비로소 빈민이라는 사실을 깨달을 수 있었다.

　서울에 올라오기 전까지 철식은 단 한 번도 불행하다는 생각을 해본 적이 없었다. 하지만 음식에 대한 갈망이 생기면서부터 자신이 불행한 사람일지도 모른다는 생각을 하게 되었다. 비단 그것은 철식에게만 국한된 문제는 아닌 듯 싶었다. 서울에 살고 있는 또 다른 동창 녀석의 집들이에 불려간 적이 있는 철식은 그 녀석도 역시 불쌍한 놈이라고 단정 지었다. 차려진 음식 대부분이 인스턴트식품에 간편한 조리식품이었고 몇 가지는 배달음식이어서 하나같이 기름지고 느끼한 것들뿐이었다. 고향에서라면 누구도 젓가락질을 하지 않을 개밥 같은 것들이었다. 맞벌이를 하기 때문에 바빠서 시장갈 시간이 없다는 동창 녀석의 설명은 개밥만큼이나 입맛 떨어졌다.

소방서 사거리에서 신호를 기다리는 철식은 발끝이 시렸다. 꼼지락꼼지락 발가락을 움직여가며 주위를 둘러봤다. 목은 잔뜩 움츠리고 양손은 주머니에 찔러 넣은 채였다. 이 낯선 거리는 도대체 어딜까 오늘은 어디서 하룻밤 묵어갈까 고민하는 자의 모습이었다. 철식은 모든 것이 낯설었다. 건물·도로 표지판·사람들, 심지어 하늘까지도 낯설었다. 왜 이렇게 낯선 것일까 철식은 곰곰이 생각해보곤 했다. 생각은 복잡하지만 결론은 간단했다. 서울이라는 데가 원래 그렇게 생겨먹은 곳이었다. 모든 것이 딱딱한 외피로 둘러싸여 있어 사람조차 갑각류로 변해버린 단단한 껍데기의 도시였다.

하얏트호텔 아래쪽 동네는 담장 높고 마당 넓은 주택들이 칸칸이 들어차 있었다. 우리나라 최고 재벌 총수의 집도 이곳에 있었다. 작은 성들을 연상하게 하는 집들은 수많은 감시카메라로 둘러싸여 있었다. 도둑님들도 감히 접근을 못하는 철통보안에 사설경비까지 두고 있다. 철식은 이 동네를 걸을 때마다 수많은 관중이 운집해 있는 트랙 위를 걷는 것처럼 느껴졌다. 담장 위의 수많은 카메라들이 하나같이 철식을 향해 따라 움직이고 있었다. 벌써 철식의 신상을 훤히 파악하고 있을지도 모를 일이었다. 일부러 운동을 나온 사람이 아니라면 걸어서 나다니는 사람은 드물었다. 스르르 열리는 차고에서 미끄러지듯 외제차가 빠져나가는 모습을 종종 목격할 수 있었다. 차고에는 두 대 이상의 매끈한 차들이 있기 마련이었다.

자꾸 미끄러지려는 발을 조심스럽게 추스르며 철식은 오르막길을 디뎠다. 아슬아슬하게 내딛는 발길처럼 철식의 현실도 그렇게 위태위태했다. 시한폭탄 같은 불투명한 미래를 껴안은 채 하루하루 연명하고 있는 꼴이었다. 한 가지 위안이라면 어설프게 긁적이고 있는 소설이었다. 겨우 한 평 남짓한 어두컴컴한 방안에서 돼지나 닭이 사육되듯 그렇게 간신히 지내고 있는 철식에게 소설은 손바닥만 한 쪽창과도 같았다. 습하고 어두운 철식의 현실에 환한 빛을 투과하는 쪽창이 곧 소설이었다. 비록 지금은 형편없는 소설을 쓰고 있다지만 언젠가 꼭 좋은 소설을 써내지 않겠느냐는 한 가닥 희망이 살아가게 하는 이유라고 할 수 있었다. 억지로 짜 맞춘 희망일 수도 있겠지만 그렇게 믿고 싶었다.

그쳤던 눈발이 다시 날리기 시작했다. 철식은 수복천 약수터 쪽으로 오르려다 이내 포기하고 말았다. 경사진 눈길에 바닥이 닳은 운동화는 스키나 다름없었다. 철식은 남산도서관 쪽으로 난 순환로를 따라서 걸었다. 고시원으로 되돌아갈까 생각도 했지만 엎어지더라도 눈길이 낫겠다 싶었다. 탁 트인 시야와 시원한 공기가 갈급했다.

철식은 사람들이 남겨놓은 발자국 속에 조심조심 발을 넣었다. 소복이 선이 올라온 발자국 속에 발을 넣으면 따뜻함이 전해져올 것만 같았다. 철식은 지나간 사람의 온기를 느껴보기라도 하듯 발자국 속에 조심히 발을 넣었다. 푸근한 그 어떤 느낌이 간절했다. 하지만 닳아진 밑창을 뚫고 올라온 눈 녹은 찬물로 인해 철식의 가슴은 싸하게 식어들었다.

철식은 얼얼한 발가락을 꼼지락거리며 계속 걸었다. 목적 없는 발길이었지만 목적 있는 발걸음보다 더 간절했다. 먼지를 털어내듯 몸 안에 쌓인 피로감을 털어내고 싶었다. 피곤할 일도 없는데 철식은 늘 피로했다. 가닥가닥 신경들을 발라서 흐르는 물에 씻어내고 싶을 때가 종종 있었다. 숨을 내쉴 때마다 매연 같은 입김이 쏟아져 나왔다.

하얗게 내려다보이는 서울 하늘은 아득하고 멀었다. 오늘 안으로 당도하지 못할 머나먼 거리처럼 느껴졌다. 시간이 아주 더디게 흘러가고 있었다. 철식에게 시간이란 대장장이의 망치소리와도 같았다. 쿵딱쿵딱 벌겋게 달궈진 현실을 두들겨대는 망치소리는 뒤쫓아 오는 발소리처럼 급박하고 무서웠다. 언젠가 그 단단한 망치소리에 콱 밟혀버리고 말 것이라는 두려움 때문에 심장은 늘 옥죄어 들었다.

털퍽─, 철식은 기어이 눈길에 자빠지고 말았다. 엉덩이가 떨어지면서 간신히 한쪽 손을 짚었으니 망정이지 까닥 잘못했다가는 엉치뼈가 부러질 수도 있었다. 그 와중에 손목도 상했는지 편치가 않았다. 철식은 얼른 일어서지지가 않았다. 엉덩이와 손목의 아픈 기운이 가실 때까지 한동안 주저앉아 있을 수밖에 도리가 없었다. 유난히 다른 곳보다 발 디딤이 미끄러운 곳이었다. 아침나절 쏟아진 눈을 착실히 쓸어낸 흔적이 있었다. 그사이 사람들이 밟고 다녀서 반질반질 미끄럽게 얼어붙은 위에 또다시 눈이 쌓였으니 속사정을 모르는 사람이 밟았다가는 철식의 꼴 나기 십상이었다. 잘한다고 한 짓일 테지만 서둘러 또 쌓인 눈을 쓸어내지 않는다면 결국 사람 잡을 일이었다.

철식은 퍼질러 앉아 비질의 근원지를 쳐다봤다. '예언궁 남산 도깨비', 붓글씨체로 휘갈겨진 나무간판이 대문 옆에 세로로 매달려있었다. 정체를 알 수 없는 붓글씨체는 날아가는 불꽃을 닮아있었다. 남산 도깨비라…… 철식은 괜한 웃음이 흘러나왔다. 남산에 정말로 도깨비가 살고 있을 것 같은 묘한 사실감이 느껴졌다. 넘어져 엉덩방아를 찧은 것도 도깨비의 장난질 때문일 것이라는 의심이 들기도 했다. 철식은 몸을 털고 일어나 찬찬히 대문을 살펴봤다. 짝문의 각각 한 켠에는 세숫대야만 한 도깨비대가리가 양각으로 새겨져 있었다. 어느 모로 보나 '피구왕 통키'를 닮은 도깨비대가리는 한껏 근엄한 눈알을 부라리고 있었다.

철식은 대문 앞으로 다가가 쇠문고리를 잡아당겼다. 대문에 새겨진 도깨비대가리가 두툼한 쇠문고리에도 똑같이 새겨져 있었다. 철식은 쇠문고리를 잡는 순간 깨달았다. 이것이 다 도깨비의

홀림 때문이구나.

"어찌 오셨소?"

"문밖에서 넘어졌습니다. 도깨비가 다리를 걸기에 그만 꽈당-
했습니다."

척 봐도 도깨비소굴이었다. 각기 다른 종의 도깨비들이 얼추
40여 마리 이상은 되었다. 나무로 깎아진 것, 그림으로 그려진
것, 돌로 쪼아진 것, 연으로 만들어진 것, 제각각 다양했다. 그 생
김새도 어느 것 하나, 같은 것이 없어서 도깨비 박물관을 연상시
킬 정도였다. 손에 활과 방망이를 들고 무섭게 노려보는 것들과
배꼽을 드러낸 채 익살스런 표정을 짓고 있는 것들, 그리고 뒤틀
리고 찌그러진 괴기스런 모습까지 실제로 살아 움직이듯 정교하
고 생생했다. 그중에 특별히 눈길을 끈 것은 아기도깨비였다. 소
나무로 깎아진 아기도깨비는 고추가 땅에 닿을 만큼 길게 뻗어있
었다. 거짓말을 하면 코가 길어지는 피노키오처럼 아기도깨비도
못된 장난질을 하면 고추가 길어지는 모양이었다.

철식은 제대로 찾아들어왔다는 생각에 입꼬리가 올라갔다. 어
두운 창고 속에서 징후 없이 미쳐가는 날들에 특별한 이벤트가 될
것이라 확신했다. 도깨비들과 어울려 도깨비놀음이라도 한바탕
즐기고 나면 답답한 가슴에 바람구멍이 뚫릴 것도 같았다.

"허-허- 노깨비는 밤을 타는 귀신인데, 어찌 대낮에 문밖 출입
을 했을꼬."

"낮도깨비였던가 보지요."

도깨비대장은 쉰 살이 넘어 보이는 여자였다. 척 봐도 도깨비대장이라는 사실을 단박에 알아볼 수 있었다. 부리부리한 눈알과 관자놀이까지 치켜 올라간 눈꼬리가 '나 도깨비대장이다' 말하고 있었다. 용상과도 같은 1미터 높이의 단상에 가부좌를 튼 도깨비대장은 고개를 살짝 비튼 채 철식을 내려다봤다. 도깨비대장과 눈을 맞춘 철식은 점점 더 흥미진진해졌다. 장난기가 가득한가 하면 위엄이 느껴졌고 물처럼 투명한가 하면 안개처럼 흐릿했으며 아득히 멀다 싶으면 지척으로 가깝게 다가와 있었다. 어느 모로 보나 쉽게 대적할 상대가 아님은 분명했다.

"종잡을 수 없는 팔자를 탔구려."

"먹고 싸는 일에 매진할 뿐인데 종잡을 수 없다면……"

철식은 슬쩍 농을 걸었다. 뭐든 틈만 생기면 비집고 들어갈 심산이었다.

"누더기를 걸쳤으나 창은 열려있고 부리는 매끈하니, 매사 울화통이 터지겠지요."

"……"

"몸은 하나나 머리는 수만 가지라 심신이 고단하시겠소."

철식은 옆구리가 묵직하게 저렸다. 무딘 칼끝이 천천히 밀고 들어오는 느낌이었다. 도깨비대장은 수많은 졸개들의 응원을 등에 업고 지그시 철식을 내려다봤다. 하수를 내려다보듯 하는 도깨비대장의 폼에 철식은 잠시 압도되는 기분이었다. 하지만 철식은 한순간 잃을 것이 없다는 생각이 들었다. 설령 깽판을 치고 쫓겨난

다한들 그걸로 그만이라는 생각이었다.

"용하십니다. 생각은 많고 창자는 주린 상태라 어찌해야할지."

"그대로 앉아서 잡념이나 하다 죽어야지 별수 있겠소."

"……"

철식은 입맛이 썼다. 주위의 도깨비들까지 철식을 비웃는 듯 했다. 도깨비대장에게 끌려가고 있다는 생각 때문에 언짢은 생각까지 들었다. 긴 생머리를 뒤로 틀어 묶었지만 삐죽삐죽 치솟은 도깨비대장의 머리칼은 거대한 대나무뿌리를 연상시켰다.

"무슨 일을 하시오?"

"고시원 총…… 아니 소설을 씁니다."

철식은 고개를 갸웃거리며 도깨비대장을 쳐다봤다. 도깨비 신이 들어있다면 그 정도는 알아 맞혀야 하는 거 아닌가 하는 의구심 때문이었다. 철식은 망설이다 마지못해 대답을 했다. 고시원 총무라는 말이 나와야 마땅했지만 전혀 뜻하지 않게 소설을 쓴다는 말이 튀어나오고 말았다.

"당신 속에는 여러 사람이 들어 있소. 그렇기에 소설을 쓰겠지. 내년 가을쯤에는 좋은 소식이 있을 것이니 정진하시오."

"좋은 소식이라면……"

지금껏 철식은 좋은 일을 남의 일처럼 생각하며 살아왔던 것이 사실이었다. 좀처럼 살아오면서 기쁨이란 것을 누려본 적 없는 철식은 도깨비대장의 말에 귀가 솔깃했다.

"결혼은 하시었소?"

철식의 물음에는 아랑곳없이 난데없는 결혼얘기를 꺼냈다. 철식은 도깨비대장의 눈을 빤히 쳐다봤다. 아무리 재주가 없는 점쟁이라지만 결혼의 유무 정도는 간파해야 마땅할 것이었다.

"……"

"한번 결혼하면 십년 당겨 살고, 두 번 결혼하면 이십년 당겨 살고, 세 번 결혼하면 명을 다할 팔자지요. 결혼 따위와는 거리가 먼 팔자다 그 말이오. 그러나 이제 귀인이 나타나 결혼을 대신할 것이니 그런 줄이나 아시오."

철식은 도깨비에 홀린 듯 정신이 몽롱했다. 도깨비가 장난을 친 것이 아니라면 분명 꿈을 꾸고 있을 것이었다. 철식의 살아온 날들로 비춰 보건대 좋은 소식과 귀인이란 얼토당토않은 연결임에 틀림없었다.

"제가 우연찮게 산책을 가다가 들어오게 돼서 약소하지만 이거라도……"

철식은 정확히 귀를 맞춰 세 번 접은 만 원권 지폐 한 장을 도깨비대장 앞으로 내밀었다. 손이 부끄럽기도 했지만 몸에 지닌 전부이기도 했다.

"옛소, 이 주머니에 돈이나 통장 같은 걸 담아두면 재물이 저절로 굴러들어올 것이오."

철식의 낯바닥을 물끄러미 쳐다보던 도깨비대장은 알록달록한 복주머니를 휙 던졌다. 그리고는 휑하니 나가버렸다. 철식은 기분이 나쁘기도 하고 좋기도 했다. 덜떨어진 놈 대하듯 복주머니를 툭 던져버린 도깨비대장에게 빈정이 상하기도 했지만 그나마 만원이 굳었다는 데 안도감이 들었다. 철식은 만원과 복주머니를 가슴에 품고 주린 개처럼 도깨비굴을 빠져나왔다.

조용한 밤이었다. 화류계들은 네온을 찾아 날아가고 몇몇 패잔병들은 죽어버렸는지 흔적도 없었다. 낮에 나간 뺀질이도 종무소식이었다. 철식은 사무실에 앉아 유선TV를 봤다. 몸통은 다 뜯어먹고 다리만 남겨놓은 오징어를 질겅질겅 씹으면서 빛바랜 '무신정권'을 봤다. 어느 채널을 돌려봐도 재미없기는 마찬가지였다. 주방을 비치는 CCTV에 노새가 등장했다. 늘 실내가 조용한 틈을 이용해 문밖 출입을 하는 노새는 학생을 가장한 놈팡이다. 씻지도 않은 냄비를 뒤 번 물로 헹구더니 다시 물을 받아 전기렌지에 올린다. 몸도 씻지 않고 그릇도 씻지 않는 노새는 방안에 틀어박혀 야동과 채팅으로 하루를 보낸다. 냄비에 라면 두 개를 뽀개 넣은 노새는 바지 속에 손을 넣어 사타구니를 득득 긁는다. 노새라는 별명에서 얼비치듯 놈의 자지는 무지하게 커서 매양 추리닝 밖으로 축 늘어져있다.

쓰레기봉지를 뒤지듯 김치냉장고를 뒤지는 노새의 엉덩이로 노란색 추리닝바지가 흘러내릴 듯 위태롭다. 죄짓고 숨어사는 놈의 몰골이 그럴까, 한심하고 답답한 기운이 펫국처럼 흐른다. 보광동 폴리텍 대학에 등록만 하고 바로 휴학한 노새는 시골집에서 꼬박꼬박 올라오는 돈으로 일신의 평안을 누리고 있다. 혹여, 누군가

먹다 남거나 뜻하지 않게 들어온 음식이 있어 주방에 놓아두면 소리 없이 물고 가는 도둑고양이기도 하다.

철식은 채널을 바꿀 생각도 하지 않고 뺀질이가 보던 그대로를 봤다. 뺀질이는 역사드라마를 보고 또 봤다. 마치 성경을 읽듯 역사드라마를 보는 뺀질이는 종종 역사적 상황에 근거해 고시원 운영의 묘미를 살려보려 했다. 뺀질이가 역사드라마를 고시원운영에 적용시킨다면 노새부터 일단락지어야 할 것이었다. 당장 고향의 부모에게 연락해서 잡아가든지 돈을 끊든지 양당 간에 결정을 하게 해야 할 것이었다. 하지만 뺀질이는 꼬박꼬박 날짜에 맞춰 방값을 지불하는 노새를 바른 길로 인도할 생각은 없는 듯 보였다. 오히려 시골 부모에게 홍시를 보내달라고 전화하라며 은근히 부추기는 실정이었다. 어쩌면 그것이 뺀질이가 보고 실천하는 역사드라마의 이면일 수 있었다.

띠리리- 띠리리-, 사무실 전화가 울렸다. 이빨 사이에 낀 오징어껍질을 손톱으로 파내던 철식은 쏩- 혓바닥으로 이빨 사이를 한번 빨아들인 후 수화기를 들었다.

"예, 고시원입니다."

"아니 지금 누구 똥개 훈련시키는 거예요? 그렇게 앉아 있으믄 기다리고 있는 내는 뭐가 되는 건데요? 날도 추와가 발도 깨질라 카는데 올끼요 말끼요?"

금강야차 이의민이 의종의 허리를 우두둑 꺾는 찰나였다. 하늘에서 번개가 내려치는 순간이기도 했고 한 인간의 처절한 최후이기도 했다. 철식은 깜짝 놀라 그만 이빨 사이의 오징어껍질을 빨던 혀를 깨물고 말았다. 숨도 쉬지 않고 쏘아대는 여자의 서슬이 금강야차의 포효를 부서뜨릴 지경이었다. 철식은 머릿속에 얼음이 박힌 듯 얼얼했다.

"남자가 약속을 했으믄 다리몽갱이가 뿌라져도 지켜야지. 내가 그렇게 우습게 보이는 거예요 뭐예요?"

철식은 고개를 설레설레 흔들었다. 약속과 다리몽갱이가 위아래 어긋난 틀니처럼 불협화음을 만들어냈다. 혼자서 약속을 정하고 나가버린 행동거지나 멀쩡한 다리를 부러뜨리는 말솜씨나, 뽄대 없기는 마찬가지였다.

"그러니까 지금 제일기획 앞에 계시다는 말씀인가요?"

철식은 쓸데없는 말을 주절거렸다. 어떻게 해야겠다는 생각보다 우선 귀찮은 생각 때문에 아무 말이나 뱉어낸 것이었다.

"귀에 못 박았어요? 내가 지금 기다리고 있다는 소리 안 들려요?"

"아니, 그게 아니라 지금 이 사장도 없고……"

"아― 몰라요 몰라. 나오든지 말든지 알아서 해요 고마."

뚝, 전화가 끊겼다. 달리 꼴통이 아니었다. 무조건 제 하고 싶은 대로 질러댈 뿐 다른 사람에 대한 이해와 배려는 눈곱만큼도 없었다. 뇌구조부터가 확실히 다른 인간이었다. 지금껏 이렇게 살아왔는지 안 봐도 비디오였다. 철식은 뇌에 전해진 충격으로 한동안 멍하니 정신을 놓고 있다가 잠바를 주워들었다. 무작정 앉아있다가는 또 무슨 꼴통짓거리에 봉변을 당할지 알 수 없는 노릇이었다.

병원사건 이후 철식은 '꼴통과는 말을 섞지 않겠다' 다짐했지만 쉽지 않았다. 같은 건물 안에 그것도 방을 마주보는 처지이기도 했지만, 명색이 총무인 철식이 특별히 꼴통만 상대하지 않을 수도 없는 노릇이었다. 물론 며칠씩 얼굴을 못 보는 경우도 다반사였다. 낮과 밤이 다른 철식과 꼴통은 서로의 존재를 문 여닫는 소리로 감지하는 날들도 많았다. 꼴통이 문을 닫고 들어가는 소리를 들을 때면 철식은 휴- 안도의 한숨을 쉬곤 했다. 마주칠 확률이 또 한 번 줄었구나, 생각되었기 때문이었다. 병원사건 이후 철식은 꼴통 목소리만 들려도 자동으로 고개가 틀어졌다. 마리서사에서 병원사건의 파장을 전해들은 철식은 처지를 비관 꼬박 하루를 굶기까지 했다. 이게 다 꼴통 때문이라는 억울함 때문에 꼴통의 방문 쪽으로는 고개도 돌리지 않고 지내왔던 게 사실이었다.

"곽 형, 유명해졌대. 이제 문단에서 곽 형 모르는 사람은 없을걸."

병원사건이 있은 지 보름쯤 지난 어느 날이었다. 마리서사에 일찍부터 나와 있던 철식과 장은 사장인 민을 도와 한남동의 이민 가정에 들러 가전제품 일체를 싣고 왔다. 전날 민이 도와달라는 전화를 넣었기 때문이었다. 막 짐을 부리고 난 철식과 장은 석유난로 앞에 앉아 신문을 뒤적거렸다. 그때 김이 '행복재활용센터'

글씨가 크게 새겨진 유리문을 밀고 들어오면서 한마디 툭 뱉어냈다. 예의, 망토 같은 검은 외투를 걸친 채였다.

"뭐야, 뭔데? 장편소설이라도 당선 된 거야?"

장이 사이를 두지 않고 얼른 끼어들었다. 철식은 대꾸를 하지 않았다. 또 실없는 소리려니 생각해서였다. 외투 주머니에 사 홉들이 페트병 소주를 넣고 다니는 김은 실없는 소리를 자주 내뱉었다. 소설을 쓴답시고 돈도 벌어오지 않고 술만 마셔대는 김을 돌보던 아내는 5년 결혼생활 끝에 지난 여름 첫사랑 남자와 새출발을 했다. 때문에 더욱 술에 의존하게 된 김은 까칠한 자존심과 원인모를 분노를 실없는 농담으로 표출하곤 했다.

"오던 길에 협회 사무실에 들렀더랬어. 국장이 곽 형 칭찬을 어찌나 해대던지 어제 먹은 술이 확 깨더라니까."

철식은 뒤적이던 신문을 든 채 그대로 얼음땡이 되고 말았다. 늘 조마조마 하던 뭔가가 쾅 터져버린 느낌이었다. 김의 입에서 뱉어진 '칭찬'이라는 말이 날선 송곳처럼 가슴을 파고들었다. 때마침 민의 아내인 경숙 씨가 돼지고기를 썰어 넣은 김치찌개를 들고 왔다. 소주도 함께였다. 좀처럼 사무실에서는 술을 먹지 못하게 했지만 제법 큰일을 거들어준 보답인 듯 싶었다. 철식은 소주병을 따서 급하게 한 잔 털어마셨다.

"뭔데 그렇게 창백해? 아주 밀가루를 뒤집어썼네."

면장갑을 벗으며 자리에 앉던 민이 철식의 빈잔을 채웠다. 궁금해 하는 장과 민의 얼굴을 쳐다보며 김은 느긋하게 담배를 피워

물었다. 눈 밑에 웃음방울을 매단 채였다. 철식은 민이 따라준 잔을 거푸 들이켰다. 발등을 찍든 주둥아리를 찍든 어디든 찍어버리고 싶은 심정이었다.

"혹시, 돈 되는 일이면 같이 좀 하자."

대필로 생계를 이어가는 장은 주책없는 건 둘째치고 돈이라면 환장을 했다. 돈 되는 것이라면 학생들 자기소개서까지 대신 써줄 정도였다. 어쨌든 그렇게 해서 세 식구를 먹여살리고 있었지만 글쓰기보다 장사를 권하고 싶은 사람이었다.

철식은 파르르 안면근육이 떨렸다. 도저히 입 밖으로 꺼내고 싶지 않은 사건의 전말이 밝혀진 거나 마찬가지였다. 심장이 뛰고 콧구멍에서 더운 기운이 뿜어져 나왔다.

"곽 형이 알고 봤더니 투사근성이 있더라고. 국장 그 인간이 뭐라 건 신경 쓰지 말라구. 잘한 짓이야 아주 잘했어. 허-허-허-."

철식은 느글거리는 김의 말이 아득하게 들렸다. 급한 마음에 전화를 한 것이 결국 부메랑이 되어 뎅강 목이 날아간 꼴이었다. 철식은 창피한 마음에 앞서 허탈한 기분이었다. 제 앞가림도 제대로 못하는 놈이 남의 일에 끼어들어 망신살이 뻗친 꼴이었다. 협회에 전화를 건 손모가지를 부러뜨려버리고 싶을 뿐이었다.

"저…… 여름호에 소설 '붕어싸만코'를 실었던 곽철식 작갑니다."

철식은 종합병원 응급실에 꼴통을 부려놓고 H문학협회에 전화를 걸었다. 작가라는 말에 한껏 무게를 실은 채로였다. 도저히 하고 싶지 않았지만 도저히 어쩔 수 없는 사정 때문에 전화를 걸 수밖에 없었다.

응급실이라고 해서 딱히 응급한 치료를 해준 것은 아니었다. 쓸데없는 검사를 몽땅 해치운 끝에 결국 영양제가 들어간 포도당 주사 한 방을 찔러준 것뿐이었다. 하지만 철식이 받아든 병원비는 무려 135,800원이었다. 꼴통의 지갑 속에는 달랑 만 원짜리 세 장과 와이셔츠 모양으로 접힌 천 엔짜리 엔화 한 장, 그리고 서른셋이라는 꼴통의 나이를 증명해줄 주민증 한 장이 전부였다. 덜컥 겁이 난 철식은 링거를 맞고 있는 꼴통에게 정중히 아주 정중히 물었다.

"저기요, 연락할 보호자 없어요?"

"무슨 보호자를 말하는 거예요?"

꼴통이 영문 모르겠다는 표정을 지어보였다. 정말로 영문 모를 사람은 철식이었다.

"거 댁을 돌봐 줄 가족이라든가 친척 같은 사람들 말예요."

"그딴 거 없어요. 아파죽겠는 사람한테 무슨 소리를 하는 거예요 지금."

꼴통은 입술까지 파르르 떨리는 시니컬한 태도를 보였다. 정말로 없는 건지, 말 못할 사연이 있는 건지, 돌아누운 꼴통은 그대로 눈을 감아버렸다. 잔뜩 털을 곤추세운 채 돌아누운 꼴통은 더 이상 말을 하기도 싫고 그럴 기운도 없는 듯 보였다. 철식은 난감했다. 다시 담배를 피우러 나갈까, 그냥 옆에 앉아있을까, 아니면 토껴버릴까, 복잡한 심경이었다.

"저— 병원비가 나와서 그런데요."

철식은 돌아누운 꼴통을 향해 다시 한 번 정중히 말을 넣었다.

"그란데요?"

돌아온 건 병원직원과 환자들을 집중시키는 과격한 신경질이었다.

"꽤 많이 나왔네요. 어떻게 해결을 해야 할지."

"아 씨 몰라요. 그라이까네 내가 돈 없다고 큰 병원에 안 간다고 했잖아요."

"아니, 그래도 본인 병원비는……"

"아저씨 작가라면서요? 그만한 돈도 없어요?"

"예?"

"귀먹었어요? 작가라는 사람이 그만한 돈도 없냐구요?"

꼴통은 '작가' 소리를 꽥—꽥— 질러댔다. 간호사와 의사는 물론이요, 누워있거나 서서 얼쩡거리던 환자와 보호자들까지 일제히 철식에게 눈화살을 쐈다. 혼자서 그 많은 시선을 감당할 수 없던 철식은 가만히 일어섰다.

"은행 좀 다녀오겠습니다."

정중히 병원 관계자들과 주변 사람들에게 고한 철식은 목을 꺾고 밖으로 향했다. 하지만 철식이 은행에 들를 일은 없었다. 통장 잔고라 봐야 담배 뒤 갑 살 정도가 전부였다. 달리 방법이 없었던 철식은 털끝만한 기대를 갖고 협회에 전화를 건 거였다. 철식은 전화기를 든 손이 자꾸만 떨리는 것을 애써 참아내며 최대한 당당하려 마음을 다잡았다. 어정쩡하게 상황설명이나 하고 사정조로 나갔다가는 대충 둘러대는 위로의 말이나 전해 듣고 끝날 수 있었기 때문이었다.

"아이고 잘 계셨습니까 곽 작가님 작품 좋더라구요."

국장을 본 건 딱 두 번, 그러니까 입회 때와 무슨 발기인대회인가의 행사에 몸빵하러 갔을 때였다. 철식은 1년 전 민의 소개로 얼마의 입회비를 지불하고 H문학협회에 가입을 했다. 그리고 순번에 따라 올 여름 협회에서 발간하는 잡지에 단편소설 한 편을 발표하는 영광을 누리게 되었다. 누가 읽어볼까 부끄러운 정도였지만 느끼는 감회는 대단했다. 진짜 작가가 된 듯한 우쭐한 기분에 한동안 남산을 올라 다니며 미친놈처럼 웃고 또 웃었다.

"다름이 아니라 원고료가 안 들어와서요."

철식은 비켜가지 않고 곧장 반듯하게 치달았다. 이런저런 상황을 구차스럽게 설명하고 싶지도 않았고 그럴 수 있는 꺼리도 아니었다. 최대한 단순명쾌하게 일을 해결하고 싶을 뿐이었다. 그것도 당장.

국장에게 전화를 걸기 전 철식은 수차례 고민했다. 발밑에 떨어진 꽁초의 개수가 그 증거물이었다. 꼴통의 막가파식 아다구니에 응급실을 빠져나오긴 했지만 철식은 대략난감 했다. 방 하나를 그냥 쓰는 것과 일정량의 생활비 정도를 뺑질이에게 받고 있는 철식은 한 달 살기가 팍팍한 지경이었다. 그것도 다른 고시원 총무에 비하면 후한 대접이라며 뺀질이는 생색을 냈다. 시골에 누워있는 아버지에게 약값을 보내고 휴대폰요금과 국민연금 그리고 의료보험과 만일을 대비해서 넣고 있는 생명보험 등을 처리하고 나면 수중에 남는 것이라고는 푼돈 정도가 고작이었다. 그걸로 한 달을 지낸다는 것은 수사여구 필요 없이 그냥 생존이었다.

"……하하, 그러셨군요. 그게 설명하기 좀 그렇지만 협회 사정도 그렇고 곽 작가님 월회비도 안 들어오고 해서……"

국장은 대수롭지 않은 일인 듯, 늘 하는 답변인 듯, 약간의 인터벌까지 둬가며 여유있게 말을 받았다. 어느 정도 예상했던 결과였다. 원고료가 책정되어 있기는 했지만 지급되지 않는 것이 통념인 줄을 알고 있던 터였다. 하지만 철식이 돈을 빌리지 않고 내 돈을 주장할 수 있는 것이라고는 온전히 원고료밖에 없었다. 마땅히 돈을 빌릴 곳도 없었다. 소소하게 빌려 쓰고 갚지 않은 돈들이 여기저기 지뢰밭이었다. 철식은 이런저런 생각 끝에 원고료를 떠올렸고 앞뒤가 꽉 막힌 놈처럼 굴어보자 다짐했다.

"사정이야 협회보다 내가 더 급하죠. 그리고 월회비를 받더라도 원고료를 지급하고 난 후에 내라고 하는 것이 마땅하지 무조건 원고료를 압류한다는 것이 말이 됩니까?"

"예, 뭐 회원들하고 일일이 시시비비를 따지기는 뭐하지만 다른 분들도 다들 그런 줄 아시고 알아서들……"

"나 지금 사람이 아파서 병원에 왔는데 병원비가 없어서 오도가도 못하니까 원고료 주십쇼. 회원들 있고 협회 있지, 협회 있고 회원 있는 거 아니지 않습니까."

예상외로 마음을 독하게 먹자 전혀 못할 것 같던 말들이 술술 잘도 튀어나왔다. 하지만 간들간들 실오라기 같은 끈을 끌어당기는 철식의 마음은 조마조마했다. 억지로 줄을 잡고 있는 국장의 입장에서 보자면 그냥 툭 놔버려도 전혀 이상할 것이 없는 상황이었다.

"곽 작가님 사정이 딱하신 줄은 알겠는데 저희도……"

"여자가 아파서 응급실에서 퇴원을 못하고 있는데 쪼잔하게 원고료 몇 푼 못주겠다는 겁니까. 내가 원고료 떼먹는 단체라고 피켓 들고 일인 시위라도 해야겠습니까. 나 지금 쪽팔려서 하나도 뵈는 게 없다 이겁니다."

"곽 작가님 결혼을 하셨던가요?"

"하여간, 줄 겁니까 말겁니까?"

결국 국장은 철식의 협박 같은 구걸에 못 이겨 원고료조로 당장 20만 원을 보내왔다. 소정의 고료라는 것이 얼마인지 알 수는 없지만 정말 소정의 고료였다. 철식은 14만 원 가까운 병원비를 지불하고 꼴통과 설렁탕집에서 도가니탕 한 그릇씩을 사먹었다. 마음 참 심란하고 복잡했다. 지금껏 살아온 인생이 허망하게 느껴지기도 했다. 꼴통이 도가니탕을 퍼 먹는 사이 철식은 소주를 두 병이나 들이켰다.

"이집 이거 도가니탕 쪼매 할 줄 아네."

도가니탕을 다 비우고 난 꼴통이 테이블에 수저를 내던지며 뱉어낸 말이었다. 막 소주잔을 들이켜려던 철식은 멍하니 꼴통을 쳐다보았을 뿐이었다.

철식은 비쩍 마른 목을 빼들고 주위를 두리번거렸다. 제일기획 앞에 있다던 꼴통의 모습은 보이지 않았다. 너무 작아서 안 보이는 건지, 그새 또 맘이 바뀌어 사라져버린 건지 알 수가 없었다. 한강진에서 달려온 바람이 철식의 옷이라도 찢을 듯 할퀴었다. 귀가 얼어붙고 다리가 오돌오돌 떨렸다. 쫄쫄이라도 입고 나올 걸 아쉬움이 밀려들었다. 정말로 '발이 깨질라카' 는 지경이었다.

"여기요. 보소, 작가 아저씨!"

한기는 뼛속을 파고들고, 분노는 해골을 쪼갤 쯤 꼴통의 목소리가 들렸다. 길 건너, 국화(菊花)라는 일식주점 앞에서 자그마한 몸피가 손을 흔들어대고 있었다. 한 잔 먹었을까 싶을 정도로 과도한 손짓이었다. 어린아이처럼 천진난만해 보이는 꼴통의 머리에 빨간색 고깔모자도 얹어 있었다. 비로소 철식은 오늘이 크리스마스이브라는 사실을 깨달았다. 오늘은 또 그 어떤 풍파가 기다리고 있을까, 두려움이 엄습했다. 꼴통의 머리 위에 얹어진 빨간색 고깔모자가 산타클로스를 떠올렸지만 선물에 대한 기대는 두렵기만 했다. 철식은 휴— 긴 한숨을 내쉬고 횡단보도를 건넜다.

4. 국화(菊花)

아침부터 복도가 시끄러웠다. 방안에서 잠을 자던 철식은 본능적으로 눈을 떴다. 뭔가 시끄러운 소리가 들리면 몸이 먼저 반응했다. 웃옷을 걸치고 방을 나서려던 철식은 잡았던 문고리를 그대로 놓았다. 아무래도 방안에 처박혀 있는 것이 현명할 듯싶었다.

"내가 처음부터 말했잖아 이 사람아, 그 방은 여름에 덥고 겨울에 춥다고."

"그래도 사람이 살 수 있을 정도는 돼야하는 거 아니냐고요?"

사각 모퉁이 228호 꺽다리가 빼질이를 상대로 뭔가 따지고 있었다.

"그러니까 그 방은 다른 방보다 3만원 더 싸잖아."

"싼 게 문제가 아니고 추워서 도저히 살 수가 없다고요. 방안에서 입김이 풀풀 나는데 사장님이라면 살겠냐구요?"

고시원의 모퉁이는 모두 네 개였지만 방으로 만들어진 건 228호 하나였다. 나머지 세 개는 주방, 사무실, 컴퓨터실로 설계되었다. 두 면이, 정확히 복도까지 삼 면이 외벽으로 이루어진 꺽다리 방은 뺀질이의 말대로 여름에 덥고 겨울에 추웠다. 그러나 그 정도가 심하다는 게 문제였다.

"아, 몰라몰라 나는 모르니까 못살겠으면 나가든지 어쩌든지 자네 맘대로 해."

"보일러를 더 틀어줘야지, 나가든지 말든지 맘대로 하라니 그게 지금 할 말입니까?"

"이 사람아, 자네가 만족할 만큼 가스를 틀어대다가는 내가 망해. 뭘 알기나 하고 하는 소리야?"

"그러면 이달 방값 내주시고 이사비용까지 전부 주세요. 고시원이 뭐 여기 한 군데……"

"말 끊어서 미안한데 나 지금 바빠서 나가봐야 되니까 할 얘기 있으면 담에 해."

스르르, 철컥. 현관문 닫히는 소리가 들렸다. 더 이상 상대하기 귀찮아진 뺀질이가 밖으로 나간 모양이었다. 꺽다리의 투덜대는 소리와 쾅- 주방문 닫히는 소리가 들렸다. 보나마나 열 받은 꺽다리는 주방에 앉아 담배를 피우고 있을 것이었다.

철식은 걸쳤던 웃옷을 다시 옷걸이에 걸어두고 침대에 누웠다. 아침 9시를 조금 넘긴 시각이니 대부분 방안에 틀어박혀 있을 것이고 두 귀로 경청했을 것이었다. 숙취로 인해 심하게 곯아떨어진 인간들이 아니라면 말이다. 다들 불편한 점이 있을 테지만 뺀질이에게 대놓고 따지지는 않았다. 대부분 철식에게 흘리거나 혼잣말로 투덜거릴 뿐이었다. 꺽다리처럼 뺀질이에게 대놓고 따지는 경우는 좀 특별한 경우였다.

성인오락실 잔심부름을 하고 있는 꺽다리는 나름 똑똑한 놈이었다. 고려대를 중퇴했고, 국방부 해킹사건으로 검찰조사를 받은 후 대기업에서 스카우트 제의를 받은 바 있으며, 한때 조폭생활도 했었고, 삼성동에 3층 건물이 있을 정도로 집이 부자지만 아버지와의 불화로 잠시 복잡한 생활을 하고 있는 중이었다. 어느 날 철식의 방에 군고구마 두 개를 들고 찾아온 꺽다리는 이 모든 사실을 혼자만 알고 있으라며 친밀스럽게 얘기했다. 철식은 꺽다리와의 약속을 깨고 뺀질이에게 이 모든 사실을 귀띔했다. 철식의 얘기를 다 듣고 난 뺀질이는 "소설 쓰냐 새꺄" 딱 한마디 지껄였을 뿐이었다.

"에이 씨, 쪽팔려서. 이런 데 사니까 아주 사람을 호구 좆으로 아는구만."

복도를 지나는 꺽다리의 슬리퍼 소리가 거칠었다. 내뱉은 욕지거리 또한 갇힌 복도 사이에서 우왕좌왕 부딪치고 깨졌다. 쾅– 방문 닫히는 소리에 잔뜩 감정이 실려 있었다. 방안에서 귀를 종긋 세우고 있을 사람들은 꺽다리에게 무언의 응원을 보내고 있을 것이었다.

사실 꺽다리의 불평은 모두의 문제이기도 했다. 난방문제가 썩

만족스럽지 못한 것은 사실이었다. 특히 벽면 쪽으로 설계된 방들은 두꺼운 옷을 껴입고 지내야 할 정도였다. 반면, 외벽을 끼지 않은 통로 안쪽에 위치한 방들은 반팔을 입고 지낼 만큼 더웠다. 하지만 건조한 실내공기로 인해 숨을 들이쉴 때마다 부러진 면도칼이 박히듯 폐가 쓰리고 아팠다. 고시원이 폐병환자를 양산하는 공장이라는 소문은 일면 일리가 있는 말이었다. 보일러를 충분히 돌리고 환풍장치를 수시로 가동해야 하지만 이 모든 것은 돈과 직결되어 있었다.

여름철 에어컨 가동도 상황은 비슷했다. 24시간 전부 시원하게 가동했다가는 전기세를 감당할 수 없었다. 때문에 시간을 정해놓고 일정 온도로 에어컨을 가동시켰다. 에어컨 가동시간에 멀쩡히 자고 있다가 에어컨이 꺼지면 더위 때문에 저절로 잠을 깨야하는 기이한 현상이 반복되었다. 원생들은 이런 불편을 묵묵히 견디고 있었다. 오래 살 것도 아니고, 열악한 생활에 익숙해진 탓도 있었다. 또 뭐라고 지껄여 봤자 변화가 없을 것이라는 사실도 잘 알고 있었다.

고시원은 호텔도 아니고 모텔도 아니었다. 쪽방의 변화된 개념에 불과했다. 월세방을 얻을 몇 백만 원의 보증금도 없고, 일정한 수입도 없으며, 도와줄 주변사람도 마땅히 없는 사람들이 머무르는 곳이었다. 그래도 '타워팰리스 고시원'은 사정이 좀 나은 편이라고 할 수 있었다. 생긴 지 10년이 다 돼가는 주변의 고시원들은 방에서 퀴퀴한 냄새가 풍기고 벌레가 기어 나오는 형국이었다. 하지만 지은 지 3년째로 접어드는 '타워팰리스 고시원'은 아직 시설 면에서 쾌적한 축에 들었다. 물론 주방 냉장고에는 신김치 외에 아무런 반찬도 없었고, '라면 무료제공'이라고 써 붙여 놓은 싱크대 서랍장은 늘 비어있는 게 문제긴 했다. 이런 모든 상황들에 맞서는 뺀질이의 대처는 '살기 싫음 나가'였다. 아주 간단명료하고 효과만점이었다.

철식은 모로 누워 다리를 구부렸다. 고치처럼 몸을 말아 감은 철식은 괜히 우울했다. 아무런 존재감도 없는 한 마리 벌레와 같은 느낌이었다. 조그맣고 어두운 박스 같은 곳에 처박혀 살다보면 저절로 몸과 맘이 위축되는 것이 사실이었다. 방안에 처박힌 또 다른 사람들도 몸을 말아 감은 채 애써 눈을 감고 있을 것이었다. 철식은 자고 싶었다. 생각의 통로를 차단한 채 꿈을 꾸고 싶었다. 꿈속은 차라리 아늑했다.

"똑-똑-똑- 똑똑똑."

꿈이라도 꾸고 싶은 철식의 바람은 누군가의 노크소리에 물 건너갔다. 억지로 눈을 감았던 철식은 좀처럼 눈을 뜨기가 싫었다. 분명 뭔가 또 불편한 문제가 있어 총무의 방문을 두드리는 것이 분명했다. 철식은 "예" 한마디 하고 느기적느기적 일어났다.

"뭐하는데 그렇게 늦게 문을 열어요. 사람 기다리게시리."

간신히 문을 연 철식에게 날아온 것은 여과 없는 꼴통의 핀잔이었다. 철식은 잠이 확 깼다. 말투는 핀잔이었지만 입꼬리와 눈가에 묘한 친밀감이 드러나 보였다. 조마조마하던 참에 덜컥 뒷덜미가 잡힌 느낌이었다.

"무슨 일로……"

"사람이 사람 찾는데 꼭 무슨 일이 있어야 한다는 법이라도 있어요. 아직 점심 안 먹었죠?"

철식은 이렇다 저렇다 말도 못하고 죄지은 사람처럼 눈을 내리깔았다. 그에 반해 꼴통은 낯빛이 당당했고 목소리에 자신감이 넘쳤다. 철식은 괜히 조마조마했다. 꼴통과의 대화가 복도를 울려 누군가의 귀에 들어가고 있다는 사실도 짐짓 신경 쓰였다.

"일단 점심부터 먹게 옷 입고 나오세요. 내가 개인적으로 쪼매 부탁할 것도 있고."

"난 지금 입맛도 없고, 무슨 부탁인지 그냥 여기서……"

"아―참―, 작가라카는 사람들은 원래 이렇게 말이 많은가. 하여튼 10분 후에 고시원 앞에서 보입시다 고마."

꼬리를 사려감고 어떻게든 굴속으로 다시 들어가려는 철식을 꼴통은 놓아주지 않았다. 철식의 의사는 안중에도 없고 제 할 말만 마치고 사라져버리는 못된 성질머리의 소유자였다. 철식은 침대에 걸터앉은 채 두 발을 바닥에 대고 멍하니 숨쉬기만 했다. 철식의 고민은 일주일째 계속되고 있었다. 꼴통에게 받은 것을 돌려줘야 하나 말아야 하나 불안한 고민을 이어가고 있었다.

철식은 대충 옷을 걸쳐 입고 어기적어기적 방을 나섰다. 건물 출입문을 미는 철식의 눈에 모래알갱이 같은 햇볕이 쏟아졌다. 한동안 오락가락 눈발이 날리더니 모처럼 좋은 날씨였다. 철식은 얼굴을 찌푸린 채 부신 눈을 끔벅거렸다.

"왜 이렇게 늦는 거예요. 기다리는 사람 생각도 해야지."

난데없이 꼴통이 철식의 팔을 낚아챘다. 햇빛 때문이기도 하고, 얼떨결이기도 한 상황에서 한쪽 팔을 빼앗긴 철식은 대략 난감했다. 화장품냄새까지 훅 들이마신 철식은 정신마저 아득했다. 죽으러가는 것만은 아니길 본능적으로 바랄뿐이었다.

"작가님은 너무 골아가 영양보충을 쪼매 해야 돼. 남자가 힘이 있어야 무슨 일이라도 할 거 아녜요?"

철식은 정신이 번쩍 들었다. 꼴통의 입에서 '작가님' 소리가 튀어나오는 순간, 머리털이 쭈뼛 솟아오르고 콧구멍으로 찬바람이 훅 불어 닥쳤다. 고시원 사람들에게 '총무님' 소리는 종종 들었어도 '작가님' 소리를 듣는 건 처음이었다. 똑같은 '님'이지만 총무 뒤에 붙느냐 작가 뒤에 붙느냐에 따라 '님' 자의 격은 확연하게 차이가 났다. 협회에 기웃거렸을 때나 마리서사에서 '작가님' 소리를 듣긴 했지만 그들 누구도 철식을 진정 작가라고 생각하지는 않았다. 그냥 마땅히 갖다 붙인 호칭일 뿐이었다. 그러나 꼴통의 '작가님'은 뭔가 달랐다. 정말로 철식을 작가라고 생각하는 마음이 깃들어있는 듯 했다. 철식은 내심 짚이는 게 있긴 했지만 이 여자가 왜 이렇게 살갑게 돌변했나 의구심이 들기도 했다.

꼴통의 태도변화는 정확히 크리스마스이브에서 비롯된 것이 틀림없었다. 이브를 같이 보낸 다음날 새벽, 철식은 알람소리에 잠에서 깼다가 하마터면 소리를 지를 뻔했다. 머리를 풀어헤친 꼴통이 버섯이 철식의 침대에 누워있었던 것이다. 밥통만한 몸피에 긴 머리를 풀어헤치고 누워있는 꼴통은 흡사 애기귀신 같았다. 철식은 정신을 가다듬고 주위를 살폈다. 손바닥만 한 팬티 쪼가리나 양말 한 짝 나뒹굴지 않았다. 아무 일 없이 그냥 잠만 잔 것이 분명했다. 하지만 꼴통은 그렇게 생각하지 않는 모양이었다. 일단 함께 잤다는 사실에 의미를 두는 모양이었다. 그리고 점심때 주방에서 해장라면을 끓이고 있는 철식에게 증표로 수저와 젓가락 한 벌을 내민 것이었다. 붉은색 채송화가 그려진 수저와 젓가락 한 벌을 받아든 철식은 그 무게감에 팔이 끊어지는 줄 알았다. 지금껏 느껴보지 못했던 무게감이 온몸을 짓눌렀다. 그것이 하룻밤 증표라고 생각하니 막 불속에서 꺼낸 쇳덩이처럼 뜨겁기까지 했다.

"요 밑에 고깃집 새로 생긴데 있더만 그 갑시다. 내도 작가님 덕분에 고기 좀 묵어야지."

"나는 그냥 찌개에 밥이나 한 그릇 먹고 싶은데요. 낮에 고기 먹기도 좀 그렇고……"

"작가님한테 고기값 내라고 할까봐서 그래요? 그냥 묵자믄 묵는 기지 먼 말이 그렇게 많아요, 가요 얼른."

새된 소리를 질러대는 꼴통의 얼굴에도 맑은 햇볕이 쏟아졌다. 스멀스멀 아지랑이가 피어오르듯 꼴통의 얼굴에 묘한 설렘이 일렁였다. 이 여자가 피어나는구나. 철식은 모처럼 피가 도는 인간을 보는 듯 했다. 고시원이나 마리서사나 우거지상에 거지꼴을 한 인간들뿐이어서 생동감이라고는 눈곱만큼도 찾아볼 수 없었다.

꼴통의 팔이 철식의 팔을 한껏 더 꽉 끼었다. 여자랑 팔짱을 껴본 지가 언제였더라, 생각도 나지 않을 만큼 오래전 일이었다. '작가 님' 소리가 좀 어색하고 쑥스러웠지만 그렇다고 아주 듣기 싫은 건 아니었다.

"보들보들하이 좋네. 작가님 많이 드세요. 빼짝 곯아가 얼굴에 못 묵고 사는 티가 팍팍 난다아입니까 히-히-."

자르르 불판 위에서 기름이 도는 소고기를 꼴통이 철식의 접시 에 얹어주었다. 고기맛은 나무랄 데 없이 좋았다. 가격표 옆에 호 주산이라고 씌어있었지만 어차피 철식의 혀로는 한우와 구분도 못 할 것이었다. 결코 멈출 수 없는 속도로 입안에 처넣으면서도 삼킬 때면 목구멍 끝이 따끔거렸다. 이 고기가 몸 팔아서 산 고기 구나……, 잡생각이 치고 들어왔지만 오직 먹는 데만 집중하려했 다. 그게 꼴통에 대한 의리요 소고기에 대한 예우라고 생각했다.

"연말에 몇 개 했더니 뽀땃하네. 이레 작가님 고기도 사주고."

"지난번에도 샀잖아요. 거 도미 머리찜하고……"

"아 그때는 그때고요. 지나간 일을 뭐 일일이 기억하고 그래요. 오늘 살기도 바빠 죽겠구만은 퍼뜩 고기나 드세요."

지난번, 그러니까 크리스마스이브에 철식은 꼴통으로부터 특별 한 대접을 받았다. 꼴통의 뒤를 따라 들어간 곳은 국화(菊花)라는 일본식주점이었다. 철식은 가게 안으로 들어서는 순간 흔한 일식 집이 아니라는 사실을 단박에 알아차렸다. 주방 앞쪽에 놓인 수조 속 어종부터가 확연히 달랐다. 능성어·참돔·방어·문어·전복·키조개 등 한눈에 봐도 싱싱하고 고급스러운 해산물이 만만 찮은 아우라를 연출했다. 다다미구조로 된 방과 방 사이에 미닫이 문이 있고, 테이블에는 자기로 된 주전자와 컵 그리고 초장·간 장·된장을 담은 작은 접시와 손바닥만 한 앞 접시가 세팅되어 있 었다. 그것들에는 하나같이 그윽한 남청색의 국화문양이 아로새 겨져 있었다. 철식은 그 모든 상황이 낯설고 두려웠다. 생전 다녀 본 곳이 아니라 어떻게 처신해야 할지 몰랐고, 메뉴의 가격을 보 고 파르르 심장이 떨렸다. 꼴통은 철식에게 물어보지도 않고 사시 미 모듬과 도미머리찜을 주문했다. 그때도 꼴통은 "요새 몇 개 했 거덜랑요. 히-히-히-."라고 말했다.

"오늘은 요래 소고기를 묵고, 담에는 바닷가에 가 진짜 회를 한 번 묵읍시다. 속초도 좋고 주문진도 좋고, 시원하이 바람도 쐬고, 알겠지요?"

"예? 아- 뭐, 바다 좋죠."

철식은 건성으로 대답했다. 과연 그런 날이 있겠냐 싶었다. 꼴 통은 뭐가 좋은지 마냥 히-히-히- 콧소리를 내면서 고기를 뒤집 고 철식의 접시에 얹어주기를 반복했다. 철식은 사양 않고 넙죽넙 죽 받아먹었다. 병원비도 지불하고 퇴원하는 길에 도가니탕까지 사먹였으니 이 정도는 얻어먹어도 괜찮겠지 싶은 생각 때문이었 다. 지갑 속에 달랑 3만원과 접혀진 천 엔짜리 한 장 있던 꼴통이 일주일 간격으로 생선과 육고기를 번갈아 사고 있었다. 다 그 '몇 개' 때문이었다.

국화(菊花)에서 술이 거나하게 취했던 철식은 꼴통에게 물었다.

"근데 숙녀 분은 정확히 무슨 일을 하시나? 대충 짐작은 가지만."

"아-참-, 별걸 다 묻네 갑갑시럽고로, 일본 분들 상대해요 됐어요?"

꼴통은 철식을 한번 째려보더니 뭔지 모를 일본말로 한동안 지껄였다. 무슨 뜻인지는 몰라도 욕지거리라는 것쯤은 눈치로 알 수 있었다. 한동안 유창한 욕설을 자랑한 꼴통은 입을 헹구듯 소맥을 한 잔 말아 마셨다. 그것으로 아쉬웠던지 한 잔 더 말아 마신 꼴통은 숨길 것이 뭐있냐는 표정으로 자신의 생활상을 주저리주저리 늘어놓았다. 꼴통은 일본인 관광객을 상대로 1차 접대도 하고 2차 접대까지 한다고 했다. 1차 접대는 영업소에서 테이블비만 받기 때문에 별 볼일 없고 2차를 가야 돈이 된다고 했다. 그 2차를 바로 '개'라고 했다. 그런데 문제는 그 '개'가 꼴통에게 잘 얻어걸리지 않는 모양이었다. 철식이 보기에도 쉽게 간택되기에는 연식과 매력이……, 뭐 좀 그래보였다.

"그렇다고 댁이 날 우습게 볼 필요는 없어요. 이것도 엄연한 직업이니까."

브리핑을 다 마친 꼴통은 쒸기를 박듯 눈깔에 힘을 주었다.

국화(菊花)에서 욕지거리를 하며 소주를 털어마시던 꼴동이 제법 여자티를 내며 고기를 굽고 있는 모습을 보고 있자니 철식은 픽, 웃음이 나왔다. 산전수전 다 겪어 보이는 것 같지만 속안에 화초 하나를 키우고 있는 여자였다.

"고기도 이렇게 얻어먹었는데 이제 와서 못 들어준다고 할 수도 없고, 대체 그 부탁이라는 게 뭡니까?"

"보험회사 좀 같이 가주세요."

"예, 보험회사요?"

철식은 갑자기 머리가 싸— 해지면서 입맛이 뚝 떨어졌다. 뭔지 모르지만 보험회사라는 그 말 속에 무궁무진한 함정이 있을 것이라는 직감이 전율처럼 느껴졌다. 국화(菊花)에서는 병원 데려다 준 것에 대한 보답으로 샀다지만 소고기는 좀 석연찮은 구석이 없지 않았다. 소고기를 다시 뱉을 수도 없고, 게다가 들어주겠다는 뜻으로 뱉어버린 말을 다시 주워 삼킬 수도 없었다. 물론 뺀질이라면 급박한 전화라도 걸려온 듯 빈 전화기를 들고 한바탕 생쇼를 하고 자리를 벗어났겠지만 철식은 그럴 수완도 용기도 없는 시골 뜨기였다.

철식은 꼴통의 팔에 끌려서 기어이 보험회사를 찾았다. 일처리는 의외로 간단했다. 꼴통이 가입하고 있는 생명보험회사를 상대로 지난번 응급실 갔던 병원비를 청구하는 일이었다. 하지만 철식은 보험회사를 다녀온 뒤로 고민 한 가지가 더 늘었고, 꼴통은 그 특유의 '히-히-히-' 소리를 복도건 주방이건 가리지 않고 질러 댔다. 꼴통은 자신의 사망보험금 수급자란에 덜컥 '곽철식'이라는 이름을 기입했던 것이다. 갈수록 상황은 이상하게 돌아가고 있었고, 철식의 머릿속은 복잡해지고 있었다. 밥맛도 없고 입맛도 없고, 만사가 귀찮아 수저 들기가 괴로운 지경이었다.

철식은 멍하니 사무실에 앉아 담배를 피웠다. 날이 어떻게 지나는지 고시원에 누가 들고나는지 전혀 신경이 쓰이지 않았다. 필터까지 타들어간 담뱃불에 손이 뜨거웠다. 벌컥 문을 연 뺀질이가 씩– 웃더니 "너 요새 연애한다매 잘해봐라." 지껄이고 사라졌다. 철식은 가만히 앉은 채로 얼굴이 벌겋게 달아올랐다. 며칠 전 복도에서 마주친 사쿠라가 "오매 이 응큼한 아저씨! 호호호." 하던 것까지 겹쳐지면서 발목에 수갑이 채워진 느낌이었다. 철식은 아무것도 한 것 없이 한순간 꼴통과 연애하는 사이로 묶여버렸다. 서울이라는 데가 눈 감으면 코 베 간다더니 가만히 있으면 수갑까지 채우는 동네인 모양이었다.

"곽형! 나 김인데 빨리 이쪽으로 오쇼. 좋은 소식이 있어. 진짜야."

마리서사에 자리를 잡은 김이 전화를 했다. 김은 '좋은 소식'을 알리는 사람답게 목소리가 제법 들떠 있었다. 누가 못 보던 술이나 한 병 들고 온 모양이었다. 그리고 보니 얼굴을 보인지 꽤 된 것 같았다. 철식은 딱히 내키지 않았지만 가겠다고 답하고 전화를 끊었다. 우두커니 사무실에 앉아있는 것도 볼썽사나운 꼴이었다. 가서 술이라도 한잔 홀짝이는 것이 더 나을 성 싶었다.

"작가님, 어디 가세요?"

현관문을 막 열고 한발을 밖으로 뺐을 때였다. 화장실 문을 열고 나오던 꼴통이 철식을 불러 세웠다. 고시원 안에서만이라도 그 '작가님' 소리는 삼가줬으면 싶었지만 꼴통은 전혀 그럴 의향이 없는 듯 보였다. 오히려 더 크게 '작가님' 소리를 질러대는 형국이었다.

"저, 삼각지 재활용센터에 사람 좀 만나러요."

철식은 애써 얼굴을 폈지만 목소리는 기어들어가고 있었다.

"아, 거 지난번에 얘기했던 시인 친구가 한다는 중고센터요? 언제 나도 한번 가보고 싶네. 작가님 친구분이면 나도 당연히 알아야 할끼고. 건 그렇고 나 돈 좀 꿔주고 가요. 일 나가야 하는데 머리할 돈이 없어가."

철식은 꼴통에게 간단히 지갑을 털리고 밖으로 나섰다. 꼴통은 돈이 생기면 쓰고 보는 스타일이었다. 그나마 요새는 그 '개'도 얻어걸리지 않는지 밤 10시 정도면 고시원으로 터덜터덜 기어들어왔다. 으레 술이 한잔 취해있기 마련이었다. 철식의 방문을 쾅쾅 두들겨대는 때도 있었지만 자는 척 문을 열어주지 않았다.

"어이 곽형, 어서와. 이쪽으로……"

철식은 눅눅한 기분으로 마리서사 문을 밀었다. 철식을 기다리고 있기라도 한 듯 장과 김 그리고 민이 철식을 향해 호의적인 웃음을 지어보였다. 테이블에는 조촐하게나마 술상까지 차려져 있었다. 철식은 김이 권하는 자리에 앉으면서도 왜 이러나 싶었다. 생일도 아니었고 몇 푼 안 되는 월급날도 아니었다.

"왜들 그래? 그렇잖아도 심란해 죽겠는데."

철식은 테이블에 놓인 소주병부터 집어 들었다. 손수 따라 마실 요량이었지만 냉큼 장이 소주병을 빼앗아 두 손으로 정중히 철식의 잔을 채웠다. 뭘 잘못 처먹었어? 왜 이렇게 설레발이야, 소리가 생각 없이 튀어나올 뻔했다.

"곽형! 큰일 했소. 이번 건은 우리 마리서사를 빛내고 우리 멤버들의 존재감을 증명시킨 쾌거라고 할 수 있소."

술잔을 받잡은 철식의 손을 민의 두 손이 감쌌고 덩달아 김과장의 손까지 포개졌다. 소주 몇 병에 족발 한 접시를 놓고 도원의 결의라도 하자는 건지, 걍 먹고 죽자는 건지 영 사태파악이 되지 않았다.

"나도 이거 언제 깽판이라도 한번 부려야 할려나 씨팔, 어떤 놈이 알아줘야 말이지."

거무튀튀한 낯빛 사이로 김이 개구쟁이 같은 웃음을 지어보였다. 철식은 들고 있던 잔을 홀짝 털어마셨다. 워낙 일상에 변화가 없는 인간군상들이라 구두 한 켤레만 새로 사도 화젯거리였다. 철식은 심드렁하게 족발 한 점을 입속에 넣고 우물거렸다. 체인점에서 시켜온 족발답게 역한 누린내가 입안에 퍼졌다. 새우젓을 찍었기에 그나마 목구멍으로 넘길 수 있었다.

"자—자— 고만 뜸들이고 얼른 얘기해줘요. 아, 내가 다 답답하네."

뭔가 부러운 눈빛으로 철식을 쳐다보던 장이 김을 향해 채근했다. 김은 의자등받이에 상체를 의지한 채 느긋하게 담배를 피워물었다. 대단한 비밀이라도 물고 온 폼이었다.

"곽형, 놀라지 말아. 지난번에 발표했던 '붕어싸만코' 있잖아 그게 올해의 문제소설로 선정됐대. 오전에 협회사무실에 들렀다가 지들끼리 나누는 얘기를 들었거든."

철식은 심드렁하게 김을 쳐다봤다. 사실 철식은 올해의 문제소설이라는 것이 뭔지도 몰랐다.

"곽형이 뭘 잘 모르는 모양인데. 말하자면 곽형 소설이 사회적으로 문제성을 띄고 있어서 읽어볼 만한 가치가 있다는 평을 얻어듣게 됐다 뭐 그런 소리야."

철식은 더 의아했다. '붕어사만코'가 사회적으로 문제성을 띄고 있고 읽어볼 만한 가치가 있다니 개가 웃을 소리였다. 문장이나 형식도 형편없었지만 내용은 더 가관이었다. 옆에 앉은 세 사람도 발표된 '붕어싸만코'를 읽고는 한동안 킥킥거렸을 뿐 어떤 언급도 하지 않았을 정도였다. 철식이 써놓고도 가관이다 싶어 한동안 쳐다보지도 않던 소설이었다.

시골에서 상경한 지 얼마 안 된, 이태원에서 고시원 총무를 하고 있는 30대 남자가 어느 날 해밀턴 호텔 앞에 쭈그려 앉아 구걸하고 있는 노파를 보게 된다. 남자의 손에는 방금 전 편의점에서 산 붕어싸만코가 들려있었다. 같은 돈에 그나마 가장 부피가 큰 아이스크림이었다. 남자는 먹고 싶은 맘이 간절했지만 노파가 안됐다는 생각에 붕어싸만코를 내민다. 멍하니 붕어싸만코를 바라보던 노파는 "야 이 거지같은 놈아, 요새 누가 이딴 싸구려 아이스께끼를 사먹어"하고는 대뜸 낚아채서 도로 가운데 던져버린다. 남자는 어이가 없다는 생각보다는 아이스크림이 아깝다는 생각에 망연자실 붕어싸만코가 던져진 도로를 쳐다본다. "따라와 이놈아" 노파는 무작정 남자를 끌고 길을 건넌다. 베스킨라빈스 가게에서 아이스크림 두 개를 사들고 나온 노파는 남자의 코앞에 하나를 들이민다. "이딴 걸 먹어줘야 무시를 안 당하는 겨 이놈아" 남자를 쳐다보며 아이스크림을 빨아먹던 노파는 "너 밥이나 제대로 처먹고 다니냐?" 혀를 끌끌 차더니 주머니를 뒤져 동전 한주먹을 꺼내준다. 모양도 크기도 각기 다른 지구촌의 동전들을 바라보던 남자는 길바닥에 넙죽 엎드려 노파에게 큰절을 올린다.

굳이 부연설명하지 않더라도 철식의 경험담을 퍼 담은 오리지널 촌극이었다.

"곽형 내 솔직히 얘기할게. 곽형 소설이 문제가 아니라 곽형이 문제였던 거 같아. 지난번에 원고료 건으로 국장하고 실랑이한 거 있잖아, 바로 그거야. 곽형 얘기를 전해들은 누군가 '가난한 문인의 절규'라는 제목으로 신문에 칼럼까지 썼다잖어. 그 바람에 말하기 좋아하는 비평가 놈들이 곽형 소설을 읽고는 술자리에서 '리얼리즘과 페이소스가 어우러진 진정한 문제작' 어쩌구 하면서 떠늘어대는 통에 신짜 문세작이 되었다잖어."

철식은 킥킥 웃음이 튀어나왔다. 엎드려 구걸하던 노파의 모습이 거인처럼 커보이던 기억이 떠올라서였다. 서울에 와서 딱 한 사람 존경하게 된 인물이었다.

철식은 세 사람에게 전에 없이 극진한 대접을 받았다. 장의 입에서는 '붕어싸만코'가 문학상후보에 오르지 못한 것이 비통할 뿐이라는 해괴한 언사까지 들을 수 있었다. 철식은 이 모든 것이 누군가의 장난질처럼 현실감이 없었다. 꼴통을 들쳐 업고 병원을 간 것부터가 어설픈 운명의 장난질처럼 느껴졌다. 생각지도 않았던 원고료 문제로 시비를 했고, 그 바람에 '붕어싸만코'가 올해의 문제소설로 선정되는 아리송한 일까지 벌어졌다. 꼴통이 아니었더라면 전혀 거론조차 되지 않았을, 누구도 거들떠보지 않았을 소설임에 분명했다. 술자리를 파하고 일어서는 철식은 휴- 긴 한숨이 새어나왔다. '곽형 소설이 문제가 아니라 곽형이 문제'라는 김의 농담 같은 진담이 귓속을 후벼 팠다.

5. 남겨진 자

북한에 대명절 김일성 생일이 있다면, 고시원에는 뺀질이의 생일이 있다. 고시원의 모든 여자를 궁녀로 알고 몇 안 되는 남자를 성지기 정도로 취급하는 뺀질이는 위세를 과시하듯 매년 생일잔치를 했다. 밖에 나가서 삼겹살에 소주라도 한 잔 마시면 좋겠지만 뺀질이는 굳이 고시원 안에서 치르려고 했다.

첫째는 돈이고 둘째는 세력과시였다. 현관문에는 일주일 전부터 '사장님 생일잔치 2월1일(금요일) 오후 7시 주방' 이라는 공지가 붙어있었다. 저녁 일곱 시면 대부분 출근하고 늘 고시원을 지키는 고정 멤버들만 있기 마련이었다. 그러니 공지가 붙을 필요도 없다. 방안에 들어박혀 있는 인간군상들을 불러내 자리에 앉히면 그만이었다. 하지만 공지를 붙임으로 자질구레한 선물들이 들어왔다. 대부분 동일 업종에 종사하는 관계로 술 선물이 많았지만 심심찮게 봉투도 들어왔다. 봉투는 뺀질이에게 직접 전해지지 않고 사쿠라를 통해 전해졌다. 사쿠라가 봉투를 수거하고 뺀질이에게 전하는 과정이 마치 어리석은 수작질처럼 보였다. 코흘리개 어린 애를 상대로 과자부스러기를 빼앗는 재미를 여직 즐기고 있는 두 인간이 쥐처럼 작아보였다.

"야 이놈아, 너는 뭐 없냐?"

뺀질이가 철식을 쳐다봤다. 딱히 뭘 기대한다기보다는 '에라 이 한심한 놈아' 하는 눈빛이었다.

"기도나 해주께. 하나님 아버지! 자린고비 이 사장을 하루속히 물질의 늪에서 자유롭게 해주시고 뺀질뺀질 유들유들한 낯바닥을 인정과 사랑이 넘치는 얼굴로……"

"됐어 새꺄, 저 새끼는 꼭 좋은날 초를 쳐요. 광숙 씨, 광숙 씨는 뭘 준비하셨소? 얼른 내놔 뜸들이지 말고. 나 기대 잔뜩했어."

"됐어요 고마. 하루 종일 언니 도와가 장 보고 음식 장만하고 온 몸이 쑤셔 죽겠구만은 뭔 소리를 하는 거예요 지금."

"내 생일이라고 출근도 안 하신 겨? 광숙 씨 같은 사람만 있으믄 우리 고시원이 뭔 걱정이겠어. 아휴 이뻐라 많이 드셔."

"그건 아니고요. 거 여자들 하는 거 있잖아요. 거때매 안 나간거지 사장님 생일 때문에 안 나간 건 아이거든요."

신문지를 깐 주방의 바닥에는 제법 그럴싸하게 차려져있었다. 사쿠라의 진두지휘 아래 꼴통과 똘아이가 수발을 들어 차려낸 음식들이었다. 아귀찜 · 돼지고기 고추장볶음 · 잡채 · 된장찌개 · 광어회…… 정말 김일성 생일 부럽지 않을 정도였다.

"사장님, 저도 사장님께 드릴 게 있는데요."

"너껀 안 받어 새꺄, 그지 똥구멍에서 마늘을 빼먹지 니껄 받겠냐 새꺄……. 뭐 이왕 가져왔으면 번거롭게 도로 가져갈 거까진 없고."

"가보로 물려주셔도 좋을 만큼 엄선했습니다."

"캬, 얘가 또 뭘 알아요. 사람이 뭘 필요로 하는지 뭘 주면 이쁨을 받는지……"

CD를 받아든 뺀질이는 벌어진 입을 어쩌지 못했다. 철식이 한 장 구워달라고 그렇게 졸라도 각기 취향이 다르다는 소리만 되풀이하던 노새였다. 방안에 틀어박혀 온갖 야동을 섭렵하는 노새가 엄선했다면 가보로 물려줄 정도는 아니어도 소장가치는 충분할 것이었다. 녀석도 어디로 줄을 서야 일신이 편할지 그 정도 대가리는 있는 놈이었다. 미워도 미워할 수 없는 노새까지, 총 여섯 명이 음식을 가운데 두고 둘러앉으니 주방이 비좁을 정도였다.

"증권 아저씨가 안보이네 누가 좀 델꼬오지."

"돈 벌러 나갔슈."

증권맨을 챙기는 꼴통에게 뺀질이가 잔을 채웠다. 두 달째 방값이 밀려있는 증권맨은 더 이상 버티지 못하고 당구장으로 일을 다니고 있었다. 50억을 마련하기 전까지는 결코 세상 밖으로 나가지 않겠다고 결의를 다지던 증권맨은 아침마다 한숨을 푹푹 내쉬며 세상 밖으로 나가고 있었다. 50억이 문제가 아니라 당장 몇 십만

원이 없어 쫓겨나게 생긴 증권맨으로서는 선택의 여지가 없었다. 이빨에 고름이 차서 썩어나고 있었지만 병원도 못가는 형편이었다. 김정은이 서울 한복판에 미사일을 쏘지 않은 한, 증권맨의 50억 꿈은 실현되기 어려울 것이었다.

"자 자 건배나 합시다. 오래 살라믄 생일날 건배를 해야 한다더라고."

"오래 살라믄 생일날 많이 베풀어야 한다는 소리는 들었어도……"

철식은 뺀질이를 흘깃거리며 술잔을 들었다. 철식은 그런 맛에 살았다. 한 번씩 비꼬는 말투로 뺀질이의 비위를 거스르는 것이 재미라면 재미였다. 친구이기 이전에 주인 행세를 하려드는 놈에게 달리 대적할 것이 없기에 말이나 툭툭 내뱉는 것으로 위안을 삼을 뿐이었다.

"사장님, 내가 오늘 얼마나 고생했는지 알기나 해요? 사장님 부인도 이렇게 안 해줄 걸요 아마."

"우리 집사람은 이런 거 당연히 안하죠. 내 생일도 기억 못하는디."

사쿠라는 제 어깨를 두드리는 시늉을 해보였다. 뺀질이와 사쿠라는 악어와 악어새 같은 사이였다. 사쿠라는 뺀질이에게 적잖은 돈을 맡겨놓고 있었다. 뺀질이는 사쿠라에게 방값을 받지 않았고 매달 얼마간의 이자도 떼어주고 있었다. 뺀질이는 사쿠라의 돈과 제 돈을 합해 용산 재개발지구 주택을 사놓고 있었다. 거기서도 또 월세를 받고 있으니 사쿠라의 돈은 그냥 굴리고 있는 거나 마찬가지였다.

"언니는 남편도 있고 자식도 있다면서 왜 여와서 사장님 생일이나 챙기고 있는데? 남편 생일이나 챙기지."

"저 가스나가 뭔 소리를 하는 거야 콱 그냥 주둥이를 꼬매불라 그냥."

"아니 상식적으로 그렇잖아 내 말이 틀렸요 작가님?"

꼴통은 역시 꼴통이었다. 누구도 사쿠라에게 그런 말은 못했다. 아니 안했다. 조금이라도 사적인 얘기를 물을라치면 사쿠라는 성난 고양이로 돌변해 털을 곤추세웠다. 하지만 꼴통만은 할 수 있었다. 꼴통이 사쿠라보다 무서운 이유는 본능대로 말하고 본능대로 행동한다는 거였다. 그에 비해 사쿠라는 매사에 짱구를 굴리며 사람들 눈치를 살폈다.

사쿠라는 초반에 이미 꼴통에게 제대로 후려치기를 당한 상태였다. 사쿠라는 종종 주방에 나와 통화를 했다. 이사 온 지 한 달쯤 됐을 꼴통은 보리차를 끓이고 있었고, 철식은 고장 난 세탁기를 손보고 있었다. 사쿠라는 뭔가 복잡한 얘기를 나누는 듯 일본말로 심각하게 주절댔다. 부풀어 오른 티백을 젓가락으로 꼭꼭 눌러주고 있는 꼴통은 재미난 놀이에 빠져있는 표정이었다. 밥통만한, 게다가 다리까지 저는 여자가 끓는 물을 앞에 놓고 묘한 미소까지 짓고 있으니 섬뜩한 느낌이었다. 혹여 팔팔 끓고 있는 물을 찰싹 끼얹지는 않을까 내심 겁이 날 정도였다.

철식은 고장 난 세탁기를 만지작거리면서도 자꾸 사쿠라와 꼴통을 힐끔거렸다. 왠지 모를 불안한 기운 때문에 철식은 일에 집중할 수가 없었다. 긴 통화를 끝낸 사쿠라는 길게 담배연기를 내뱉었다. 뭔가 복잡한 문제가 얽혀있는 듯 심란해보였다. 보리차 냄비를 들고 주방을 나가려던 꼴통은 혼잣말처럼 "그라고 보이 여가 죄지은 사람 숨어살기는 딱 좋은 곳이긴 하네." 내뱉었다. 순간 시선을 바닥에 내려뜨리고 있던 사쿠라의 머리가 벌떡 치켜 올라갔다. 얼굴은 놀람과 두려움에 하얗게 질린 모습이었다. 꼴통은 아무렇지 않은 듯 일본말로 뭐라고 한마디 더 지껄이더니 주방문을 열고 나갔다.

철식은 한동안 사쿠라의 모습에서 시선을 떼지 못했다. 허를 찔린 표정으로 파르르 떨고 있는 사쿠라를 쳐다보는 철식은 벌거벗은 인간을 마주한 느낌이었다. 가리고 있던 단단한 외피들이 한순간 획 벗겨져나가고 누추한 몰골이 드러난 꼴이었다. 극도의 불안 증세를 보이는 사쿠라를 더 이상 쳐다볼 수 없었던 철식은 조용히 주방문을 열고 나왔다. 후로도 사쿠라의 질린 표정은 철식의 뇌리에서 좀처럼 지워지지 않았다. 그 이전도 그 이후로도 그렇게 적나라한 인간의 표정은 본 적이 없었다.

"근데 남자화장실 변기는 언놈이 깬 거야. 무지 쎈놈인가봐. 그놈 한번 보고 싶네."

아귀찜 한 점을 양손으로 잡고 물어뜯는 똘아이는 꽤나 열심이었다. 입술과 손가락에 벌건 양념이 질퍽하게 묻어있었다. 아귀를 뜯는 사이사이 똘아이는 양념 묻은 입술을 혀로 핥고 손가락을 쪽쪽 빨았다. 철식은 똘아이의 벌건 입술과 손가락을 자꾸 흘깃거렸다. 저 손으로 뺀질이의 그것을 날마다 흔들어주고, 저 입술로 흘러나오는 정액까지 쪽쪽 빨아 마셨을 것이라 생각하니 숨이 컥컥 막혔다. 어느새 아랫도리가 쑥 치밀어 올랐다.

"그걸 몰라서 묻냐 가시나야. 그렇게 보고 싶으면 전화해서 한 번 달라고 하던가."

"왜들 그러셔. 설마 그놈이 그걸로 변기를 깼으까. 신노 껄로도 안 되는디."

"사장님은 왜 또 절 걸고 넘어지세요. 제가 뭘 어쨌다고."

노새가 얼굴을 붉히자 모두들 묘한 웃음을 베어 물었다. 노새의 그것이 크다는 것은 익히 알고 있는 터였다. 헐렁한 추리닝바지를 힘껏 밀고 있는 그것을 볼 때면 저절로 감탄사가 나올 정도였다. 날마다 야동을 섭렵하고 있으니 어느 정도 에로틱한 표정과 모션은 익혔을 것이고, 물건도 특대 사이즈로 완벽하니 포르노배우로 진출해도 장래 유망하다고 볼 수 있었다.

"하이 씹새끼. 갑자기 그 새끼 생각하니까 술이 확 땡기네. 아 처먹지만 말고 한 잔 따러봐."

뺀질이는 대뜸 철식 앞으로 잔을 내밀었다. 돼지고기 한 점을 입속에 밀어 넣던 철식은 마지못해 술병을 집어 들었다. 씹새끼, 괜히 화내고 지랄이었다.

변기는 희한하게 깨져있었다. 물 내려가는 구멍 바로 위쪽이 주먹만 하게 뚫려있었다. 한쪽 변기만 그런 것이 아니라 양쪽 남자 화장실 변기가 모두 똑같이 파손되어 있었다. 당장 볼일을 볼 수 없어서 부득이 여자화장실을 사용할 수밖에 없었다. 좀처럼 돈 들어가는 데는 인색한 뺀질이였지만 어쩔 수 없이 수리공을 불러서 양쪽 변기를 뜯어서 새로 앉히는 작업을 해야 했다. 문제는 화장실 안에 카메라가 없다는 사실이었다. 심증은 가지만 물증이 없다는 말이 딱 들어맞는 상황이었다. 뺀질이와 보일러 문제로 설전을 벌인 꺽다리는 급기야 보따리를 싸서 나가는 쪽을 택했지만 이사 비용은 받지 못했다. CCTV 화면상, 꺽다리는 마지막으로 고시원을 나가기 전 양쪽 화장실을 드나들었다. 정황상 분명히 꺽다리 짓이였지만 확실한 증거는 없었다. 변기는 둔탁한 뭔가로 깨트린 것이 분명했다. 제아무리 뺀질이라해도 해볼 방법이 없었다. 공사비로 세 달치 방값이 한순간에 날아갔다. 현관을 나서는 꺽다리는 카메라를 쳐다보며 가운데손가락을 치켜보였다.

"근데 걔가 집이 엄청 부자라매, 무슨 빌딩인가도 지 앞으로 있다던데."

소주 몇 잔에 똘아이는 얼굴이 발그레 달아올랐다. 제발 그 상태대로 죽 이어졌으면 좋겠지만 광풍과도 같은 술버릇은 늘 예고 없이 불어 닥치곤 했다.

"하이고, 저 가스나는 그런 말에는 귀가 솔깃해요. 나한테는 뭐라는 줄 아냐? 지 아버지가 노무현 정부 때 청와대 비서관을 지냈다더라. 참 내 기가 막히고 코가 막혀서……"

"앵, 그 머냐, 키 크고 맨날 머리 안 감고 떡이 져가 다니든 그 총각말인가베. 저번에 내한테 만원만 꾸달라꼬 해서 꾸줬는데 가 뿌렀나."

"아이고 광숙 씨도 참, 아 삼성동에 빌딩이 있고 아버지가 청와 대 비서관 출신이라는데 그깟 만원이 문제겠어. 광숙 씨는 그냥 가만히 기다리고 계셔, 빳빳한 수표로 한 장 보내줄지 누가 알아."

"아, 그게 그런가."

꼴통의 애매한 표정에 다들 웃음을 터트렸다. 다른 사람들한테 는 뺑을 치고 돈은 결국 꼴통에게서 빌어간 모양이었다. 사실 철 식도 꺽다리에게 3만원을 갈취 당했지만 입을 꾹 다물었다. 괜히 바보취급 당하느니 닥치고 있는 게 백번 옳은 일 같았다.

"사장님! 저 드릴 말씀이 있는데요. 아니 여기 계신 모든 분께 부탁드릴 게 있어요."

"뭔데 그렇게 질질 늘어뜨려 임마, 돈 꿔달라는 소리하고 방값 밀린다는 소리만 빼고 뭐든지 말해. 내 오늘은 생일 기념으로다가 뭐든 들어줄 테니까."

노새가 죄지은 놈처럼 머리를 긁적거리며 입을 달싹거렸고 뺀 질이는 호기롭게 술잔을 털어마셨다. 노새의 주변머리로 봐서 분 명 찌질한 얘기가 분명했다. 젊은 놈이 총기나 기백이라고는 찾아 볼 수 없고 푹 피진 낙지처럼 늘적는적 매사를 그렇게 흐느적거렸 다.

"저 담주에 서울에서 친척 결혼식이 있는데 부모님이 올라 오신

다네요. 근데 꼭 고시원에 들러서 제 방도 보고 사장님께 인사도 드린다고 해서."

"잘됐네. 너 사는 데도 보시고 다른 사람들하고 인사도 하고 그럼 서울 올라오시는데 아들 사는 곳도 안보고 그냥 가시냐 임마."

"근데 그게 제가 지금 휴학중이라는 사실은 말씀 안하셨으면 해서. 곧 등록금도 받아야 하고……"

"너 엊그저께 사무실에서 스캔작업 한 거 그게 가짜 등록금 고지서였냐? 햐 이 새끼 이거 완전 날도둑놈이네. 하긴 부모한테 사기 치는 게 가장 안전하긴 하지 잡혀들어 갈 일 없고. 알았어 임마, 나는 뭐 손해 볼 거 없으니까."

노새와 빽질이의 대화를 시종 듣고 있던 철식은 또 한 번 뒤통수를 맞은 느낌이었다. 며칠 전 사무실 책상에 구겨진 채 나뒹굴던 등록금고지서를 무심히 들여다봤던 철식은 노새가 다음 학기부터는 복학을 하는구나 생각했다. 등록금고지서에는 적은 액수이기는 하지만 장학금도 포함되어 있었다. 근데 그게 다 제 손으로 사무실 복합기를 이용해 만든 가짜 고지서였다니 황당하기만 할뿐이었다. 어쩐지 고지서에는 장학금수혜 관계로 은행납부는 할 수 없고 본인이 직접 학교에 납부해야 한다는 문구가 유독 선명하게 인쇄되어 있었다. 철식은 쓴 소주를 벌컥 털어마셨다. 도대체 어떤 놈을 믿고 어떤 말을 믿어야 할지 감을 잡을 수가 없었다. 그동안 살아온 세월로 봐서 또 시원찮은 보험설계사 경력으로 봐서 사람을 겪어보지 않은 것은 아니지만 이렇게 엉터리 같은 인간들이 서울 도심에 득실거릴 거라고는 상상도 못한 일이었다.

"나는 서울이 영 재미가 없다. 사람도 전부 도깨비들 같고, 건물들도 숨 막히고, 하늘도 둥둥 떠다니는 것 같고, 전부 티비 속 화면 같아서 멀미가 날 지경이야."

"호호호, 이 아저씨 한 잔 먹더니 완전 문학적으로 나오시네. 누군 뭐 살기 좋아서 이러고 사는 줄 아세요. 어쩔 수 없으니까 사는 거지."

슬림형 담배 한 가치를 검지와 중지 사이에 끼고 쭉 빨아들이는 사쿠라의 얼굴에 야릇한 비웃음이 번졌다. 사쿠라의 표정보다 더 냉담한 것은 도드라져 보이는 검지와 중지의 빨간색 매니큐어였다. 형광등 불빛에 광채를 번뜩이는 빨간색 손톱은 음험한 무엇을 숨기고 있는 표피처럼 보였다. 한순간 심장을 파고들 기회를 엿보듯 빨간색 이빨은 묘한 광채로 으르렁거렸다.

"얘는 이게 문제야. 현실적응능력이 현저히 떨어져요. 그러니까 매번 하는 일마다 그 모양이지. 막말로 니 말이 다 옳다 쳐. 그럼 니가 변해야지 짜샤. 맨날 그렇게 현실 속에서 너를 떨쳐 놓고 생각하니까 뭔 일이 되겠냐. 너는 내가 봐서는 현실부적응자야 그러니까 소설 쓰는 것밖에 딱히 할 일이 없지. 그냥 고시원에 처박혀서 소설이나 쭉 써라. 잘될지 안 될지 그건 장담을 못하겠지만. 자—자자— 술이나 마셔요. 괜히 산통 깨고 지랄이야 새끼가 좋은 날."

"작가님은 너무 진지한 게 탈이라카이. 인생 뭐 별거 있어요?

오늘 즐거우면 되는 기지. 자 내 술 한 잔 받아요."

"오늘도 나만 따되는 거네. 그냥 닥치고 먹기나 하는 게 남는 거지 내가 뭘 바라겠어. 꽉꽉 눌러 따라요."

어느덧 술자리는 중반전으로 치닫고 있었고 빈 소주병 예닐곱 개와 맥주병 서너 개가 한쪽 귀퉁이에 쌓였다. 철식은 알딸딸하게 취해가고 있었다. 하지만 여성동지들은 원체 술로 다져진 인생들이라 술잔을 들었다하면 원샷이었다. 사쿠라는 오른쪽 무릎을 세우고 그 위에 오른쪽 팔꿈치를 받친 채 담배를 빨아대고 있었다. 혼자 지키는 술집의 오래된 작부처럼 노련하고 퇴폐한 느낌이 사쿠라의 몸에서 스멀스멀 피어올랐다.

"술잔을 들어서 목구멍으로 넘기는 것까지를 보면 나는 그 사람의 살아온 내력을 대충 짐작할 수 있지. 술잔을 들면서부터 인상을 찌푸리는 인간들, 다 마시고 캬- 소리를 내면서 고개를 비트는 인간들, 다 싸구려 술처럼 인생자체가 쓰고 머리 골치 아픈 거라. 그런 인간들은 술을 마시면 마실수록 자꾸 세상사 불만을 나불대다가 결국 옆에 사람한테 찡짜를 붙지. 그런가하면 주둥아리 딱 달아걸고 술잔만 기울이는 인간들도 있지. 그런 인간들은 대개 저 잘난 맛에 사는 인간들이지만 어릴 때 말 못 할 일을 겪은 축들도 있긴 하지. 술판은 주로 그런 인간들이 뒤엎기 마련이라. 일명 곤조대가리지. 계속 웃으면서 웃기는 사람도 있는데 그런 인간들은 재미는 있지만 능구렁이과라 절대로 속을 까비치지 않는단 말이지. 상대하기는 그런 사람이 편치, 뒤끝도 없고 줄 것도 없고 받을 것도 없고, 자리 뜨면 그만이니까."

"언니! 그란데 언니는 그란 걸 어찌 그리 잘아노? 집에서 살림만 했다카면서."

"엄마야, 지금 내가 무슨 소리를 하고 있나. 취했나보네. 말이 그렇다는 거지 가시나야 저 가시나는 꼬치꼬치 따지는 데는 선수라니까."

당돌한 구석이 있는 꼴통이 누구도 하지 않는 아니 누구도 하지 못하는 질문을 했고 사쿠라는 급 당황한 표정으로 상황을 얼버무렸다. 말하는 것이나 행동하는 것이나 오래 묵은 화류계임이 분명했지만 사쿠라는 절대 아닌 척했다. 그냥 사업하는 일본인 남편을 만나서 일본에서 줄곧 살았다는 것으로 모든 것을 덮으려했다. 하지만 똑같은 바닥에서 잔뼈가 굵은 여자들은 사쿠라가 퇴물 화류계라는 사실을 본능적으로 알고 있었다. 굳이 그 본능적인 직감이 아니더라도 사쿠라를 상대하다보면 대충은 짐작할 수 있는 사실이었다. 하지만 누구도 입 밖으로 그 사실을 밝히려하지 않았다. 사쿠라는 측은한 나머지 연민이 들 정도로 뻔한 자신의 과거를 감추려 애썼다. 사쿠라에게 있어 그것은 마지막 자존심 같아 보였고 마지막 남은 진실 같아 보이기도 했다.

"신노 이놈, 너 언제 안주를 다 처먹어버렸어. 뱃속에 걸거지가 들었니. 에기 염치가 있어아지 음식이 눈에 띄기만 하면 싹 다먹어버려요 아주."

"헤-헤-."

화살은 결국 만만한 노새에게 날아갔고 잠시 때 아닌 정적이 싸하게 돌았다.

"에이 사장님 생일인데 내가 통닭 쏜다. 후라이드 하나 양념 하나 오케이?"

"아리가토."

"오케이."

"썩을 년, 닭 두 마리로 생색은…… 소 두 마리를 잡아도 시원찮을 판에."

똘아이의 외침에 꼴통과 철식이 화답을 했고 마지막으로 빼질이가 빈정거리는 투로 맞받았다. 부연 담배연기가 흐르는 주방은 흡사 3류 극장을 연상시켰다. 웃고 떠들고 마셔대고 있음에도 불구하고 어딘지 모르게 오래된 필름처럼 흐릿하고 침울했다. 진흙 속에 박힌 발이 천천히 짓물러가듯 하루도 또 그렇게 짓물러가고 있었다.

"나 미용실에 취직했어요. 며칠 전에 면접 보고 왔는데 월요일부터 출근하라고 전화 왔어요. 나 원래 미용실 다녔었거든요."

눅눅한 분위기를 똘아이가 반짝 밀어냈다. 사쿠라의 얼굴에서도 꼴통의 얼굴에서도 일순 설렘과 희망의 빛이 번졌다. 찌든 얼굴 사이를 열고 나온 그것은 언 땅을 비집고 나온 새순처럼 보얗고 깨끗한 것이었다. 고시원에서 업종변경을 한 화류계 여성은 똘아이가 처음이었다. 철식이 고시원에 기거한 3년 동안 단 한 명의 화류계 여성도 새 삶의 형태로 전환하는 것을 본 적이 없었다. 그

비슷한 범주에서 형태만 바꿔가며 맴돌 뿐이었다. 딱 한 명 특별한 여자가 있긴 했다. 일명 콜걸로, 전화를 받으면 손님을 상대하러 나가는 여자였다. 그녀는 비가 오나 눈이 오나 매일 아침 썬캡을 쓰고 남산에 운동을 다녔다. 여자는 언제나 씩씩했고 당돌했다. 철식이 본 대부분의 화류계 여자들은 많이 벌지만 늘 빚에 허덕였다. 하지만 그녀는 명품에 외제차까지 타고 다녔다. 그런가하면 가족들에게 종종 큰돈을 보내기도 하는 눈치였다. 그녀는 다른 여자들이 하는 세 가지를 하지 않았다. 그 세 가지는 아주 간단하지만 유혹적인, 술·담배·남자였다. 화류계 여성들에게 술과 담배는 정신을 흩트려 놓아 맘과 주머니를 헤프게 만들었고, 남자는 쪽 빨아먹고 도망가버리는 흡혈귀 같은 것이었다. 자신의 여자가 화류계라는 사실을 알면서도 사랑하고 결혼까지 할 수 있는 남자라면 당장 일을 때려치우게 하고 자신이 여자를 책임질 것이 분명했다.

"축하한데이, 니는 솜씨가 야물아가 잘할 수 있을끼구마. 나도 원래는 옷가게에 안 있었나 어린 나이에 언발이 나가 맷번 어만데 기웃거리다보이 그만 요래되부렀지만도."

꼴통의 눈빛에 촉촉한 진심이 배어나왔다. 부끄러운 듯 쑥스러운 웃음을 베어 문 꼴통이 오래된 언니처럼 보였다.

"이참에 아예 이사도 하려구요. 좀 멀긴 하지만 친안 집에서 출퇴근 해야죠. 아빠도 그러라고 하시고."

"아이구야 가시나, 이참에 완전히 팔자 고칠랑갑네. 나는 인자 누구하고 노나, 이놈의 팔자야."

천장을 쳐다보며 사쿠라가 풍풍 담배연기로 도넛을 날렸다. 굉장한 노하우가 깃들어있는 먹음직스런 도넛이었다.

"야, 너 나갈라믄 멤버 하나 집어 너놓고 나가. 포카 칠라믄 쪽수가 부족하잖어. 아니믄 퇴근 후에 날마다 두 시간씩 쳐주고 가든가."

빼질이가 젓가락을 들어 돌아이를 향해 주절댔다. 순간 벌컥 주방문이 열렸다. 발 하나와 머리를 주방으로 들여놓던 여자는 꽉 찬 담배연기와 사람들에 놀란 듯 멈칫했다. 손에는 신라면 두 봉지가 들려있었다. "들어오세요. 괜찮아요." 철식이 말을 건넸지만 여자는 "아, 조금 있다가⋯⋯" 말끝을 흐리며 발과 머리를 빼고 사라졌다. 햄버거가게 매니저로 일하는 여자는 간단한 조리식품과 라면만 먹고 살았다. 종종 배달음식도 시켜먹곤 했는데 중국음식 아니면 피자와 통닭이었다. 여자의 몸무게는 족히 70킬로 이상 나가보였다. 밤 9시에 라면 두 개를 끓여먹고 그대로 침대에 누워 잔다는 것은 막막한 현실에 눈을 감아버리는 것과 마찬가지였다. 여자가 그대로 발을 빼버리자 한동안 어색한 정적이 흘렀다. 사실 여러 명이 주방을 점령하고 있으면 누군가 볼일을 보러 들어오기란 쉽지 않았다. 아무도 없는 주방에서 라면을 끓이거나 빨래를 돌릴 때도 누가 들어올까 신경이 쓰이는 것이 사실이었다. 처지가 비슷하다 할지라도 누추한 모습은 보이고 싶지 않은 것이 사람마음이었다.

"이놈의 닭은 언제 시켰는데 아직 소식이 없어. 병아리를 키워서 잡아오나. 오줌이나 싸러 갔다와야겠네."

"나도 기별이 오는 갑다. 묻어서 얼른 다녀와야지."

빼질이와 사쿠라가 함께 화장실로 향하자 또다시 어색한 침묵이 흘렀다. 정황상 둘은 다시 돌아오지 않을 것이 분명했다. 빼질이는 적당한 때에 자리를 뜰 줄 알았다. 술자리가 길어지면 좋을 것이 없다는, 그리고 다른 원생들에게 불편을 끼칠 수 있다는 사실을 잘 알고 있었다. 빼질이의 눈치를 살피는 것이 본업이라 할 수 있는 사쿠라 역시 화장실을 거쳐 제방으로 들어갈 것이었다. 사쿠라는 빼질이의 그림자 안에서 매서운 눈과 날카로운 발톱을 숨긴 채 끊임없이 주변 상황을 예의주시했다. 바짝 긴장한 채 털을 곤추세우고 있는 사쿠라는 다가올 뭔가에 대한 불안을 감지하고 있는 짐승처럼 보였다. 한순간도 편안해 보이지 않는 사쿠라의 모습은 안쓰럽기까지 했다. 서로 눈치를 보며 남긴 회 몇 점을 초고추장에 찍어 잔을 털어마셨다. 잔을 비운 노새도 슬그머니 자리를 떴다. 더 이상 게기고 있다가는 빼질이의 후환이 있을 것이라는 사실을 잘 알기 때문이었다. 빼질이는 사소한 것까지도 틀림없이 되갚아주는 버릇이 있었다. 그것도 아주 치졸하고 짜증나는 방법으로⋯⋯.

"요주의 인물 셋이 남았네. 어차피 우린 찍힌 몸 한잔씩 더 하지뭐."

눈치 없는 꼴통과 생각 없는 똘아이 그리고 염치없는 철식만 남앗다. 셋이 있어도 하나처럼 느껴지는 진정한 이유는, 혼자서도 상당히 부족하지만 셋이 모이더라도 부족하기는 마찬가지라는 사실 때문이었다. 철식은 일단 잔들을 비우게 한 후 한쪽 구석으로 술자리를 옮겼다. 드나드는 사람들이 그나마 좀 위압감을 덜 느끼고 볼일을 볼 수 있게 하기 위함이었다. 하지만 마음이나 좀 편하자는 제스처일 뿐 드나드는 사람들이 불편하기는 마찬가지일 것이었다.

"어, 이 사장 생일이라면서 왜 셋이만 있어?"

증권맨의 손에 닭이 들려있었다. 현관에서 배달원을 만났고 생일 때문에 시킨 것인 줄 알고 건네받았다고 했다. 며칠 사이에 얼굴이 확 늙어있었다. 그렇잖아도 컴퓨터 모니터에 눈을 박은 채 날마다 담배연기만 빨아대는 통에 거무튀튀하게 보이던 얼굴이 볼까지 움푹 패어 말기 암환자처럼 보이기까지 했다.

"형님, 요새 아르바이트 나간다면서요. 바람도 쐬고 좋죠. 월급날 한턱 쏘시는 것도 잊지마시구요."

철식은 할아버지 같은 형님에게 술잔을 채워주었다. 한숨부터 푸- 내쉬는 폼이 꽤나 지친 모양이었다.

"이 대 이, 남자 둘 여자 둘, 인자 지대로 한 잔 묵어보지 뭐."

증권맨의 상태와는 상관없이 꼴통은 자칫 시들해질 뻔했던 술자리에 새로운 멤버가 투입된 것에 한껏 고무된 눈치였다. 꼴통은 평소에도 그렇지만 술이 들어가면 부쩍 사람들에게 엉겨 붙는 버릇이 있었다. 조금만 틈이 보인다 싶으면 어린애로 돌변해 맹목적으로 파고들려했다. 하지만 사람들에게 치일대로 치인 고시원생들은 몇 번 받아주다가 상대를 하지 않아버리곤 했다. 꼴통이 아니더라도 원생들은 사람들에게 충분히 독이 올라있는 상태였다. 대부분 돈과 불화가 원인일 테지만 결국 모든 것은 사람 때문이었다.

"아, 죽겠네 시팔. 십억만 있어도 이런 짓은 안 할 텐데."

서둘러 맥주 한 컵을 들이켠 증권맨은 닭다리를 집어 들었다. 정말 죽겠으면 목구멍에 뭘 넣기도 싫은 법이거늘 증권맨의 사정은 좀 다른 모양이었다. 입속에 닭다리를 다 처넣은 후 죽 잡아 뽑자 앙상하게 뼈만 발라져 나왔다.

"아저씨, 식사 안하셨어요? 왜 그렇게 무식하게 드세요?"

거의 신기에 가까운 묘기를 빤히 쳐다보던 꼴통의 외마디였다.

"내가 지금 배고파서 이러는 거 같습니까?"

아직 입속에서 목구멍으로 다 넘어가지도 않았지만 증권맨은 닭다리 하나를 더 찾아들었다. 똘아이와 눈이 마주친 철식은 저도 모르게 큭- 웃음이 터져나오고 말았다. 똘아이가 차마 말은 못하고 '이런 사람 처음 봐요' 라는 표정을 짓고 있었다.

"내 보기에는 며칠 굶으신 것 같은데."

꼴통이 고개를 갸웃거리는 사이 철식은 남은 닭다리 두 개 중 한 개를 찾아서 제 앞에 깃다 놓았다. 그대로 둔다면 닭다리 네 개는 모두 증권맨의 목구멍으로 들어갈 것이 자명했다. 눈치를 살피던 똘아이도 얼른 남은 닭다리 하나를 손에 들었다.

"배고픈 소크라테스를 포기하고 배부른 돼지가 되려는 겁니다."

"소크…… 돼지 뭐라꼬요?"

혀가 꼬인 꼴통은 겸연쩍은지 "참내" 짧은 탄식과 함께 얼굴을 붉혔다. 두 번째 닭다리를 입속에서 쭉 훑어 뽑은 증권맨은 철식이 앞으로 끌어다놓은 닭다리를 태연히 가져갔다.

"예전에는 내가 청담동 한우 소곱창집에서 일 인분에 팔 만원씩 하는 소곱창을 먹으러 다녔던 사람입니다. 이런 사료냄새 풀풀 나는 국적도 모르는 닭은 거들떠보지도 않았다 그 말이에요."

"그런데요?"

"이제부터 나는 돼지처럼 살렵니다. 이런 돼지우리 같은 곳에 살고 있으니 진작부터 돼지였는지 모르지만 딱 1년만 돼지처럼 살다가 백조가 돼서 훨훨 날아갈 겁니다."

"머라꼬요? 돼지가 백조가 된다꼬요. 아저씨 마술사예요? 웃기고 있어 정말, 누구를 바보로 아는가 그렇게 먹어대는데 어떻게 백조가 되겠어요. 천상 꿀꿀 돼지구만은."

철식은 갑자기 꼴통이 존경스러웠다. 철식은 한 번도 증권맨에게 들이대 본 적이 없었다. 증권맨의 그 휘황찬란한 말솜씨에 매번 고개를 끄덕이다가 핀잔을 당하기 일쑤였다. 그런데 꼴통은 전혀 기죽지 않고 따박따박 맞받아치고 있었다.

"술이나 따라봐요. 말이 안 통하는데 술이나 마셔야지 별 수 있어요. 백조의 깊은 뜻을 까마귀가 어찌 알겠어요. 알아듣는 게 이상하지."

"아, 혼자 따라드세요. 별꼴이야 정말, 오나가나 진상들은 똑 있다이까네."

킥킥거리던 철식은 증권맨의 잔에 술을 따랐다. 유식해보이기만 하던 증권맨이 무식한 꼴통에게 당하는 꼴을 보니 그동안 증권맨에게 당했던 일들이 좀 씻어지는 듯 했다. 한잔 가득 따른 철식은 증권맨을 향해 씩 웃었다.

"왜 웃냐? 미친놈처럼. 나는 너보고 웃을 기분 아니니까 저기지선 씨나 보고 웃어라. 혹씨 또 아냐 지선 씨도 니가 맘에 있을지."

"닥치고 닭이나 드셨으면……. 난 고시원에서는 절대 남자 안사겨요."

"니, 사장님하고 그렇고 그런 사이 아니가? 소문이 그렇던데."

역시 꼴통이었다. 알고는 있으나 입 밖으로 차마 꺼내기 뭣한말들을 서슴없이 뱉어냈다. 때론 무식하고 눈치 없는 인간들이 세상을 놀래키기도 한다. 하지만 현 시점에서 꼴통이 더 무식하고더 눈치 없어진다면 분명 고시원에서 쫓겨나게 되는 참극을 맞이할 것이었다.

"언니, 내가 사장님하고 사귀는 것 같아? 그냥 만나는 거야. 유부남이니까 들러붙을 일 없고 오까네도 있고 정력도 세고 좋잖아킥-킥-. 언니도 생각 잘해, 진짜 사람 사귀려면 이런 데서 만나면안 돼. 여기 있는 남자들 뻔하잖아 찌질하고 못 배우고 돈 없고 미래 불투명하고. 진짜 사람 만나려면 땟국까지 이 바닥 냄새 싹 지우고 완전 내숭 까야 돼. 난 평범하고 순진한 샐러리맨 만나서 연애 좀 하고 바로 결혼할 거야."

장황하지만 가시 박힌 똘아이의 언사를 들은 철식은 저절로 고개가 바닥에 처박혔다. 반면 증권맨의 태도는 사뭇 달랐다. 통닭에 딸려온 콜라를 페트병 째 쿨럭쿨럭 들이마시고는 끅-끅- 트림을 해댔다. 상스럽고 지저분하게 들리는 증권맨의 트림에 묘한 야료가 묻어있었다.

"같은 처지끼리 만나가 의지하고 살믄 안 좋겠나. 팔짜 고치기가 그리 쉬운 일도 아이고."

"그러니까 언니가 그 나이 먹도록 이런 데 살면서 밑 팔러 다니는 거야. 진작 정신차렸어봐, 지금쯤 옷가게 하나는 냈지."

"아이고 내사 모리겠다 갑갑시럽고로. 나는 작가님밖에 없으니까네. 맞지요, 작가님?"

난데없이 꼴통이 철식의 옆구리를 파고들었다. 철식은 뜨악했다. 전혀 예상치 못한 짓이기도 했지만 똘아이와 증권맨이 지켜보고 있었기에 더욱 놀라지 않을 수 없었다. 철식은 저도 모르게 옆구리에 감긴 꼴통의 팔을 빠르게 잡아 뜯었다.

"와그라는데요? 참내, 사람 부끄럽고로 여자가 안기믄 남자는 못이기는 척 가마이 있는기지 매너없게시리. 됐어요 고마, 나도 자존심이 있다고요."

팩 토라진 모습을 한 꼴통을 보고 있기도 뭣하고, 똘아이와 증권맨의 웃는 낯짝을 보기도 민망한 철식은 화장실을 가는 척 일어섰다. 꼴통이 철식의 방에서 하룻밤 보내고 간 후, 소문은 퍼져있었다. 꼴이 좀 우습게 됐지만 꼴통이 정상에 깃발이라도 꽂은 듯 실실 말을 흘리고 다닌 때문이었다. 철식은 거의 무방비상태로 당하고 덮어씌워진 꼴이나 마찬가지였다. 하지만 철식도 일말의 책임은 느끼고 있었다. 술에 취해서 그냥 아무 일 없이 자고 갔다고는 하지만 내심 신경이 쓰이는 것은 어쩔 수 없었다. 철식은 그냥 방으로 들어가기도 뭣하고 해서 사무실로 향했다. 차분히 앉아서 담배나 한 대 피울 요량이었다.

"노크 좀 하고 들어와라 이놈아, 얘네들 놀래겠다."

불 꺼진 사무실에 뺀질이가 앉아있었다. 등받이 의자에 깊숙이 몸을 파묻은 채 한쪽 손은 바지 속에 집어넣고 한쪽 손은 컴퓨터 마우스에 올려놓고 있었다. 어두컴컴한 속에서 벌겋게 충혈된 눈을 빛내고 있는 뺀질이에게서 사특한 기운이 느껴졌다.

"신노 자식, 생일선물은 제대로 했네. 역시 전문가라 틀려."

철식은 뒤쪽 창문을 조금 밀고 담배를 피워 물었다. 실내는 뺀질이가 이미 피운 담배연기로 뿌옜다. 화면 속에서는 고딩 한 쌍이 교복을 입은 채로 놀이터에서 그 짓을 하고 있었다. 허리 높이의 철봉에 상체를 걸친 채, 교복치마를 걷어 올리고 뒤를 내준 계집애는 남자애가 열심히 밀어붙이는 동안 핸드폰을 만지작거리고 있었다. 그 장면을 어떤 인간이 주변 높은 건물에서 몰래 찍은 모양이었다.

"이거나 하나 갖다 입어라."

얇은 사각 박스 하나를 철식에게 던졌다. 포장지가 뜯긴 속내의 한 벌이었다. 책상에는 생일선물로 받은, 향수·술·지갑·건강 보조식품 등이 놓여있었고 내의는 그 중 하나였다. 검정 땡땡이 무늬가 박힌 내의는 유명 브랜드 제품이었다. 술 한잔 제대로 사지 않는 뺀질이의 평소 행동으로 봐서 선뜻 내주기는 쉽지 않은 일이었다. 철식은 기쁜 마음을 애써 감추기 위해 헛기침을 한번 한 후 내의를 펼쳐보았다. 부드러운 윤기가 자르르 흐르는 것이 비싼 것임에 틀림없었다. 사이즈 95를 확인하는 순간 기쁨이 좀 반감되긴 했지만 원래 그런 놈이려니 생각하니 물건만 눈에 들어올 뿐이었다. 사이즈 105를 입는 뺀질이에게 사이즈 95는 입맛은 당기지만 먹을 수 없는 일명 '그림의 떡'과 같은 것이었다.

"내가 말한다는 것이 깜박했네. 아까 오전에 토니가 나가겠다고 말하더라. 담주 수요일 날 이사한다던데."

내의에 대한 답례로 철식은 뺀질이가 반가워할 소스 하나를 던졌다. 토니는 뺀질이가 눈엣가시처럼 생각하는 녀석이었다. 뺀질이에게는 외국인에 대한 입실규정이 있었다. 러시아 아가씨 올가와 디아나 두 명 외에 외국인은 절대 받지 않는다는 것. 클럽에서 일하는 올가와 디아나는 1년 넘게 살았고 비교적 원생들과 소통도 잘되고 무엇보다 뺀질이가 흥분할만한 미모와 몸매를 지니고 있었다.

그동안 중국·미국·우즈베키스탄·몽골·베트남 등 다민족

세입자를 들였지만 귀찮기만 할뿐 별로 돈이 되지 않았다. 자꾸 물어보고 설명해줘야 하는 일들이 많았고, 한결같이 방을 지저분하게 사용했다. 또, 한두 달 있다가, 적게는 한두 주 사이에 방을 빼곤 했다. 대부분 거처가 마련될 동안 임시방편으로 있는 경우가 많았다. 방을 들이고 나가고 하는 팀이 며칠씩 된다고 생각하면 외국인을 들이는 것은 여러모로 이해타산이 맞지 않았다.

"하여튼 버터 처먹고 사는 놈들하고는 상종을 말아야한다니까. 미끌미끌 존나 말을 안 들어 처먹어요."

토니는 210호 경자의 간곡한 부탁으로 들어올 수 있었다. 토니는 경자가 바텐더로 있는 미군 클럽에서 타임으로 록큰롤을 부르는 가수였다. 기타 하나 메고 세계를 떠도는 중이라고 했다. 잠깐 있을 예정이라고 했지만 어느덧 세 달째를 넘기고 있었다. 세 달을 있든 1년을 있든 기간이 문제가 아니라 행동거지가 문제였다.

저녁에 가게로 출근하는 토니는 꼭 낮에 노래 연습을 했다. 방 안에서 방귀만 뀌어도 한 방 걸러 두 방까지 들리는 처지에 기타를 쳐대며 록큰롤을 두 시간 가량 불러댄다는 것은 모두 일어나 노래를 감상하라는 소리나 마찬가지였다. 몇 번의 시비와 경자의 중재로 인해 기타와 노래는 보광초등학교에 가서 연습하는 것으로 일단락되었지만 화장실 문제는 지금껏 해결을 못보고 있는 상태였다. 토니는 꼭 여자화장실을 이용했다. 키가 190센티 정도 되는 토니는 좁게 만들어진 남자화장실에 불편을 느꼈고 무엇보다 비데에 길들여졌다는 이유로 꼭 여자화장실을 이용했다. 여자원생들은 토니의 화장실 사용에 몹시 불편해했고 결국 뺀질이에게 항의를 하기까지 했다. 뺀질이와 철식이 여러 번 주의를 줬지만 "오, 쏘리." 아니면 "예스 예스 아이 언더스탠." 그리고 그만이었다. 게다가 자주 술 먹고 다른 외국인과 함께 들어와 자곤 했다. 좁아터진 화장실에서는 절대 일을 못 보지만 게딱지만한 방안에서 둘이 자는 건 괜찮은 모양이었다. 새벽까지 사무실에서 포커를 치던 뺀질이가 같이 온 사람을 몇 번 못 들어오게 하기도 했지만 날마다 보초를 설 수도 없는 노릇이었다.

"걔가 미국놈이라 그랬지. 아휴 씹새들, 하여간 상대 못할 새끼들이야. 아가씨들 말 못 들었냐 가게에서 제일 재수 없는 놈들이 미국놈들이라는 소리."

외견상 토니는 제 발로 나가는 형국이었지만 실질적으로는 뺀질이가 내쫓은 것이나 마찬가지였다. 처음에는 방안의 냉장고에 연결된 잭을 뽑아 작동을 멈췄고, 방문 열쇠꽂이에 성냥 꼬타리를 끼워 넣어 돈 주고 고치게 했으며, 마지막으로 방안에 바퀴벌레 몇 마리를 집어넣는 것으로 기겁하게 만들었다. 이 모든 일을 뺀질이가 계획했고, 전혀 내키지 않지만 어쩔 수 없이 철식이 실천에 옮겼다. 세계 각국을 돌아다닌 놈답게 토니는 외국인의 권리에 대해 빠삭했다. 걸핏하면 대사관에 연락하겠다고 으름장을 놓곤 했다. 미국 쥐새끼 하나 때문에 미국이라는 나라와 싸우게 되는 일은 어찌되었든 피하자는 것이 뺀질이의 생각이었다.

토니가 나가면 여자원생들은 좋아할 것이었다. 화장실 때문이기도 했지만 업소에서 일하는 아가씨들은 미국사람이라면 고개를 흔들었다. 고시원에 사는, 업소 아가씨들에게는 미국사람이 진드기로 통했다. 맥주 한 병 시켜놓고 돈도 안 되는 담배만 피워대며 계속 자리를 차지하고 있는 사람들 대부분이 미국사람이라고 했다. 차라리 미국사람은 받지 않는 것이 남는 장사라고 할 정도였다.

"야 안 되겠다. 가서 정리 좀 해라."

CCTV에 햄버거가게 매니저의 모습이 보였다. 손에 라면을 든 햄버거 가게 매니저는 주방문에 귀를 대보더니 다시 제 방으로 들어갔다. 밤에 라면 두 개를 꼭 끓여 먹어야 잠을 자는 여자였다. 철식은 아쉽지만 컴퓨터 모니터에서 눈을 떼고 일어섰다. 이번에는 아나운서 H양의 동영상이었다. 눈이 완전히 풀린 게 약물을 한 바가지나 들이킨 표정이었다.

"너는 소설 쓴다는 놈이 이 중요한 순간에 어디 갔다 오는 거냐. 지금 광숙 씨 인생막장드라마가 줄줄 흘러나온다. 얼른 와서 받아 적어."

술 취한 꼴통은 완전히 무아지경이었다. 두 달 전 크리스마스 때 국화(菊花)에서 들었던 내용의 어디쯤을 리바이벌 하고 있었다. 완전히 이성을 잃은 꼴통은 대단한 인생역정이라도 읊어대는 듯 신명난 모습이었다.

어머니가 집을 나간 후, 다섯 살 때 아버지 손에 이끌려 두 살 위인 오빠와 함께 대구의 한 고아원에 맡겨졌다. 고아원 앞에서 사과 한 봉지를 품에 안기고 뒤돌아선 아버지는 그 뒤 영영 찾아오지 않았다. 18살 때까지 고아원에서 자란 후, 서울로 상경해 옷가게 점원으로 일했고 같은 또래의 직원을 따라 룸살롱을 나가게 된 것이 화류계 생활의 첫발이었다. 돈을 좀 벌기도 했지만 '똥파리'를 비롯한 몇 명의 남자들에게 다 털리고 현재는 신용불량자에 빚만 있는 상태다. 생활고와 사람에 치인 이후 줄곧 정신과 치료를 받으며 다량의 수면제와 신경안정제로 살고 있다.

들어보나마나 똑같은 내용이었다.

"근데 이 사장이 그만 끝내라는데요. 어쩌겠어요, 끝내라면 끝내야지."

"아참, 답답하네. 아직 술이 남았는데 끝내더라도 이걸 마시야 끝낼 거 아니오."

꼴통은 아직 절반쯤 들어있는 소주병을 철식에게 흔들어댔다. 눈은 상당히 많이 찢어져 있었다. 조금 더 찢어지면 칼날이 될 수도 있을 것 같았다.

"그라이까네 그 똥파리 좀 제발 델꼬가달라고 부모한테 싹싹 빌었다이까요. 그라가 만난 사람이 가스 배달하는 남자였는데 내보다 일곱 살 덜 묵었어요. 갸는 참 따뜻한 면이 있었는데……. 집에 들어올 때믄 머 묵고 싶은 거 없냐고 전화도 하고 가슴팍이 넓어가 안기믄 요래 폭 안 들어갔다아입니까."

"근데 그 남자하고는 왜 헤어졌는데?"

"가스나가 언니 말씀하고 계시는데 싹둑 짜르고 지랄이고 싸가지 없이. 갸는 집이 가난핸기라. 지 벌어가 다 주고 내도 벌어가 다 주고 한 2년 그래 살았나. 그란데 어느 날 퇴근하고 보이 없데. 고마 갈 때가 된기지. 지금도 전화번호는 있는데 전화 안한다. 어데서 잘 살고 있다카는 얘기는 들었거던."

"얘기는 담에 하시고 이 사장이 끝내라고 하니까."

"가마 있어봐요 쪼매. 사람 얘기하고 있잖아요. 끝낼 때 되믄 어련히 알아서 끝낼까봐 보채고 그래요 고마. 작가님이 사랑을 알아요? 사랑을 해보기는 했어요? 사람이 감정이 없으이까네 그 모양이라요. 욜로 살지말고 욜로 한번 살아보란 말이요."

꼴통은 제 머리통과 가슴을 번갈아 가리키며 '욜로 살지말고 욜로 한번 살아보라'고 충고했다. 쉽지 않을 성 싶었다. 철식은 주방을 비추고 있는 카메라에 손짓을 해보였다. 분명 뺀질이가 지켜보고 있을 것이었다. 철식은 제 잔에 소주를 따랐다. 먼저 술부터 바닥을 내야 할 것 같았다.

"그니까 광숙 씨는 지금까지 뜯기고만 살았구만. 그놈들 다 피빨아 먹는 빈대 같은 놈들 아니요."

"아저씨 참 말 이상하게 하시네. 내가 준기지 그게 어데 뜯긴 거예요? 내가 이 가슴에 손을 얹고 정말로 사랑해서 줬다이까요."

이번에는 증권맨에게 눈알을 부라렸다. 절대 뜯긴 것이 아니고 준 것이라고 우기는 꼴통의 눈자위가 살짝 붉어지며 애잔하게 젖어들었다. 진실을 몰라주는 것이 답답해 보이기도 했고, 뭔가 억울한 것이 가슴에 콱 틀어박힌 것처럼 보이기도 했다.

"그러니까 언니가 바보 소리를 듣는 거야. 솔직히 말해서 그놈들이 언니한테 쪽 빨아먹고 토낀 거 아냐. 막말로 그놈들이 언니를 한번 찾아오길 해 고맙다고 전화를 한통 해. 그 새끼들 다 똑같애. 언니 등쳐먹은 거라구. 그 새끼들 아마 어디 가서 언니 등쳐먹은 거 술안주로 씹고 있을 걸. 인제 그딴 새끼들 똥구멍에 물 주는 일은 그만하고 정신 좀 차리셔. 언니두 이 바닥 인제 몇 년 안 남았어, 벌써 지났는지도 모르지만."

"이 가스나가 주디이를 함부로 놀리네. 내가 사랑해서 줬다카는데 어따 대고……"

순식간이었다. 철식은 세 잔째 자작을 하고 있었고 증권맨은 돌아가는 꼴이 재밌다는 듯 킥킥거리고 있었다. 짝, 소리를 들은 철식은 번쩍 고개를 쳐들었다. 똘아이가 놀란 듯 한쪽 뺨을 감싸고 주춤 물러나 있었고 꼴통은 그런 똘아이를 앙칼지게 노려보고 있었다. 그냥 노려보는가 싶더니, 두 손으로 똘아이의 머리채를 앙칼지게 휘어잡았다. 그리고 그대로 올라타더니 바닥에 머리를 쿵쿵 짓찧었다. 철식은 말릴 엄두도 못 내고 멍하니 쳐다보기만 했다. 이종격투기가 무색할 정도로 실감나는 액션이 눈앞에서 순식간에 펼쳐지고 있었다.

"니처럼 빨아묵고 댕기는 년보다야 주는 게 백번 나은 거 아이가. 내 모릴 줄 아나 이년아. 니 뱃속에 여시 동냥치가 들었다는 거 훤히 다 알고 있다. 살을 팔아도 죄는 안 짓고 살았는데 내가 왜 니한테 바보소리를 들어야 하는 긴데. 뚫린 주디이로 말을 해

바라 이년아."

철식은 난감했다. 한 번도 여자끼리 엉겨 붙어 싸우는 꼴을 당하지 못한 철식은 어떻게 해야 하나 속수무책으로 쳐다볼 뿐이었다. 그런 반면 증권맨은 뭐가 그리 재밌는지 상체를 뒤로 젖힌 채 배를 움켜잡고 있었다.

"병신 같은 년. 병신 퉤-퉤-."

바닥에 눌린 똘아이가 침을 뱉어가며 발악을 했다. 체구로 봐서는 똘아이가 꼴통을 짓누르고 있어야 마땅했지만 꼴통은 밀려지지 않을 정도의 괴력을 발휘하고 있었다. 술에 취한 채 분노가 폭발한 꼴통은 고추장을 퍼먹은 쌈닭의 형상이었다.

"이게 지금 뭐하는 짓이야."

벌컥 문을 연 뺀질이가 빽 소리를 질렀다. CCTV 화면으로 모든 상황을 지켜보고 있었을 것이었다. 몰입하던 야동을 뒤로 하고 쫓아온 뺀질이의 행동거지에서 날선 바람이 일었다.

"저리 떨어져요. 얼른 떨어지라니까."

뺀질이는 꼴통의 허리를 잡아 뜯어내보려다가 안되겠다 싶었는지 등짝을 세차게 후려쳤다. 한 대 두 대, 꼴통의 얼굴이 분노와 아픔으로 빨갛게 질리더니 잡고 있던 똘아이의 머리채를 휙 뿌리쳤다.

"아야 아파라, 사장님은 왜 나만 때리고 그래요. 내가 뭔 잘못이 있다고……"

꼴통은 뺀질이에게 맞은 등이 아픈지 한쪽 팔을 뒤로 뻗어 문질렀다. 눈은 헝클어진 머리를 매만지며 일어서는 똘아이에게 꽂혀 있었다. 그러다가 한순간 철식을 휙 노려보더니 "빙신은 니가 빙신이다 새끼야." 소리를 빽 지르더니 꽝 문을 닫고 나가버렸다. 이 어이없는 상황은 또 뭐란 말인가, 철식은 알딸딸했다.

6. 시인과 숙녀

    태풍이 쓸고 간 뒤끝은 고요했다. 눈빛과 숨소리 그리고 스치고 지나갈 때 느껴지는 감정의 전이로 모든 언어를 대신했다. 극히 필요한 말 외에는 입을 꼭 다문 채 각기 동선을 따라 움직일 뿐이었다. 마치 동안거라도 들어간 듯 숨죽인 고시원은 늦겨울 세찬 바람속의 동굴 같았다. 각기 자신만의 공간 속에 들어앉은 사람들은 눈과 귀를 닫은 채 긴 동면에 들어간 상태였다. 누구라도 선뜻 깨뜨릴 수 없는 무거운 침묵이 사슬처럼 서로의 마음을 감고 있었다.

    철식은 멍하니 사무실에 앉았는 시간이 많았다. 요 근래 사무실은 내장을 파 먹힌 짐승의 그것처럼 휑뎅그렁했다. 똘아이가 미용실에 취직해 천안 집으로 들어간 후 뺀질이는 자주 고시원을 비웠다. 사람들과 어울려 술을 마시러 나가는 횟수가 잦았고, 처자식이 있는 집으로 들어가는 횟수가 늘었다. 제 나름대로 허전함을 달래려 애쓰는 모양이었다. 철식은 사무실에 앉아 CCTV 모니터와 유선방송을 보는 것이 일과였다. 어떻게든 소설을 써보려 애썼지만 좀처럼 문장이 나가주질 않았다. 솜방망이로 가슴 한 귀퉁이가 꽉 틀어 막힌 것처럼 답답한 가운데 더이상 생각의 가지를 뻗지 못했다. CCTV 모니터와 유선방송은 그냥 틀어져 있을 뿐 눈과 귀를 잡아끌지 못했다. 그저 멍하니 앉았다 소주를 마시다 보면 어느새 새벽이 되었고, 청소를 하고 나서는 점심나절까지 퍼질러 자는 게 일상이었다. 종종 마리서사의 떨거지들에게서 전화가 왔지만 받지 않았다. 모든 것들이 나른하고 지루했다.

늘 주방을 점령하고 있던 사쿠라마저 드문드문 얼굴을 내밀었다. 뺀질이가 자주 고시원을 비우자 사쿠라는 주방에서 식사준비를 거의 하지 않았다. 나가서 사먹거나 시켜먹거나 둘 중 하나였지만, 가끔은 며칠씩 얼굴을 볼 수 없을 때도 있었다. 이른 아침 부스스한 얼굴을 달고 쥐새끼처럼 들어오는 사쿠라의 몰골은 며칠 밤을 꼬박 새운 사람의 그것이었다. 그런 날은 하루 종일 퍼질러 잤다. 급박한 무호흡증과 코골이가, 열려진 문틈으로 종일 새어나왔다. 껍질이 터진 배통을 훤히 드러낸 채, 드르렁 푸- 후흡 후흡, 불안한 소리를 뿜어내는 모습을 볼 때면 짜증스러운 연민이 느껴지기도 했다. 짐승과 하등 다를 것 없는 적나라한 모습은, 마주하기 싫지만 어쩔 수 없이 거울을 통해서 맞닥뜨리는 자아와 같은 것이었다.

증권맨은 날마다 무표정한 마네킹의 얼굴을 달고 당구장으로 출근을 했다. 표정을 잃어버린 증권맨은 '씨팔' 소리와 함께 '후-' 한숨 소리를 달고 살았다. 독이 잔뜩 오른 전갈처럼 보이기도 했고, 목매달려 끌려가는 개처럼 보이기도 했다. 가늠하건대 아주 작은 사건으로도 폭발하거나 꼬꾸라질 수 있을 위험한 상태였다. 자존심 하나밖에 남은 것이 없는 증권맨에게 당구장 잔심부름이란 칼날을 목구멍으로 삼키는 행위와 다를 바 없었다. 언젠가 분노가 극에 차오르면 그동안 삼켰던 칼날을 세상 속으로 피와 함께 격렬하게 토해낼 것이 분명했다. 증권맨은 하루하루 분노와 악을 쌓아가고 있었다.

철식은 애써 증권맨을 외면했다. 어떤 상황에 맞닥뜨리는 것이 두려워서가 아니라 그냥 그대로 놓아두고 싶어서였다. 신발장에서 꺼낸 구두를 귀찮은 듯 솔로 밀어대는 CCTV 속 증권맨은 등이 굽고 다리가 헐거워보였다. 이제 새로운 뭔가를 할 수 있는, 다시 일어설 수 있는 정점을 넘어버린 증권맨은 식어버린 모래언덕 어디쯤 그렇게 미끄러지고 있었다.

이런저런 상황에도 가장 팔자가 늘어진 놈은 노새였다. 친척 결혼식 때문에 서울에 올라온 부모에게 폴리텍대학과 고시원 현장답사를 시킨 노새는 새로운 사향의 컴퓨터까지 마련해 게임과 야동에 몰두했다. 더 이상 현실적인 잣대로 노새를 판단하는 것은 의미 없는 일이었다. 사이버세계에 자신만의 공간을 구축한 노새는 그 경비조달의 문제에 직면했을 때만 현실에 한 발 내디딜 뿐이었다. 현실과 가상세계가 뒤바뀐 노새는 늘 방문을 꼭 닫아걸고 생활했다. 라면 박스만한 컴퓨터는 덩치 큰 노새를 철저히 수족처럼 부리고 있었다. 뇌를 지배당한 노새는 정해진 프로그램에 맞춰 점점 퇴화되고 있었다. 뇌는 작아지고 몸은 둔해지는 노새가 스스로 방문을 열고 나오기란 요원한 일이었다. 컴퓨터는 전기를 빨아먹는 것이 아니라 노새의 젊음을 빨아먹고 있었다.

3월이 코앞이었지만 막바지 추위는 좀처럼 누그러들 기미를 보이지 않았다. 누구든 현관문을 열고 들어올 때면 오소소 몸을 떨었다. 그나마 뺀질이가 자주 고시원을 비웠기에 보일러 온도를 높일 수 있었다. 철식은 외벽을 끼고 있는 방까지 따뜻할 정도로 보일러를 빵빵하게 틀었다. 방은 따뜻했지만 철식의 마음은 냉골이었다. 근 한 달째 꼴통이 알은 체를 하지 않고 있었다. 알은 체를 하지 않는 것은 차라리 잘된 일일 수 있었지만 문제는 심하게 망가진 일상을 보내고 있다는 것이었다. 똘아이와의 몸싸움 이후, 뺀질이는 대놓고 꼴통을 적대시했다. 덩달아 사쿠라까지 꼴통에게 가시를 세웠다. 몇 번 꼴통이 말을 붙이려했지만 사쿠라는 픽- 코웃음만 날리고 사라질 뿐이었다. 그동안 고시원은 뺀질이와 똘아이 그리고 사쿠라의 삼각구도로 이루어진 틀 안에서 움직였다고 해도 과언은 아니었다. 하지만 똘아이가 사라져버린 삼각구도는 기형적으로 변해있었다. 뺀질이와 사쿠라는 애써 똘아이의 존재감을 믿으려 했지만 그건 허상일 뿐이었다. 똘아이는 없고 더 이상 삼각구도는 존재하지 않았다. 단지 그렇게 믿고 싶을 뿐이었다.

빼질이와 사쿠라는 무너진 삼각구도에 대한 심리적 씁쓸함을 꼴통을 통해 해소하려 했다. 어린애 장난 같은 따돌림을 꼴통에게 행하고 있었다. 분명 어린애 장난 같은 짓이었지만 꼴통에게는 상당한 심리적 압박이었다. 묘하게 사람을 코너로 몰아가는 적대적 상황을 몇 번 당하고 보면 누구든 스스로 왜소해지기 마련이었다. 고아로 자란 꼴통에게 따돌림은 다시 한 번 외톨이라는 확신을 심어주는 일이었다. 가족이 없다는 것은, 원인 모를 피해의식을 장기의 일부처럼 가슴 속에 담고 살아가는 것과 같았다. 진정으로 도움을 청할 수 있는, 속엣말을 할 수 있는 그 누군가가 없다는 것은 아스팔트 위에서 자라고 있는 들풀과 같은 것이었다. 때문에 꼴통은 가족이라는 울타리를 만들기 위해 수많은 남자에게 집착했을 것이었다.

꼴통은 2차가 얻어걸리지 않는지 매일 밤, 술에 취해 들어왔다. 10시에서 11시 사이가 되면 예의 꼴통의 비틀거리는 발소리가 들렸다. 막힌 복도 여기저기 부딪치는 꼴통의 발소리는 간절한 신음소리로 탈출욕구를 드러냈다. 부딪쳐 튀어오르는 발소리는 텅 빈 껍데기일 뿐 그 어떤 울림도 만들어내지 못했다. 아무런 희망이 없는, 절벽을 마주한 자의 발소리였다. 꼴통이 할 수 있는 일이라고는 밤마다 술에 취해 현실을 잊어버리는 것뿐이었다. 그동안 수없이 단련되어 왔을 법도 하지만 꼴통은 또다시 그 지난한 과정을 반복하고 있었다. 어쩌면 그것은 스스로 만든 함정 같은 것일 수도 있었다. 스스로 구덩이를 파고 스스로 흙을 덮는 자신을 향한 거짓 의식 같은 것일 수 있었다. 꼴통이 묻어버려야 할 거추장한 허상 속에 철식도 한 가닥 뿌리를 내리고 있었다.

억병으로 취한 꼴통은 딱 한번 철식에게 전화를 했었다.

"휴-, 작가님요! 내랑 술 한잔 하자카믄 실례겠죠?"

"……"

"와 이리 맘이 허전한지, 고마 전봇대가 가슴을 팍 뚫고 지나가 뿌린 것 같기도 하고."

철식은 뭐라 대구를 못하고 가만히 듣고만 있었다. 오랫동안 고여서 썩은 진물 같은 축축함이 전화기 저편에서 전해져왔다. 철식은 송화기를 막고 긴 한숨을 내쉬었다. 모든 것이 막막했다.

"작가님, 왜 날 아프게 하는교. 왜 내한테 잘해 줘가 맘을 아프게 하느냐 이 말이에요."

꼴통이 울고 있었다. 엉엉 소리 지르지 않아도 충분히 절규하고 있다는 사실을 느낄 수 있었다. 철식은 아무 말도 할 수 없었다. 비겁한 놈들은 원래 결단과는 거리가 먼 법이었다. 입을 닫고 귀를 막고 마지막으로 눈을 감아버리면 그만이었다. 도저히 어쩌지 못하고 제풀에 지쳐서 떨어져 나가기만을 기다리는 비루한 족속들의 불편한 행티의 수순이었다.

"혹시, 내한테 동정한 거요? 내가 고아라꼬, 몸 판다고, 불쌍해 보여가 아덜 사탕 주듯 그래 맘을 뿌린 거냐고요?…… 맞소, 내는 그란 년이요. 그란데 작가님은 뭐가 그리 대단한데요? 내를 그렇게 불쌍하게 생각할 만큼 대단한 사람이냐고요? 내 말 똑똑히 들으이소. 난 불쌍한 년이 아니라 그냥 김광숙이요. 사람, 아니 여자 김광숙이라꼬요."

철식은 끝내 한마디도 하지 못했다. 철식이 어떤 말을 지껄이더라도 꼴통에게는 위안이 되지 못하리라는 사실을 잘 알고 있었다. 꼴통은 절벽을 마주하고 있었고 철식은 절벽을 등지고 있었다. 어떤 식으로든 등을 보인 자의 눈빛은 초점이 흔들리기 마련이었다. 가벼운 입술에서 만들어지는 보푸라기 같은 말들은 살과 마음속에 박혀 고름으로 산화할 뿐이었다.

철식은 이미 신호가 끊긴 전화기를 한동안 귀에 대고 있었다. 감정이 복잡했다. 제일 묵직하게 가슴을 짓누르는 것은 죄책감이었다. 동정이었든 관심이었든 좀 더 신중했어야 했다고 자책했다. 손 내밀고 싶어도 때론 무심히 지나쳐야 할 일들이 있기 마련이었다. 띠-띠- 울리는 신호음이 녹슨 바늘이 되어 목구멍을 찔렀다.

철식은 꼴통을 대할 때마다 깜짝깜짝 놀라곤 했다. 어린애와 같이 순진무구해 보이기도 했고, 한없이 멍청해 보이기도 했으며, 거칠고 천박한 모습에 가슴이 식어 내리기도 했다. 복잡 다양한 꼴통의 모습들은 철식의 마음을 온전히 바로 세우지 못하게 하는 요인이었다. 낯설고 안타까운 마음이 복합적이었지만 결정적으로 받아들여야 하는지에 대한 문제에 있어서는 선뜻 그렇다고 고개가 끄덕여지지 않았다. 하지만 어떤 이유에서건 계속해서 꼴통이 신경 쓰이는 건 사실이었다. 신호음만 질러대는 빈 전화기처럼 철식은 방관자의 모습으로 공허한 한숨만 내쉴 뿐이었다.

근 한 달째 이어지던 침묵의 늪을 휘저은 것은 디아나였다. 비자가 만료돼 러시아를 다녀와야만 하는 디아나는 고시원 사람들을 송별식에 초대했다. 짧은 이별일 테지만 디아나는 사람들과 파티를 하고 싶어했다. 디아나의 러시아행과는 상관없이 사람들은 디아나의 초대가 반가울 수밖에 없었다. 끈끈이주걱 같은 침묵의 늪에서 어떻게든 발을 빼고 싶은 것이 모두의 바람이었다.

서른 살인 디아나는 스무 살에 속옷 모델로 한국에 왔지만 지금은 클럽에서 호스티스로 일하고 있었다. 한국말도 곧잘 했고 러한사전을 찾아가며 뜻을 해독할 정도로 머리도 있었다. 한국남자와 장난 같은 결혼을 세 번 했고 지금은 세 명의 애인을 거느리고 있는 연애대장이기도 했다. 세월의 흔적으로 뱃살과 엉덩잇살이 부풀어 있긴 했지만 남자들의 시선을 끌어 잡을 수 있을 정도의 미모는 아직 충분했다.

"오빠 언니 와줘서 고마워. 디아나 정말 기뻐."

먹자골목 돼지갈비 집으로 사람들을 초대한 디아나는 벌써 알딸딸했다. 오후 3시, 아직 취하기에는 이른 시각이었지만 어림잡아 약 70퍼센트 맛 간 상태였다. 필경, 새벽까지 가게에서 손님을 상대했을 것이고 아직 숙취가 덜 가신 상태에서 또 몇 잔 털어부었으니 맛 간 상태의 연장이었다. 테이블에는 소주와 맥주 그리고

보드카가 널브러져 있고 열 명 남짓한 다국적 아가씨들이 앉아있
었다.

"내 친구들, 사랑해 예뻐."

뺀질이의 입이 순간 가로로 확 찢어졌다. '이게 웬떡이냐' 싶은
표정이었다. 물론 철식도 후끈 몸이 달아오르는 것을 어쩌지 못했
다. 국산과는 차원이 다른 매끈하고 시원스런 육감미가 줄줄 흘렀
다. 게다가 어리기까지 했다. 철식은 벌렁거리는 속을 감추기 위
해 찬물부터 한 컵 들이켰다. 분간 없이 덤볐다가는 분명 창피만
당하고 나가떨어지기 십상이었다. 피곤에 찌든 증권맨의 얼굴에
도 사르르 피가 돌았다. 예쁜 여자를 마주한 수컷들이란 하나같이
꼬리를 사타구니 사이에 말아감고 비쩍거리는 발정난 개와 다를
바 없었다. 그중에서도 유독 개가 되고 싶은 뺀질이는 이미 인간
의 거죽을 벗어버리고 있었다. 어느 여자건 한번 쓰다듬어 주기만
하면 질질 쌀 것처럼 헐떡거렸다.

올가도 보였다. 올가도 디아나와 같은 클럽에서 일하고 있었다.
하지만 밝은 성격이 아니어서 사람들과 잘 어울리지는 않았다. 러
시아에 5살 아들이 있어서 종종 고시원 컴퓨터로 화상채팅을 했
다. 아들과 대화를 나누는 올가의 러시아 말소리가 시끄럽게 복도
를 울렸지만 사람들은 묵묵히 참아냈다. 복잡한 생활 탓으로 한껏
예민해져 있는 사람들이지만, 한편 마음 깊숙한 곳에 가족에 대한
상흔을 지니고 있기도 했다. 대부분 가족과 불화를 겪고 있거나
이런저런 사정 때문에 연락을 끊고 지내는 형편이었다. 때문에 올

가 모자의 화상통화는 시끄러움이기 이전에 회한의 한 장면이기도 했다. 어두운 방안에서 올가의 화상통화 내용을 들으면서 저마다 가슴속 상흔을 핥고 있을 것이었다.

"이야, 디아나 친구들 아주 쭉쭉빵빵이네. 진작 소개시켜주지 왜 인제 소개시켜주는겨. 안녕하세요? 나이는 이십 대구요 아직 총각입니다. 돈은 없지만 제가 다른 거, 그건 좀 잘 할 자신이 있습니다."

뺀질이는 본격적으로 삽질을 시작했다. 식당에 들어서자마자 쓱- 훑어본 뺀질이는 그 중 괜찮다 싶은 여자의 옆자리에 대뜸 엉덩이를 들이밀었다. 갈색 윤기가 자르르하고 눈이 시원하게 트인, 게다가 자두 모양 큼직한 가슴이 도드라진 여자였다. 슬쩍 훔쳐봤을 뿐이지만 아랫도리가 차렷 자세로 경의를 표할 정도였다.

철식은 의식적으로 건너편에 자리한 똘아이를 쳐다봤다. 이런 상황을 미리 예상하고 있었다는 듯 똘아이는 태연했다. 평일이었으면 오지 못했을 테지만 다행히 일요일이어서 똘아이는 함께 자리를 하고 있었다. 똘아이는 아무것도 신경쓰지 않는 사람처럼 제 앞의 잔에 소주를 한 잔 따라서 천천히 들이켰다. 미용실에 취직해 신분을 세탁했다지만 술 들이켜는 폼은 여전했다. 엄지와 중지로 술잔을 받치고 검지로 술잔의 머리를 살짝 거머쥔 채 목을 45도 꺾어서, 그러나 눈은 정면을 응시하고 죽 들이켜는 모습이 거의 인간문화재급이었다. 그게 그렇게 쉽게 바뀔 수 없다는 것은 사쿠라만 보더라도 알 수 있었다. 똘아이의 옆에 앉은 사쿠라는

지글거리는 돼지갈비에 모든 정신을 쏟고 있었다. 영리하고도 멍청한 사쿠라는 돼지갈비를 목구멍으로 밀어 넣을 만반의 준비를 끝낸 상태였다. 내일이면 퉁퉁 부은 얼굴로 주방에 나와 투덜거리며 담배를 피울 것이고, 소화제와 진통제를 연거푸 처먹고 하루종일 굶은 채 뻗어 있을 테지만 한 치 앞을 못 보는 사쿠라는 눈앞의 돼지갈비에 전부를 걸고 있었다.

철식은 어색한 기운을 느끼자 팔을 쭉 뻗어 술잔을 들어올렸다. 아직 불판의 고기는 익지 않았고 사이도 데면데면, 여러모로 적절치 못한 순간이었다. 내뻗은 팔이 무지하게 부끄럽고, 그냥 팔뚝을 확 불판에 올려놓아버릴까 생각하던 찰나 기적처럼 꼴통이 술잔을 부딪쳐왔다. 조신하게 부딪쳤으면 좋았겠지만 술잔이 부서져라 부딪쳐오는 꼴통의 건배에 그만 두 사람의 술은 공히 절반씩 넘쳐흘렀다. 패기는 가상하나 팔이 좀 짧은 게 흠이라면 흠이었다. 테이블 위로 꼴통의 허리가 절반쯤 넘어와 있었다. 건너편 사쿠라와 똘아이가 쿡- 웃음을 날렸고 덩달아 술잔을 부딪쳐왔다.

외국 여자들과 같은 테이블에 앉은 뺀질이와 증권맨은 나름 바쁜 모양이었다. 뺀질이는 흘깃 한번 쳐다보았을 뿐 연속동작 껄떡질이었고, 증권맨은 고개는 여자 쪽으로, 술잔 든 손은 건배 쪽으로 향하는 기이한 현상을 연출해보였다. 긴말 필요 없이 좆 달린 놈들은 다 똑같았다. 철식도 마음은 굴뚝이었다. 싱숭생숭 지꾸만 외국 여자들 쪽으로 신경이 쓰였지만, 드러내놓고 껄떡거릴 수가 없어 요리조리 때를 찾고 있을 뿐이었다.

"내 참, 다들 밥 굶었어요? 요래 요래 팍팍 부딪쳐야 건배지 그래 멀거이 부딪쳐가 힘만 팔리지 무슨 건배가 되겠어요. 너는 오랜만에 얼굴 비차가 그게 뭐꼬? 니 평소 하던 대로 '부라자' 한번 해보라카이."

가끔 꼴통은 한없이 천진스러운 때가 있었다. 철식은 꼴통의 그런 점이 좋았다. 계산이나 앙금 없이 그냥 사람에게 확 다가서는 그 상쾌함이 멋스러워 보일 때가 있었다.

"언니야 미안하다. 대신 내가 회 한번 사께."

"지랄하고 자빠졌다. '부라자' 하라켔더니 뭔 닭소리고 퍼뜩 '부라자' 안하나?"

"아참, 부라자!"

쭉 찢어지는 목소리로 똘아이가 부라자를 외쳤고, 네 명이 뒤를 이어 제각각 이빨 부러지는 소리를 질러댔다. 갑자기 식당 안이 급류에 쓸려나간 듯 조용했다. 각기 한잔씩 털어 마시고 술잔을 테이블에 내려놓을 때쯤 식당은 다시 어수선함을 되찾았다. 급 밝아진 사쿠라와 똘아이 그리고 꼴통은 새 새끼들처럼 재잘대면서 불판의 고기를 서로의 앞 접시에 얹어주는 과잉친절을 과시했다. 적응이 안 되는 쪽은 철식이었다. 한순간 손바닥 뒤집듯 표정과 말투를 싹 바꾸고 자매처럼 챙겨주며 재잘대는 여자들에게 확 찬물을 끼얹고 싶을 정도였다.

"이거 안 먹을 거냐?"

"천천히 먹으려고……"

"갈비 상태로 봐서는 뱉어버리고 싶다만 어떡카냐 먹을 게 없는
데."

철식의 앞 접시에 놓인 돼지갈비를 젓가락으로 찍어 누르던 증
권맨이 배실거렸다. 늘 찡그리고 다니던 마른 얼굴에 물기가 번지
고 있었다. 실로 오랜만에 찾아든 빗줄기였다. 고름이 찌걱거리는
잇몸 사이에 박힌 시원찮은 이빨은 최대한 제 기능을 발휘해 고기
를 질겅거렸고, 안경 속 말라비틀어진 노안은 이빨보다 더 절실하
게 여자들의 여기저기를 훑고 있었다. 고립무원, 빳빳하게 발기한
자존심 하나로 살아가던 증권맨은 온데간데없고 세파에 찌든 웬
거지새끼가 앉아 있는 형국이었다. 디아나가 차례로 술을 따르기
시작했다. 보드카 병을 든 디아나가 증권맨의 잔을 채웠다. 증권
맨은 안경을 올리는 척 디아나의 가슴골에 눈을 박았다. 잘하면
디아나의 가슴골 사이로 기어들어갈 수도 있을 지경이었다. 저런
인간에게 여태껏 훈계 아닌 훈계를 얻어듣고 있었던가 싶은 생각
이 스치자 철식은 입맛이 썼다. 헤벌레 벌어진 주둥이 속으로 이
글거리는 숯덩이 하나를 처넣어버리고 싶은 지경이었다.

"오빠! 한잔 받아. 오빠 많이 머거. 돈 걱정 하지마 디아나 오늘
다 산다."

쩝쩝 쓴 침을 삼키고 있던 철식은 얼결에 디아나가 따라준 보드
카를 받았다. 한쪽 눈을 찡긋해 보인 디아나는 철식의 어깨를 토
닥여주기까지 했다. 행여 돈 걱정 때문에 많이 먹지 못할까봐 안
심시키는 것처럼 보였다. 그런 모양을 지켜보던 인간들의 입에서

픽픽 웃음이 새어나왔다. 뭐라 대꾸도 못한 철식은 그대로 얼굴만 붉혔다.

"얌마. 니가 얼마나 불쌍해 보였으면 돈 걱정 말라고 하겠냐. 없어도 좀 있는 척하고 살아라 짜샤. 같이 다니는 우리들까지 민망하잖냐."

무슨 말인지 알아듣는 것인지 디아나의 친구들까지 덩달아 웃었다. 국제적으로 창피를 당한 꼴이었다. 철식은 민망한 얼굴을 애써 감추며 디아나의 친구들을 향해 손을 흔들어보였다. 몽골·우즈베키스탄·러시아·중국, 다국적 미녀들이 철식에게 손을 흔들어 화답을 했다. 그렇게 많은 미인들에게 화답을 받아보기는 난생 처음이었다. 단전 밑에서부터 치밀어 오른 감동의 쓰나미가 심장을 폭발시켜버릴 듯 회오리쳤다. 거짓말 하나 안하고 그녀들을 향해 큰절을 올리고 싶은 심정이었다. 아무리 단속하려해도 철식의 입은 헤- 벌어지고 말았다.

"보소, 작가님요! 쭉쭉 뻗은 아덜 보이까네 심장이 벌렁벌렁하고 콧구멍에서 더운 김이 팍팍 뿜어져 나오지요. 주제도 모리고 아주 물 만났네 물 만났어. 저저 단발머리 쟈가 예쁘장하이 가슴도 빵빵하이 좋네, 거 옆에가 앉으이소. 혹시 또 알아요 작가님한테 뭐 줄 꺼라도 있을지."

술잔을 넘기던 철식은 그만 칵- 목구멍이 막히고 말았다. 간신히 잽을 한 방 피했더니 생각지도 못한 훅이 한 방 날아든 꼴이었다. 꼴통의 주먹은 작지만 강렬해서 한동안 정신을 수습하지 못할

지경이었다. 관중은 일제히 야유를 날렸고, 링 위에 꼬꾸라진 철식은 간신히 숨만 헐떡거렸다.

"걔는 내가 이미 찜했으니까 너는 저쪽 코밑에 점 있는 애한테 가라. 점이 제대로 박힌 게 뭔 일 좀 하게 생겼다야."

불 지르는 데는 역시 뺀질이었다.

"에이 진짜, 내가 가라면 못 갈 줄 알아."

철식은 저도 모르게 대뜸 자리를 박차고 일어섰다. 호기롭게 일어서기는 했지만 막막하기만 할 뿐이었다.

"와요? 쪼매 겁이 나는 갑지요. 용기 있는 남자가 미인을 자빠씨린다 뭐 그런 말도 있잖아요. 퍼뜩 가보이소. 그래 서 있어가는 미인 아니라 주방아지매 옆자리도 몬차지할 거이까네."

호-호-호-, 한 손으로 입을 가린 꼴통이 엽기적인 웃음소리를 날렸다. 난장이처럼 웅크리고 앉은 채 엽기적인 웃음을 지어내는 꼴통을 내려다보던 철식은 갑자기 무섬증이 일었다. 칼을 들이댄 것보다 더 섬뜩하고 잔인한, 게다가 음험하기까지 한 뭔가가 옴짝달싹 못하게 옭아매는 느낌이었다. 철식은 웃음의 노리개로 전락한 자신의 모습이 비참하다 못해 비열하게까지 느껴졌다. 내려다보이는 꼴통의 정수리 위로 매서운 눈빛을 내리꽂았다.

"얘가 오늘 왜 이러나. 순진한 총무아저씨 야마 돌게. 그란데 재밌기는 하다이 키-키-키-."

휙-, 사쿠라의 주둥이에서 튀어나온 돌덩이가 철식의 이마빡을 정통으로 맞췄다. 스르르 벌건 핏물이 흘러내렸다. 피를 본 관중은 더없이 날뛰었다. 웃음의 도가니 한 가운데 서 있는 철식은 뿌드득— 이빨을 갈았다.

"내가 그렇게 만만해보여요? 한번만 더 갖고 놀았다가는 큰일 날 줄 알아요."

철식이 생각해도 어이없는 말이었다. 기껏 화를 낸다는 것이 정말 만만하게 보일 빌미를 제공한 셈이 되고 말았다.

"아이구, 무섭아라. 예 예 알겠습니다. 퍼뜩 가던 길이나 가보이소."

꼴통은 대놓고 야유를 보냈다. 속된말로 개무시였다.

"어쩜 저렇게 예쁜 입으로 배배꼬인 말을 해대는지, 그러다 입으로 똥 나오는 수가 있으니까 조심해요."

철식은 무슨 말인지 저도 모를 헛소리를 뱉어대고 무작정 발을 떼었다. 다행히 사람들에게 술을 따르며 돌고 있는 디아나의 빈자리가 눈에 들어왔다.

"내사 입으로 똥이 나오든지 욕이 나오든지 무슨 상관이고, 아무 사이도 아닌기."

뒤통수에 들러붙는 끈적한 꼴통의 언사가 썩 개운치 않았지만 철식은 못들은 척 디아나의 자리에 앉았다. 철식은 자리에 앉자마자 디아나의 잔에 따라진 보드카를 쭉 들이마셨다. 무슨 내용인지 정확히 이해하지는 못해도 대강 꼴통과 철식의 실랑이를 눈치 챈 아가씨들이 미묘한 웃음을 주고받았다. 그러거나 말거나 철식은 주위의 아가씨들에게 술잔을 권하며 우걱우걱 고기를 밀어 넣었다.

"아저씨, 술 잘 마셔? 놀러와."

건너편에 앉은 단발머리가 철식에게 말을 붙였다. 뽀얀 아이보리 빛 얼굴에 파란 눈알이었다. 꼴통의 말대로 가슴은 탄력적인 C컵, 아니 G컵이었다. 눈길을 잡아끈 빅사이즈 가슴에 정신이 팔린 철식은 '놀러와' 라는 단발머리의 말을 얼른 이해하지 못했다. 눈만 땡그렇게 뜨고 있는 철식을 향해 단발머리의 옆에 앉은 올가가 살짝 끼어들었다.

"오리온."

철식은 단발머리를 향해 씩- 웃고는 고개를 끄덕였다. '오리온'은 디아나와 올가가 일하는 클럽 이름이었다. 그러고 보니 디아나의 친구들이란 다름아니라 가게 아가씨들이었다. 올가가 단발머리에게 뭐라고 러시아어로 지껄이는 사이 철식은 왼쪽 옆자리로 눈을 돌렸다. 아무래도 한국계 같은데 자매처럼 똑 닮은 여자 둘이 나란히 앉아있었다.

"훼어아유 프롬? 한국사람?"

두 여자가 마주보며 씩 웃기만 했다. 시츄 한 마리를 가슴에 안고 있는 어린 여자는 웃음 끝에 약간의 냉소가 비쳤다. 괜히 말을 붙였나 어색한 낯빛이 된 철식은 얼른 술잔을 들어 건배하자는 제스처를 해보였다.

"새끼 아주 물만났네. 너 나하고 자리 바꿔 임마. 명당자리에 앉아서 안 찔러보는 여자가 없구만. 순진한 척 빼는 놈들이 더 무섭

다니까."

삽질이 만족스럽지 못한지 뺀질이가 심통을 부렸다. 벌써 제 옆의 여자에게 입맛이 떨어진 모양이었다. 하긴, 국적불문 각양각색의 사냥감이 널브러진 형국이니 그럴 만도 했다.

"사장님! 옆에 신경 써. 총무 오빠 놔둬. 오빠, 두 사람 엄마 딸. 우즈베키스탄 한국사람."

따라주고 받아 마시기를 계속해 호빵처럼 얼굴이 부풀어 오른 디아나가 뺀질이에게 핀잔을 주었다. 두 사람이 자매가 아니라 엄마와 딸이라는 말을 듣게 된 철식은 웃고 있는 얼굴표정과는 달리 얼떨떨했다. 모녀가 함께 한국으로 건너와 클럽에서 일한다는 것이 철식으로서는 쉽게 이해되지 않았기 때문이었다.

"고려인이시구나 한국말 잘해요?"

"아니, 조금."

담배를 피우는 엄마가 짧게 대답했다. 그리고는 러시아 말로 딸과 복잡하게 얘기를 나눴다. 엄마는 급하게 담배를 피워대며 딸에게 얘기하고 있었지만 딸은 엄마를 빤히 쳐다보며 짧게 대답할 뿐이었다. 엄마는 속이 타고 딸은 냉랭했다. 철식은 도대체 알아들을 수 없는 모녀의 말이 궁금했다. 표정만으로도 뭔가 알 수 있지 않을까 찬찬히 쳐다봤다.

"남자친구 못 만나게 해. 남자친구 미국사람, 한국사람 만나야 해."

오른쪽 옆에 앉은 점박이 몽골아가씨가 대뜸 한국말을 했다.

"한국말 잘해요?"

"한국에 온 지 8년 됐어. 할 수 있어요."

"와, 8년이면 한국사람 다 됐네. 김치도 잘 먹어요?"

"한국 좋아, 한국남자 돈 많이 써."

점박이는 김치보다는 돈에 관심이 있는 듯 보였다. 언젠가 새로 바뀐 오리온의 매니저가 한 달 반 정도 고시원에 살았던 적이 있다. 새로 바뀐 매니저는 살 집을 구할 동안 임시거처로 고시원에 머물렀다. 철식은 이런저런 얘기 끝에 아가씨들 수입에 관해 물어봤다. 아가씨마다 다르지만 본인만 성실하면 월수 오백은 쉽게 챙긴다고 했다. 철식은 깜짝 놀랐다. 외국인이 한국에 와서 한 달에 오백을 번다니 기절초풍할 노릇이었다. 죽도록 빌빌거리고도 한 달에 이백 벌기가 빠듯한 한국의 샐러리맨들을 생각하자면 사쿠라의 말대로 야마 도는 지경이 아닐 수 없었다. 출근하면 출근비가 나오고, 손님이 사주는 술값은 업주와 반으로 나누고, 룸에 들어가면 룸비를 따로 계산해 받고, 팁은 팁대로 챙기기 때문에 충분히 오백을 벌수 있다고 했다. 하지만 외로워서 돈을 못 모은다고 했다. 종국에는 고향에 돈을 보낼 수 없을 정도로 사치를 하게 되는 것도 다 그 외로움 때문이라고 했다. 철식의 입장에서 보자면 알 것 같기도 하고 모를 것 같기도 한 말이었다. 우선 한 달에 오백이라는 큰돈을 한 번도 벌어본 적이 없다는 것부터가 동떨어진 현실이었다.

"난 돈이 없어요. 가난해요. 척 봐도 불쌍하게 생겼잖아요."

"바이 바이, 굿바이."

점박이는 시원하게 웃으면서 철식의 잔에 제 잔을 부딪쳤다. 보드카를 마시고 하— 쓴 표정을 짓는 철식과는 달리 점박이는 단숨에 들이켜고 말짱한 얼굴로 물잔을 들어 입을 헹궜다. 은은한 구릿빛 피부에 까만 눈썹이 도드라져 보였고, 단단해 보이는 골격에서 느껴지는 건강미가 성적인 매력을 화끈 풍겼다. 철식은 단전 밑이 뜨거워지는 것을 느낄 수 있었다. 정말이지 쌍코피가 아니라 골수가 빠진다 하더라도 저런 여자하고 하룻밤 뒹굴어보고 싶다는 간절함이 들 정도였다. 하지만 돈 없으면 '굿바이'라니 가당치도 않을 일이었다. 돈 있어야 어떻게 수작이라도 걸어볼 수 있을 것이라는 생각에 뒷맛이 썼다.

"우아하—하—하—."

갑자기 크게 한바탕 웃음이 터졌다. 디아나와 그 친구들만 알아듣는 내용이었다. 철식과 고시원 식구들은 뭔일인가 쳐다만 볼 뿐이었다.

"부가부가 슥—슥—."

디아나가 뭔가 손으로 아랫도리를 쓸어내리는 시늉을 해보이자 또 한바탕 폭소가 터져나왔다.

"젠장 같이 웃어야 재밌을 거 아녀. 디아나 한국말로다가 통역 좀 해봐. 무지 재밌는 내용인거 같은데."

"부가부가 슥—슥—."

뺀질이가 투덜거리자 디아나가 또 한 번 똑같은 행동을 해보였다.

"저 가시나들 거기 털 깎는단 소리다. 목욕탕 가믄 허옇게 밀어 가지고 누워있는 가시나들 전부 러시아 년들이야. 아휴 징그러워서 우리는 가까이 가지도 않는다."

사쿠라가 어깨를 흔들어 보이며 진저리치는 모습을 해보였다. 저들끼리 음담패설을 하는 모양이었다.

"어디 좀 보여줘봐. 봐야 알 꺼 아녀."

깔깔대는 웃음소리에 뺀질이의 말은 묻혀들고 말았다. 디아나의 친구들은 전부 웃고 있는데 올가는 그렇지 못했다. 눅눅한 표정으로 술잔만 기울일 뿐이었다. 철식은 마주한 올가의 그늘이 신경 쓰여 잔에 술을 채워주었다. 고개를 까딱해 보인 올가는 다시금 시무룩했다. 있지 말아야 할 자리에 있는 사람처럼 올가는 불안해 보였다. 몸은 한국에 있지만 올가의 마음은 러시아에 있었다. 오후 3시가 되면 올가는 고시원 컴퓨터로 아들과 화상대화를 나눈다. 5살 아들을 어머니에게 맡겨두고 한국에 온 올가는 아들이 무척 걱정되는 모양이었다. 러시아말은 빠르고 강하고 높았다. 아들의 목소리와 올가의 목소리는 고시원 안에서 소음이었다. 주파수가 잘 맞지 않은 라디오처럼 지직거렸다. 자고 있는 사람들은 이불을 덮어쓰거나 귀를 막아야했다. 누구든 나와서 시끄럽다고 따질 수 있었지만 그러지 않았다. 빠져나가지 못하는 올가의 숨죽인 울음소리가 고시원 복도를 내내 맴도는 날들도 있있다. 클럽에 나가지 않는 날이 많았다. 웃음이 없는, 우울한 얼굴의 올가에게 술을 살 남자는 그리 많지 않았다. 좀처럼 웃는 낯을 볼 수 없는 올가는 점점 말라가고 있었다. 올가의 한국행은 이런저런 이유로 복잡한 지경에 놓여있었다.

"헤이, 스미스."

고려인 딸이 높게 손을 치켜들었다. 식당으로 막 들어서던 백인 한 명이 딸을 향해 마주 손을 흔들었다. 머리를 짧게 깎은 것으로 봐서 미군인 듯 보였다. 얼추 봐도 서른 중후반이었다. 그에 비해 딸은 이제 갓 스무 살이나 되었을까. 딸보다는 어머니와 사귀어야 할 상대였다.

"하이, 마더."

딸의 옆자리에 앉은 스미스는 어머니에게 짧은 인사말을 건넸다. 어머니는 딱딱한 얼굴로 울음 같은 웃음을 지어보였다. 딸이 냉큼 스미스의 다리 위에 앉더니 입술을 빨기 시작했다. 덩치 큰 스미스의 무릎에 앉은 딸은 어린아이처럼 보였다. 아무도 아랑곳 하지 않고 둘은 머리를 휘어감고 과감한 스킨십을 해댔다. 뺀질이 마저 입을 벌리고 멍하니 쳐다볼 지경이었다.

"미국사람 엔조이 사랑 안돼."

점박이가 혼잣말처럼 뜻 모를 소리를 지껄였다. 뭔지 모르지만 점박이의 말속에 뼈가 있는 것처럼 느껴졌다. 오랜 경험에서 우러 나온 증언처럼 들렸다. 철식은 어머니의 얼굴을 쳐다봤다. 싸늘한 눈빛으로 둘의 애정행각을 쏘아보고 있는 그녀의 얼굴에 분노가 피어오르는 중이었다.

"디아나 노래한다. 러시아민요 손 쳐."

알딸딸하게 취기가 오른 디아나가 노래를 하겠다고 일어섰다. 무거운 엉덩이를 버겁게 들고 일어선 디아나는 짧은 셔츠를 밑으로 끄집어 내렸다. 하지만 두툼한 뱃살이 감추어지지는 않았다. 매끈하고 뽀얀 러시아여인의 모습에서 여기저기 비계덩이가 붙은 중년의 모습으로 진화하고 있었다. 사람들은 손뼉을 치며 환호했다. 어쩐지 디아나의 터질 듯 팽팽한 몸매를 향한 환호처럼 느껴졌다.

"드리이미리어튜우 파라쿠어체이이뷔……"

얼추 들리는 첫 소절의 가사는 신비로웠다. 늘 씩씩하고 웃음이 많던 디아나가 그렇게 우수에 젖은 목소리를 낼 수 있을 것이라고는 생각지 못한 일이었다. 철식은 디아나가 러시아로 떠나고 나서도 베란다에 앉아 그 첫 소절을 웅얼거려보곤 했다. 정확한 러시아 발음은 아닐 테지만 왠지 그 첫 소절을 웅얼거릴 때마다 디아나의 슬픈 이면을 보는 듯 했다.

"난 그때 그 시절로 가고 싶어라 난 그때 아름답던 시절로 가고 싶어라 어디에 있었니 내 어여쁜 비둘기야…… 수양버들은 졸음에 겨워 시냇물 위에 몸을 드리우고."

역시 디아나는 머리가 영리한 여자였다. 노래 중간쯤 어느새 한국 가사로 바꿔 부르는 재치까지 선보였다. 그동안 사람들 앞에서 많이 불렀던 모양인지 꽤 능숙하게 한국어 가사를 읊었다. 디아나는 울고 있었다. 소리없이 눈물을 흘리고 있었다. 파랗고 큰 눈에서 검은 마스카라가 얼룩져 흘렀다. 한국땅에서 청춘을 보내버린 러시아 여자가 제 나라 민요를 부르며 울고 있었다. 우리네 아리랑이 그럴까 어디쯤에서 아리랑을 부르며 울고 있을 한국 아가씨가 생각나는 순간이었다.

"휘-, 부라보, 류블류, 하라쇼."

휘파람 소리와 부라보 그리고 '사랑해' '좋아' 등의 러시아 말이 뒤섞여 터져나왔다. 류블류, 하라쇼는 디아나와 올가가 종종 사용하던 말이기도 했다.

"쌍년."

시끄러운 환호성 속에서 외마디 욕설이 튀어나왔다. 낮고 앙칼진 소리였다. 섬뜩한 소름이 철식의 왼쪽 옆구리에서부터 뺨까지 확 끼쳤다. 박수를 치고 있던 철식은 한순간 몸이 바짝 굳었다. 디아나의 노래에 찬사를 보내는 순간 욕설이라니, 알 수 없는 일이었다. 철식은 욕설의 진원지를 찾아서 고개를 돌렸다. 고려인 어머니의 독기어린 눈빛이 출입문 쪽을 향하고 있었다. 딸이 스미스의 허리를 감고 막 식당을 빠져나가고 있었다. 통제를 벗어난 딸에 대한 어머니의 복받친 감정이 분노로 표출되고 있었다. 딸을 통제할 수 있는 어떤 권위도 없는 어머니는 '쌍년'이라는 외마디 욕설밖에 아무것도 할 수 없었다. 담배를 끼고 있는 어머니의 검지와 중지가 경기하듯 파르르 떨렸다.

"많이 먹어 많이 먹어. 언니, 여기 고기 더 주세요."

테이블마다 몇 인분의 돼지갈비가 더 날라져왔지만 철식은 더 이상 젓가락이 쥐어지지 않았다. 디아나의 얼굴에 번진 마스카라와 고려인 어머니의 외마디 욕설이 가슴 어디쯤 박혀버린 느낌이었다. 철식은 부옇게 때가 낀 벽시계를 쳐다봤다. 저녁 6시를 막 넘기고 있었다. 아가씨들이 출근할 때까지 두 시간 가량 더 술자리는 이어지겠지만 철식은 앉아있을 기운이 없었다. 급격히 다운된 기력이 좀처럼 회복될 것 같지 않았다. 술은 더 먹고 싶지만 왠지 더 먹어서는 안 될 것 같은 우울함이 밀려들었다.

"야, 토하러 가냐? 토하고 와서 또 먹어라. 니가 언제 또 돼지갈비를 배터지게 먹어보겠냐?"

앉았던 자리에서 일어나 신발을 꿰는 철식에게 뺀질이가 지껄였다. 뺀질이의 취중 언사까지 눅눅하게 들렸다. 출입문을 열고 나오자마자 싸늘한 바람이 목을 쓸었다. 추웠다. 벌써 해는 지고 골목에는 간판불이 켜져 있었다. 이모네, 쌍둥이네, 진미순댓국, 꼬꼬통닭을 지나 보광동 고갯마루를 터벅터벅 기어올랐다. '타워팰리스 고시원' 간판을 멍하니 쳐다보던 철식은 그대로 언덕을 넘었다. 들어가고 싶지 않았다. 어디든 발길 닿는 대로 걷고 싶었다. 갈 곳은 없었지만 길은 뚫려있었다. 서울의 길은 언제나 정이 붙지 않았다. 똑같은 길을 걸어도 늘 낯설었다. 자고나면 새로운 길이었고 생소한 곳에 놓여 있었다. 주머니에서 휴대폰이 울렸다. 뺀질이였다. 철식은 전원을 꾹 눌러 꺼버렸다. 발길 가는 곳으로 향하고 싶었다. 봄은 가까웠지만 아직 겨울의 잔영은 튼튼한 이빨로 철식의 살점을 물어뜯었다.

숨이 편안했다. 철식은 눈을 감은 채 숨을 몇 번이고 들이마셨다. 탁하고 건조한 공기에 말라붙은 폐가 오랜만에 편안한 숨쉬기를 했다. 늘 새벽녘이면 폐는 지칠 대로 지쳐있었다. 꽉 막힌 고시원 안에서 뜨거운 열기를 뿜어내는 히터는 폐를 종잇장처럼 말라붙게 했다. 빨래를 널어놓고 물을 떠다 놓아도 그 열기를 이기지는 못했다. 누구든 한겨울을 고시원에서 보내고 나면 가슴통증을 호소하기 마련이었다. 작은 쪽창을 열어놓으면 찬바람에 떨어야 했고, 쪽창을 닫으면 가슴이 아팠다. 대부분 추위를 견디느니 가슴이 아픈 쪽을 택했다. 어떻게든 잠을 자야하기 때문이었다. 푸석하고 누렇게 뜬 얼굴은 그들의 말라붙은 폐를 연상시켰다.

철식은 일어날 때가 되었음을 알면서도 뭉그적거렸다. 가슴 깊숙이 스며드는 공기를 만끽하고 싶었다. 꿈결처럼 아득한 가운데 청소를 해야 한다는 의무감이 몸을 뒤채게 했다. 몇 시나 되었을까. 철식은 시계를 보지 않아도 대충 알 수 있었다. 반복되는 새벽의 일상이 몸을 기계처럼 훈련시켰다. 말아감은 몸을 천천히 편 후 상반신을 일으켜 세웠다. 철식은 본능적으로 손을 뻗어 담배를 찾았다. 손에 닿아야할 냉장고 위의 담배는 잡히지 않고 허공을 휘저었다. 비몽사몽간에 한 대 빨아야 정신을 차리는 게 일상이었다.

철식은 더 길게 손을 뻗어 휘휘 저었다. 그러다가 쿵 아래로 굴러 떨어졌다. 정강이뼈를 쓸어내리며 눈을 뜬 철식은 빨간 취침등과 직면했다. 취침등의 위압감에 눌린 철식은 정강이뼈의 통증도 잊은 채 주위를 살폈다. 전혀 낯선 공간이었다. 철식은 취침등의 조도에 익숙해질 때까지 눈을 감았다뜨기를 반복했다. 한쪽 벽에 에어컨이 매달려 있고, 평면TV 받침 밑으로 정수기와 냉장고가 있고, 침대 옆으로 공기청정기가 놓여있었다. 방 크기와 각종 전자제품으로 봐서 고시원은 분명 아니었다.

침대에 누군가 있었다. 철식은 굴러떨어진 침대로 천천히 다시 기어올라가 모로 누워있는 사람의 어깨를 돌렸다. 풀어헤쳐진 긴 생머리가 철식을 향해 고개를 돌렸다.

"으응ㅡ, 와 벌써 일어났어요. 쪼매 더 자지."

돌아누운 꼴통이 스멀스멀 철식의 사타구니를 더듬었다. 놀랄 사이도 없이 꼴통의 손에 자지가 잡힌 철식은 그대로 얼음땡이 되고 말았다. 도대체 무슨 일이 있었는지 전혀 알 길이 없었다. 명징한 것은 홀딱 벗은 채로 꼴통과 함께 여관에 있다는 사실뿐이었다.

철식은 꼴통의 손에 자지가 잡힌 채 멍하니 침대 위에 앉아있었다. 어떻게 된 사실인지 빨리 기억해내야 했지만 제자리걸음만 하고 있는 시계처럼 뇌는 좀처럼 움직여주지 않았다. 그런 와중에도 꼴통의 손은 철식의 자지를 조무락조무락 가지고 놀았다.

"오래 묵은 남자들은 함부로 건들면 안 된다카더니 킥ㅡ킥ㅡ 작가님 요게요게 한 성깔 단디이 하데요 히ㅡ히ㅡ."

침대에 얼굴을 처박은 꼴통이 철식의 자지를 흔들며 킥킥거렸다. 엄지손가락으로 귀두를 살살 비벼대는 꼴통의 손놀림이 예사

롭지 않았지만 철식의 자지는 전혀 반응이 없었다. 오히려 더 살속으로 파고들 뿐이었다. 철식은 꼴통의 손을 천천히 밀어냈다.

"여기가 어딘지 모르겠네요. 청소할 시간이 돼서 들어가봐야 할 것 같아서. 먼저 들어갈 테니까 한숨 자고 천천히 오세요. 누가 볼 수도 있고……"

철식은 이불을 끌어서 꼴통의 목까지 덮어주고 침대에서 빠져나왔다. 상황이 묘하게 돼버렸다는 생각뿐 꼴통에 대한 아무런 느낌도 없었다. 대충이나마 씻고 갈까 생각하다가 그냥 옷을 꿰입었다. 뭔가 께름칙한 기분에 얼른 여관을 빠져나가고 싶을 뿐이었다. 철식은 지갑을 열었다. 만 원짜리 한 장과 천 원짜리 몇 장이 들어있었다. 만 원짜리를 꺼내 TV받침대 옆에 놓아두고 방문을 열었다.

"잠깐만요, 그래 가뿌리는 게 어디가 있어요. 그래도 초야를 치렀는데 무슨 징표는 남기고 가야지."

침대에서 폴싹 뛰어내린 꼴통이 철식의 등 뒤로 홀짝 올라탔다. 어린아이처럼 철식의 등에 업힌 꼴통은 사탕을 빨듯 목을 빨아댔다. 철식은 따가운 기운을 느꼈지만 가만히 있었다. 뭐든 가만히 있고 싶었다. 밤사이 있었던 일이 기억나지 않는다는 점과, 마냥 어린아이처럼 좋아하는 꼴통에 대한 복잡한 심경이 묵직하게 가슴을 짓눌렀다.

"인자 작가님은 내꺼이란 걸 잊지말아요. 요래요래 요것도 내꺼이니까 함부로 놀렸다가는 불구로 만들어뿔라니까. 명심하시고요

히-히-."

　문밖까지 알몸으로 배웅한 꼴통은 다시 한 번 철식의 자지를 쥐고 흔들었다.

　새벽안개가 부옇게 시야를 흐렸다. 5시를 10여 분 남겨놓은 시각이었다. 철식은 뚜벅뚜벅 걸으면서 주위를 확인했다. 어딘지 알아야 택시를 타든지 걸어가든지 할 것이었다. 지갑에는 천 원짜리 몇 장이 전부였다. 발걸음이 새벽안개만큼이나 무거웠다. 쇠사슬처럼 안개가 발목을 휘감았다. 저 앞으로 녹사평역이 보였다. 고시원에서 멀리 벗어나지는 않은 모양이었다. 철식은 걸어갈까 택시를 탈까 잠시 고민하다 도로를 향해 손을 흔들었다. 느적거리는 안개가 발목을 타고 스멀스멀 몸으로 기어올랐다.

　얼마나 잤을까. 철식이 잠을 깬 것은 질척거리는 땀 때문이었다. 내내 시달렸는지 덮고 있던 이불은 바닥 구석에 몰아져 있고 침대커버는 흠뻑 젖어있었다. 빠끔히 열려진 쪽창은 건물 사이에서 뿜어내는 퀴퀴한 냄새를 드밀었다. 철식은 습관처럼 냉장고 위의 담뱃갑을 더듬었다. 연기를 빨아들일 때마다 빨간 불빛이 화하게 반짝였다 죽어들었다. 몇 시나 되었을까. 철식은 휴대전화를 들어 시간을 확인했다. 오후 5시를 조금 넘긴 시각이었다. 길고도 고단한 잠이었다. 하루하루 잠은 늘었지만 피곤은 쌓여만 갔다.

　냉장고를 열어 물병을 입에 가져갔다. 물병은 비어있었다. 아예 없었거나 잠결에 바닥을 본 모양이었다. 철식은 빈 물병을 들고 주방으로 갔다. 밥은 굶어도 물은 마셔야했다. 가끔 방안에 처박혀 있고 싶을 때가 있었다. 그럴 때 꼭 필요한 것이 물이었다. 빈 위장에 물을 흘려 넣으며 이런저런 상념들을 하다보면 바닥까지 치닫는 삶의 굶주림에 맞닥뜨리곤 했다. 움켜쥔 뭔가가 연기 같은 것이었다는 사실을 깨달았을 때 정신은 명료해지고 몸은 가벼워졌다.

"어따 너 잘나간다, 외박도 하고. 우리가 새벽 4시까지 사무실서 패 돌렸는데 그때까지 안 들어오더라. 어떤 년이랑 잤냐? 그 점박이년하고 잔 거냐 아니면 단발머리하고 잔 거냐? 아주 좋아죽더만 기어이 한 따까리 했나 보네. 씹물로다 똘똘이 목욕은 거하게 시켰겠다야 그것도 외국물로다가."

셋이서 라면을 빨아먹고 있었다. 일어난 지 얼마 안됐는지 눈에는 핏발이 가시지 않았고, 얼굴은 부옇게 피곤이 쌓여있었다. 밤새 판을 벌이고 이제 막 일어난 모양이었다. 똘아이와 사쿠라가 곁눈질로 묘한 미소를 지어보였다. 똘아이의 생머리는 떡이 져있고, 사쿠라의 볶은 머리는 산발해 있었다. 꿈속에서 귀신과 술래잡기라도 한 모양이었다.

"왜 벌써 일어났냐 피곤할 텐데. 괜히 돌아다니다 코피 쏟지 말고 들어가 더 자라. 못해도 다섯 번은 했을 텐데 걸음이나 제대로 걷겠냐."

"사장님, 짓궂게 왜 그래요. 큰일 치르고 온 사람한테. 목에 쪽도 예쁘게 번졌네. 서비스가 좋았나봐."

순간 철식은 확 달아올랐다. 여관방을 나서던 철식의 목을 쭉쭉 빨아대던 꼴통의 형상이 스치고 지나갔다. 철식은 불쾌한 얼굴로 뺀질이와 똘아이를 쳐다봤다. 고시원 쪽방에서 날마다 떡치던 사이라 년놈의 대화도 질척질척 떡치는 소리가 났다.

"총무 아저씨! 이따가 정신 들면 고거 얘기 좀 해줘요. 외국 가시나들은 좀 거칠다던데 되게 궁금하네. 야동으로만 봤지 실지로 하는 걸 봤어야 말이지……"

사쿠라까지 양념으로 거들었다. 오랜만에 셋이 모이니 또 장난기가 발동하고 기세등등해지는 모양이었다. 철식은 뭐라 대꾸하기도 그렇고 할 말도 없어서 조용히 돌아섰다. 부엌문을 닫자마자 질펀한 웃음소리가 한바탕 울렸다. 철식은 어둡고 좁은 복도를 힘겹게 걸었다. 방까지의 짧은 거리가 흡사 비탈진 고갯길을 오르는 것과 같았다. 무쇠로 만든 신발을 끄는 것처럼 발은 무거웠고 머리는 진흙구덩이처럼 탁했다. 방문 손잡이를 쥔 철식은 목을 비틀 듯 힘주어 돌렸다. 간신히 방으로 몸을 들인 철식은 그대로 꼬꾸라졌다. 지구 자전의 소음이 달팽이관을 흔들었다.

모든 것이 꿈만 같았다. 하루 동안의 기억이 되돌아볼 수 없는 먼 거리로 아른거렸다. 기억의 잔해는 늪처럼 철식을 빨아들였다. 헤어 나오고 싶어도 헤어 나올 수 없는 눅진하고 깊은 기억의 늪이었다. 철식은 아픈 머리를 짓누르며 애써 어제의 기억을 떠올렸다.

디아나의 송별식을 빠져나온 철식은 보광동 거리를 무작정 걸었다. 후적한 보광동은 철식의 얼굴이었다. 피곤하고 지쳐 보이는 보광동의 모습은 시궁쥐가 되어가는 철식과 흡사했다. 켜켜이 먼지가 쌓이고 어딘가는 녹슬어가고 있었다. 그러다 언젠가 흔적없이 사라지고 말 것이었다. 찬바람과 쓸쓸함이 파고들어 몸은 천천히 얼어붙었다. 어디든 몸을 녹일 곳이 필요했지만 고시원은 내키지 않았다. 몸은 녹일 수 있겠지만 마음은 더 얼어붙을 것만 같은 느낌에 파르르 떨렸다. 철식은 터벅터벅 걸었다. 피곤하고 지친 몸과 맘을 뉘일 곳을 찾아 본능처럼 발을 떼었다. 무겁고 긴 그림자를 끌고 온 철식은 '행복재활용센터' 앞에서 휴– 한 줌 숨을 내쉬었다. 다행히 불은 켜져 있었다. 일요일어서 쉬는 날일 테지만 민은 시 나부랭이를 끼적거리고 있을 것이었다.

"웬일이야, 통 소식도 없이 지내더니?"

소파에 앉은 채 꼰 다리 위에 노트를 얹은 민은 예상대로 뭔가를 긁어대고 있었다. 분명 발표도 못하고 버려질 한 편의 시겠지만 분위기는 꽤나 진지해보였다.

"추워서 왔어, 갈 곳이 있어야 말이지. 봄은 온다는데 날은 더 추워지는 것 같아. 뼈가 부서질 지경이라구."

철식은 난롯가에 앉으며 언 손을 내려놓았다. 소주 두 병에 쥐포 두 마리였다. 옹색할 것도 부끄러울 것도 없었다. 응당 그러려니 할 것이고, 또 그렇게 잔을 기울일 것이었다.

"껍데기는 난로불로 녹일 수 있지만 속은 뜨거운 게 들어가야 녹는 거야."

주방으로 들어간 민은 냄비를 들고 왔다. 이것저것 남은 반찬과 김치에 참치 캔을 넣은 것이었다. 난로 위에 냄비를 올려놓고 소주를 따랐다. 오래지 않아 냄비는 지글지글 끓어오르며 제법 찌개 냄새를 피웠다.

"생각이 많아서 그런가 원고가 나가질 않네. 다음 달에 있을 공모에 보낼까 했더니 언제 끝날지 기약도 없게 생겼어."

철식은 괜히 미안한 마음에 헛소리를 지껄였다.

"고향 마을에 있던 늙은 소리꾼 얘기를 쓴다고 했었지? 안 팔리고 안 읽힐 소재를 잡았어. 거 요즘 애들이 읽을 만한 걸 써보지 그래, 출판사도 그런 걸 원할 텐데."

"그런 저런 사정을 내가 아나, 촌에서 옛날 작가들 소설이나 몇 권 읽어본 게 전분데. 어차피 유명작가가 될 것도 아닌데 쓰고 싶은 거나 쓰다가 그냥 죽지 뭐. 오래 살 것 같아 보이지도 않고."

"곽형, 무슨 소리를 그렇게 해. 악착같이 살아서 좋은 작품 하나 남겨야지. 질기게 살아남아서 꼭 좋은 작품 하나 보여달라구. 자 마셔."

싸— 하게 속이 젖어들었다. 창자를 훑고 내려가는 소주 한잔에 철식은 그만 코끝이 찡했다. 달디달게 아니 쓰디쓰게 몸을 파고드는 한잔 술에 철식은 가슴에 박힌 얼음이 스르르 녹아 흘렀다.

"계세요? 여기가……"

찌개국물을 입안으로 퍼 넣던 철식은 깜짝 놀랐다. 놀란 손이 수저를 콧구멍으로 가져가는 바람에 코끝이 데인 철식은 자리에서 벌떡 일어섰다.

"아 맞네. 여가 거 작가님이 말한 마리…… 하여간 그기구만. 서울시내에 갈 데라꼬는 똑 여뿐이라카디 내가 지대로 찾아오긴 왔네."

전혀 거리낌 없이 들어온 꼴통이 헤헤 웃고 있었다. 철식은 어안이 벙벙해서 무슨 말도 못하고 멀거니 꼴통을 쳐다만 봤다. 길에서 그냥 우연히 만난 것도 아니고 일부러 찾아 나선 꼴통이기에 더럭 겁부터 났다. 이게 도대체 무슨 일인가. 철식은 가까스로 녹아든 가슴이 다시 얼어붙기 시작했다.

"여기도 작가분이시라겠죠. 시를 쓰신다겠나, 하여간 내 좀 앉아도 되겠지요? 그런데 작가분들은 다들 요래 꾀죄죄한 게 특징인가 쪼매 좀 보기가 그렇네 히-히-."

소파에 풀썩 앉은 꼴통은 예의 그 히-히- 소리를 한 번 더 냈다. 철식은 민의 얼굴 보기가 난처했다. 갑자기 나타난, 그것도 당돌하고 예의 없어 보이는 꼴통을 어떻게 설명해야 할지 대략난감했다.

"잘 오셨습니다. 곽 작가 얼굴을 쳐다보고 있자니 꼭 내 얼굴을 보는 것 같아서 울고 싶었는데 이렇게 숙녀분이 나타나주시니 고마울 따름입니다."

"어머, 내가 숙년지 어떻게 아셨을까. 역시 작가분이라 야마가 팍팍 돌아가시네. 오하이오 고자이마스 히-히-."

불안한 사람은 철식뿐인 것 같았다. 꼴통은 날름 철식의 잔을 가져가더니 홀짝 털어 마시고 쥐포를 찢어 입속에 넣었다. 그리고 소주병을 들어 잔을 채우더니 한잔 더 죽 들이켰다. 민은 그런 꼴통이 재미있다는 듯 넋 놓고 웃었다. 한두 번이야 재밌을 테고, 죽 한결같은 페이스를 유지한다면 그나마 대처할 능력이라도 있을 것이었다.

"요래 둘이서 고독인지 고동인지를 씹고 있었는 갑지요. 하이구 내참 오늘 불쌍한 아저씨들 위해가 도우미 좀 해줘야겠네. 중간에 맘에 안 든다고 빠꾸시키기 없기요."

꼴통이 전화기를 꺼내 누군가와 통화를 하는 틈을 이용해 철식은 제 잔을 되찾아왔다. 이번에는 철식이 제 잔에 술을 따라 죽 들이켰다. 난데없이 찾아온 것도 못마땅했고, 시끄럽게 주절대는 꼴도 보기 싫었다. 디아나의 송별식자리에서 창피를 주더니 여기까지 찾아와 무슨 불편한 일을 만들지나 않을까 내심 불안했다. 정상인 듯 정상이 아닌 꼴통을 쉽게 봤다가는 큰코다친다는 사실을 철식은 경험상으로 알고 있었다.

"근데, 여기는 왜 온 거에요? 출근도 해야 할 텐데."

"내사 출근을 하든 말든 작가님이 무슨 상관인데요? 막말로 작가님이 내 일당 줄 것도 아니잖아요."

꼴통이 버럭 소리를 질렀다. 뒤 잔 마신 술이 확 깨는 순간이었다. 도부지 속안에 몇 명이 들어있는지 짐작할 수 없었다. 금방 히히거리다가 화들짝 화를 내고 또 언제 그랬냐는 듯 천진난만해지는 꼴통이 도저히 정상으로 보이지 않았다. 시간상으로는 벌써 출근을 했어야 할 시각이었다. 하지만 술을 홀짝거리며 새살을 늘어 놓고 있는 것으로 봐서 이미 출근은 포기한 모양이었다.

"근데 여 작가님은 뭐라고 불러야 하나?……"

사근사근 휘어지는 목소리로 꼴통이 민에게 술잔을 부딪쳤다. 철식은 그저 황당할 뿐이었다. 좀 전의 앙칼진 모습은 온데간데없 고 숙녀처럼 얼굴이 싹 바뀌어있었다. 철식은 앞에 놓인 술잔을 멍하니 바라봤다. 투명한 소주잔에 어리벙벙한 자신의 얼굴이 담 아져있었다. 분노할 줄도 모르고, 유들유들하게 순간을 모면하지 도 못하는 덜떨어진 얼굴이었다. 철식은 헛웃음을 한번 지어보이 고는 술잔을 들어 훅 털어마셨다. 꼴통에게 괜한 신경을 쓸 이유 가 없다는 생각이 불현듯 들었기 때문이었다. 꼴통이 뭐라고 지껄 이건 말건 상관없다고 생각하자 한결 마음이 편안해졌다.

"그럼 괜찮네, 시인과 숙녀. 큭- 큭-."

철식은 너털웃음을 지어보였다. '시인과 창녀' 소리가 튀어날 올 뻔했지만 간신히 참아낼 수 있었다. 소설 제목으로도 손색이 없을 정도였다. 시인이 정신으로 사람들과 섹스를 한다면, 창녀는 몸으로 섹스를 한다는 차이밖에는 없을 것이었다. 때문에 두 사람 은 의외로 잘 통할 수 있었다. 하지만 민은 꼴통의 손을 주물럭거 리며 몸으로 대화하기를 간절히 바라는 눈치였다. 알고 보면 그게 다 그거였다.

"언니! 아, 여기 맞네."

"왔나? 언능 들온나. 가스나 빨리도 온다."

"근데 웬 중고센터? 아저씨들도 중고? 하하하."

난데없이 여자 하나가 더 들어왔다. 척 봐도 꼴통과 동종업계에 종사하는 분이라는 사실을 단박에 알 수 있었다. 게이샤들에게서 볼 수 있는 짙은 분 화장이 얼굴 전체를 덮고 있었다. 사람을 분별할 것이라고는 눈알밖에 없었다. 판은 갈수록 이상한 지경으로 치닫고 있었다.

"독도가 문제다. 콱 폭파시켜버리든가 반으로 쪼개버리든가 해야지. 솔직한 말로 독도가 우리들한테 해준 게 뭐가 있나. 걸핏하면 영토분쟁이다 뭐다 해서 영업방해만 하고. 덕분에 오늘도 땡쳤다. 오늘부터 들어온다던 관광객들이 줄줄이 취소했대. 그러니 무슨 손님이 있겠냐고. 코딱지만 한 나라끼리 원수처럼 싸울게 아니라 합쳐버리면 얼마나 간단하고 좋나. 꼭 미련한 것들이 니 것 내 것 따져요, 곰탱이처럼."

자리에 앉자마자 여자는 참았던 오줌을 누듯 주절거렸다. 일본의 극우파 장관이 다케시마는 일본땅이라고 발표한 이후 한국 정부가 일본대사를 불러 즉각 유감표명을 했고 한일관계는 또 꼬여들고 있었다. 그 여파로 일본 관광객도 한국행을 취소하는 상황이 연출되고 있었다. 여자는 독도문제에 이어, 개념 없는 마담이 아가씨들을 순번 없이 룸에 집어넣는다는 불평과 함께 들고 온 쇼핑백에서 주섬주섬 뭔가를 꺼내놓았다. 여자의 거친 입담에 짜증이 나려던 찰나 철식은 눈이 번쩍 뜨였다. 민의 반응은 철식보다 더 즉각적이어서 순간 소파에 묻었던 허리를 번쩍 일으켜 세웠다.

"아니 이 귀한 걸 어떻게…… 오늘 완전 생일 만났네. 보아하니 그동안 곽형 혼자만 이 좋은 걸 다 드셨구만 어쩐지 소식이 뜸하더라니."

종류도 다양했다. 스카치블루·헤네시·임페리얼·로얄살루트, 네 개의 병을 테이블에 올려놓으니 고급 술집이 부럽지 않을 정도였다. 게다가 포장된 마른안주 두 팩을 덤으로 올려놓았다. 마른 생선과 견과류 그리고 과자 종류가 종합선물세트처럼 꾸며져 있었다. 얼핏 봐도 일본에서 건너온 상품임을 알아차릴 수 있었다.

"뭘 요딴 걸 가지고 그래 놀라고 그래요. 전부 묵다 남긴 것들이구마는."

"남긴 거면 어떻고 버린 거면 또 어떻습니까. 이렇게 귀한 것들을 만날 수 있다는 자체가 행운이지요. 그리고 보니 두 분을 아주 잘 모셔야겠습니다. 다음을 위해서 말입니다."

언제 소주를 마셨냐는 듯 술잔은 양주로 채워졌다. 민의 말처럼 남긴 거 건 버린 거 건, 양주는 역시 양주였다. 부드럽게 입안을 적시는 느낌과 은은하게 퍼지는 알싸한 향이 절로 기분을 좋게 했다. 꼴통에 대한 불편한 마음도 사르르 녹아버리는 순간이었다.

"설마 다 묵고 우리들 뒷다마까는 건 아니겠지요?"

"예? 그게 무슨 말입니까?"

"술집 가시나들 앉차놓고 잘 묵고 놀았다 뭐 그딴 소리 할라카믄 그 술잔 당장 내리놓으라 그 말입니다. 우리가 술집가시나덜

맞지만 아무한테나 이라는 건 아니니까네요. 너무 시피보지 말라 그 말입니다."

갑자기 눈알에 힘을 준 꼴통이 쐐기를 박듯 말했다.

"그쪽도 곽형이나 나를 뒷다마까면 안 됩니다. 찌질하고 돈도 없는 삼류작가들한테 손님이 먹다 남긴 술과 안주를 갖다줬더니 환장을 하고 퍼먹더라 뭐 그런 이상한 소리 하고 다니면 안 된다 그 말입니다."

민이 눈알에 힘을 바짝 주고 꼴통이 하던 대로 따라했다. 한순간 왁자한 웃음이 터져나왔다. 따지고 보면 삼류작가나 술집가시 나들이나 그게 그거였다. 밤은 깊어가고 술자리는 거나해졌다. 꼴통이 전화해 불러낸 여자는 이름이 화경이었다. 남해가 고향인 여자는 열세 살 때 서울로 도망쳐 왔다고 했다.

"태풍이 불면 마당 앞까지 바닷물이 들어왔어요. 거짓말 같죠? 며칠 동안 소식이 없던 아버지가 바람이 잔뜩 들어간 튜브처럼 시커멓게 그을린 모습으로 그 앞바다로 떠밀려왔어요. 아마 내가 여덟 살 때였을 거예요. 마을사람 다섯이 배를 타고 나갔는데 아버지 혼자만 돌아온 셈이에요. 친할머니는 성질이 사나운 사람이었어요. 아버지가 죽고 석 달 만에 어머니는 뼈만 걸렸을 정도로 말라버렸으니까요. 결국 1년을 못 버티고 도망쳐버렸어요. 내 이마빡에 이 흉터 보이죠. 우리 할매가 열 살 먹은 나를 밭일을 못한다고 호맹이로 찍어버린 자국이에요. 날마다 집에 들어가기가 싫어서 바닷가에서 놀았어요. 학교도 종종 빼먹었죠. 그러다 무작정

도망쳤어요. 사촌언니가 서울에서 회사를 다닌다는 걸 알고 찾아 갔지요. 죽어도 못 내려간다고 떼를 썼어요. 그러다 17살 때부터 목동에 있는 카페로 출근했어요. 테이블마다 칸막이가 쳐진 카페는 이름만 카페지 정말 지저분한 곳이었어요. 사촌언니가 마담인 그곳에서 딱 3개월을 있었어요. 어찌나 주물러대든지 사타구니 털이 다 뽑혀버릴 정도였어요. 사촌언니한테서 도망친 후부터 줄 곧 이렇게 떠돌고 있어요. 그런데 말이죠. 그 웬수같은 바다가 가끔 보고 싶을 때가 있어요. 아버지도 삼켜버리고 내 인생도 삼켜버린 바다가…… 책가방을 멘 채 엉엉 울며 원망하던 바다가 종종 보고 싶을 때가 있더라니까요."

"이기이기 벌써 취했나, 참말로 소설 쓰고 자빠졌네. 그기 무슨 자랑이라꼬 씨부렁거리고 있나 가스나야. 니는 그게 문제라. 그냥 과거는 싹 이자뿔고 악착같이 돈이나 벌어가 쪼맨한 가게나 하나 차리믄 된다케도 맨날 그 타령이고. 주디이를 짝 찌자뿔라 멍청한 가스나, 누구는 뭐 니만한 사연이 없어가 맨날 히히거리고 사는 중 아나. 술맛 떨어지고로"

눈물까지 글썽이며 과거를 늘어놓는 화경에게 꼴통은 눈물을 쏙 빼놓을 만큼 따끔하게 소리쳤다. 멍하니 보고 있던 철식은 큭- 큭- 웃음이 터져나왔다. 철식과 고시원 식구들을 상대로 어릴 적 고아원 얘기와 동거남들의 얘기를 주절주절 늘어놓던 꼴통의 모습이 불현듯 떠올랐기 때문이었다.

"웃겨요? 남일이라꼬 웃음이 나오지요. 작가님은 뭐 다른 거 있

는 줄 알아요. 똑같이 고시원 살고 똑같이 요래 남은 술이나 마시
는 처지에 뭐 다를 게 있다고 웃고 난리예요. 복장터지고로 하여
튼 가스나 니는 한번만 내 앞에서 그딴 청승떨었다가는 주디이를
짝 찌자뿔 줄 알아라이."

철식은 그저 천장만 바라볼 뿐이었다. 그 누가 꼴통을 상대로
이치를 따져 설명할 수 있겠는가. 그냥 그러려니 넘어가주는 것이
덜 피곤할 터였다.

"자자 한잔 하시지요. 이렇게 좋은 술은 즐겁게 마시는 법입니
다. 자 부라보!"

"아이구 신나셨네. 이런 좋은 술이건 뭐건 일로 마셔보세요. 즐
겁게 마실 수 있는지. 남 속도 모리고 부라보는…… 하여간 작가
들이라카는 사람들이 이래 현실감각이 떨어져가 무슨 글을 쓴다
고. 앓느니 내가 죽지. 부라자!"

이번에는 민이 멍하니 천장을 쳐다볼 차례였다. 꼴통은 혼자서
'부라자'를 외치고 양주 한잔을 완샷했다. 철식은 웃겨죽었지만
애써 표정을 숨기며 속으로 킥킥거렸다. 한 방 제대로 맞은 민은
얼떨떨한 표정으로 건포 하나를 오물거렸다.

"언니야, 근데 진짜로 바다 한번 보러 가면 안 되까? 겨울도 다
가는데 꼭 한번 가보고 싶어서 그런다. 같이 한번 가자."

"씨방년, 귀에 좆박았나? 내가 다시는 그딴 말 하지 말라켔지."

"아, 광숙 씨는 예쁜 화경 씨한테 왜 그러십니까. 바다 한번 가
주는 게 뭐 그리 대단한 일이라고."

"아하, 그람 시인님이 델꼬 가시면 되겠네. 나중에 딴말하기 없기요?"

꼴통의 페이스에 휘말린 민은 뒤늦게 정신을 차리듯 눈을 끔벅거렸다. 하지만 이미 꼴통의 덫이 민의 발목을 단단히 휘감은 후였다. 결코 꼴통을 쉽게 볼 수 없는 이유를 확인한 순간이기도 했다. 도움을 청하듯 민은 철식을 그윽하게 쳐다봤지만 철식은 모른 척 외면했다. 자칫하면 덤으로 철씩까지 엮일 수 있다는 사실을 잘 알고 있기 때문이었다.

"그러면 뭐 넷이 다 같이 가는 걸로 하지요. 까짓꺼 바닷가 한번 가는 게 뭔 대수겠습니까. 남들은 비행기 타고 캘리포니아비치도 갔다 오는 판에. 당장 내일이라도 갑시다. 가게야 하루 쉬면 되지요. 오늘 죽을지 내일 죽을지도 모르는 판국에 안 그렇습니까?"

"아하, 시인 아저씨. 인자 말이 쪼매 통하네. 부라자."

"부라보."

스스로 무덤을 파는 민을 쳐다보면서 철식은 양주를 홀짝였다. 걸려도 제대로 걸렸구나 생각되었다. 호기롭게 나오는 대로 뱉어버리긴 했지만 경숙 씨가 눈을 시퍼렇게 뜨고 있는 이상 가게 문을 닫기란 지구를 거꾸로 돌리는 것보다 어려울 것이었다. 그렇다고 꼴통에게 약속을 지키지 않았다가는 어떤 고초를 겪을지 생각만 해도 끔찍했다. 옴짝달싹 빼도 박도 못할 외통수였다.

"근데, 곽 작가랑 광숙 씨 사귀는 사이 맞죠? 미묘한 갈등관계 이게 바로 메인 스토리 곧 사랑 아니겠습니까. 이래 뵈도 연애경

력 30년입니다."

"아이고야 시인아저씨는 걸음마 떼고부터 연애를 하셨나보지요? 어디다 함부로 갖다대고 그래요. 품위 떨어지게시리 나는 뭐 눈도 없는 줄 아세요."

"언니야, 언니가 좋아한다고 말한 사람 이 아저씨 맞잖아? 소설 쓰는 아저씨라고 가게에서 언니들한테 자랑……"

"안 닥치나, 이 닭대가리 같은 가시나야. 니는 그라이까네 왕따를 당하는 기다. 아 열불나고로 양주는 속이 뜨가와 못마시겠다. 시인 아저씨, 내 시원한 생맥주 한잔 사주이소. 바닷가 가면 회는 내 한 사라 사께요. 됐지요?"

완전히 꼴통의 페이스에 휘말린 세 사람은 급기야 생맥주집까지 갔다. 생맥주집에 가서는 민이 자리를 바꾸어 화경과 나란히 앉았다. 철식과 꼴통이 같이 앉을 수 있도록 눈치껏 자리를 만든 것이었다. 거기서부터는 철식도 잘 기억이 나지 않았다. 화경을 옆에 앉힌 민의 눈빛이 안달나게 이글거렸다는 것과 옆에 앉은 꼴통이 취한 듯 자꾸만 기대왔다는 것뿐. 사실, 얼굴로 보나 성적매력으로 보나 꼴통보다야 화경이 한결 나았다. 솔직히 철식은 꼴통보다는 화경의 옆자리에 앉고 싶었다. 하지만 이미 맘을 빼앗긴 민이 맥주와 침을 한꺼번에 흘리며 화경에게 미소 짓고 있었다. 철식은 속으로 '에라이 늑대새꺄'를 외쳤다. 아무래도 철식과 꼴통을 배려한 것은 이유일 뿐, 제 맘이 화경에게 끌려서 일부러 그런 것처럼 느껴졌기 때문이었다. 자꾸만 꼴통은 철식의 품을 파고

들며 '아이고 어지러바라' 코맹맹이 소리했다. 철식은 맥주를 벌컥벌컥 들이켰다. 꼴통의 말처럼 속이 뜨거웠다. 그리고 아침에 깨어보니 여관이었고 머리를 풀어헤친 꼴통이 발가벗은 채로 옆에 누워있었다. 정말로 환장할 노릇이었다.

7. 베란다의 아침

모처럼 따뜻한 날이었고, 고시원도 조용했다. 오후가 되어야만 부스스 일어나는 꼴통은 식전댓바람부터 철식의 방문을 노크했다. 막 청소를 끝내고 미숫가루나 한 대접 타먹을까 하던 참이었다. "작가님! 아침 안 드셨죠? 베란다로 나오세요." 언제나 할 말만 하고 가버리는 꼴통이었다.

베란다에는 오붓하게 아침상이 차려져 있었다. 열무김치와 계란프라이 그리고 된장국이 집밥처럼 푸근한 느낌이었다.

"된장 냄새가 좋네요."

철식은 다소 불편한 듯 감정을 조절하며 흠-흠- 기침을 했다. 속으로야 '이게 바로 밥상이구나' 싶었지만 애써 감정을 조절했다. 방심하는 순간 꼴통은 치고 들어왔다.

"계란은 요래요래 노른자가 익는 둥 마는 둥 해야 꼬숩거든요.

따뜻할 때 드세요. 인자 한 식군데 부담 가질 필요 뭐 있나요."

밥 위로 얹어주는 계란을 물끄러미 바라보던 철식은 노른자를 후루룩 빨아먹었다. 꼴통의 말대로 고소하기는 고소했다. 노른자를 목구멍으로 삼키던 철식은 불현듯 가슴이 뭉클했다. 날은 좋고 눈앞에는 따뜻한 밥상이 차려져 있었다. 어린 시절 학교가 파하고 집에 가면 어머니는 툇마루에 밥상을 차려주곤 했다. 밥보다 어머니의 손길이 가슴에 살을 찌우던 아득한 시절이었다. 철식은 갑자기 수저를 쥔 손에 힘이 들어갔다. 꾹꾹 눌러서 입안 가득 밥을 퍼넣고는 꼴통을 향해 씩- 웃어보였다.

"어머 식사들 하시나보네. 두 분이…… 보기 좋다."

"여기 앉으세요. 같이 드시게요. 날씨가 좋아서 그런지 나와 있을 만하네요."

담배를 피우러 나온 햄버거가게 매니저에게 철식은 얼른 의자를 빼주었다. 매니저가 앉을까 말까 살짝 고민하던 찰나 꼴통이 철식의 손등을 찰싹 때리며 눈을 흘겼다. 묘한 상황이었다. 철식은 뭔가 자신이 잘못했다는 생각과 함께 난처한 표정으로 매니저를 쳐다봤다.

"아, 아니에요. 저는 원래 아침 안 먹어요. 가게 가서 먹거든요."

매니저가 손사래를 치며 철식이 빼준 의자를 다시 테이블 안으로 밀어 넣었다. 그리고 급히 담배를 빨아대더니 부엌문을 열고 들어가 버렸다. 철식은 편치 않은 맘으로 한동안 부엌문을 쳐다봤다.

"뭐하고 있어요? 밥 먹다 말고 국 좀 더 떠다 주까요?"

"아, 예. 오랜만에 된장국을 먹으니 속이 확 풀리는 것 같네요. 허-허-."

철식은 남은 된장국을 후루룩 들이켜고 꼴통에게 국그릇을 내밀었다.

"아 참, 그리고 낼 아침은 작가님이 준비하이소. 내가 날마다 할 수는 없으이까네 돌아가면서 한 번씩 하게요. 알겠지요? 참고로 나는 멸치를 좋아합니더. 히-히-."

철식은 밥알을 씹고 있던 입을 쩍 벌렸다. 상황 또 묘하게 돌아가고 있었다.

"너무 부담감 가질 필요 없어요. 내가 묵으면 얼마나 묵는다꼬."

국을 뜨러 부엌으로 들어가는 꼴통의 작은 어깨가 태산처럼 높아보였다. 자칫 그 태산에서 굴러 떨어진 돌멩이 하나라도 맞는다면 절명까지는 아니더라도 병신 되기는 여반장이었다. 정수리 끝에서 피지지- 스파크가 튀었다. 결국 '한 식구'라는 것이 이런 것이었구나 생각될 쯤 큭- 트림이 흘러나왔다. 시큼한 된장 냄새가 코끝을 찔렀다.

이후로 꼴통은 걸핏하면 철식의 방문을 노크했다. 콩나물 천 원어치를 사러갈 때도 에스코트를 해야 했고, 병원에 갈 때도 모시고 가야했으며, 심지어 참치캔 하나를 딸 때도 손을 빌려줘야만 했다. 고시원 사람들은 이제 꼴통과 철식을 의심 없이 커플로 인정했다. 그동안 그냥 장난처럼 만나는가보다 생각했던 사람들도 이제는 진짜 사귀는 모양이구나 생각했다. 사람들이 그렇게 생각하는 데는 물론 꼴통의 광고가 한 몫 했음을 인정하지 않을 수 없었다. 걸핏하면 사람들을 상대로 "방을 구해가 나가기는 나가야 할낀데 돈은 없고"하며 철식과 합칠 것을 선전하고 다녔다. 물론 철식과 한 번도 상의한 적 없는 내용이었다. 마땅한 화젯거리가 없는 고시원생들은 주전부리하듯 철식과 꼴통을 바수어댔다. 복도나 베란다 그리고 부엌에서 사람들을 마주치면 '참 가까운 데서 찾으셨네요', '잘 사세요' 등의 말을 건네거나 그냥 싱겁게 웃고 지나가기도 했다. 그 중에서도 가장 기억에 남는 멘트는 역시 뺀질이의 입을 통해서였다.

"에라이 모자란 새꺄."

뺀질이와 사쿠라는 '끼리끼리 잘 논다'와 '얼마나 가나보자'의 두 가지 의미가 어우러진 개떡 같은 눈빛을 쏘아대곤 했다. 하지만 철식은 두 사람의 눈빛에 일일이 반응을 보이지 않았다. 오히려 철식은 뺀질이를 향해 '에라이 모자란 새꺄.' 속으로 비웃었다. 똑똑한 체는 혼자 다 하다가 결국 병신 꼴 당하고 끙끙 앓는 모습이 쌤통이었다.

뺀질이는 요즘 회복하기 어려운 지경으로 넋이 빠져 있었다. 늘 나불대던 그 가벼운 조동아리도 늘어진 깔창처럼 축 처져있었다. 친구 애기 돌이다, 필드 모임이다, 상갓집 조문이다, 이런 얘기도 일체 없었고 문밖 출입도 하지 않았다. 오직 고시원 사무실에 틀어박혀 오징어를 질겅거리며 역사드라마를 들여다보는 것으로 하루를 허비했다. 어찌 보면 한심하고 어찌 보면 짠했다.

"이 사장 요즘 무슨 일 있답니까? 제정신이 아닌 것 같아요. 귀신에 홀린 것 같기도 하고."

"큭-큭- 글쎄요. 총무 아저씨가 모르는데 낸들 알겠어요. 세탁기 이건 새 거네, 몇 번 쓰지도 않았겠다. 아휴 아까버라."

주방에서 만난 사쿠라는 간사한 웃음을 지어보였다. 나는 다 알고 있지만 네깟 놈한테까지 소스를 흘리지는 않겠다, 뭐 그런 뉘앙스였다. 세탁기를 쓰다듬는 사쿠라의 빨간색 매니큐어가 탐욕으로 이글거렸다.

며칠 전 이삿짐 한 차가 고시원으로 들어왔다. 킹사이즈 침대·두 칸짜리 옷장·디오스 냉장고·에어컨·벽걸이 TV·세탁기 등이었다. 부수적인 살림용품은 없었고 비교적 큰 것들이었다. 고시원 안에 다 넣을 수 없어서 침대와 옷장은 어쩔 수 없이 옥상 창고로 올려야 했다. 뺀질이가 싣고 온 물건임에는 분명했지만 어쩐일인지 그것들에 대해 일언반구도 없었다.

"도대체 무슨 일이지? 씨부렁거리고 싶어서 좀이 쑤실만한데 꽉 틀어박혀서는 꼼짝을 안하네. 뭔 충격을 받았는지 뭘 잘못 먹었는지. 하여간 무지하게 반성하고 자빠져 있는 게 틀림없어. 그죠?"

"나는 모릅니다. 알아도 모르고요…… 아무리 생각해도 세탁기

하고 벽걸이 티브는 탐난단 말이야. 어디 둘 데만 있으면 내가 싸게 사고 싶은데. 틀림없이 새 건데 둘 데가 없네. 아이고 아까버라."

아이고 아까버라, 소리를 뱀 꼬리처럼 길게 늘어뜨린 사쿠라가 주방을 빠져나갔다. 철식은 담배를 피우며 느긋하게 웃었다. 사쿠라의 모습을 리와인드하자니 담배 맛이 쓰고도 달았다. 고시원 사정은 혼자 다 아는 척, 혼자 다 쥐고 흔드는 척 착각하고 있는 사쿠라를 볼 때마다 철식은 쓴웃음이 나왔다. 고시원 안에서는 입보다 눈과 귀가 더 발달해야 촉수가 밝다는 사실을 아직 깨닫지 못한 인간이었다.

철식은 주방을 대충 정리했다. 라면가닥이 부르튼 냄비와 그릇 몇 개가 개수대에 담아져 있었다. 뜨내기살림이라는 것이 냄비와 그릇도 가지고 다니기 어려운 형편들이 대부분이었다. 처음 고시원에 와서 철식도 공동으로 비치된 식기들을 사용했지만 얼마 지나지 않아 이건 아니다 싶었다. 수많은 사람들이 사용하는 식기들을 대충 씻어서 그냥 사용한다는 것은 사창가에서 콘돔을 끼지 않고 그 짓을 하는 것과 마찬가지였다. 모르긴 몰라도 현미경을 들이대면 수십 종의 세균들이 득실거릴 게 분명했다. 황도 깡통으로 만든 재떨이를 비우고 다리미의 코드도 뽑아 두었다. 모든 물건은 사용하면 그것으로 끝이었다. 씻어두고 정리해두는 인간들은 희귀종이라 할 수 있었다. 그러니까 너희들이 이런 고시원을 전전하는 거야 이 빙신들아, 속엣 말을 뱉어내고 싶을 때가 종종 있었지

만 혀를 꾹 깨물었다. 한 달 사이에 물뿌리개는 두 개, 주방 가위
는 세 개가 사라졌다. 다리미는 어떤 인간이 떨어트렸는지 철판과
손잡이가 분리된 채 덜렁덜렁했다. 자잘한 용구들은 방으로 가지
고 들어가면 다시 내놓지 않았다. 철식은 이제 그러려니 했다. 계
속 몇 년이고 같이 살 거라면 몰라도 몇 달 보고 말 인간들이기에
가타부타 말하기보다 그냥 사다놓는 게 속 편했다.

철식은 주방의 불을 끄고 사무실로 향했다. 뺀질이의 상태를 살
펴보는 것도 하루 일과 중 하나라면 하나였다. 예상대로 뺀질이는
바지 속에 한 손을 꽂은 채 역사드라마를 감상하고 있었다. 말이
감상이지 멍하니 숨만 쉬고 있는 꼴이나 다름없었다.

"커피나 한잔 마셔볼까."

철식은 그냥 들린 척 커피포트에 불을 넣었다. 졸린 듯 그러나
생각은 복잡한 뺀질이는 한숨과 함께 길게 담배연기를 뿜어냈다.
유선방송에서는 오래전에 방영되었던 '한명회'를 틀어주고 있었
다.

"저 사람이 그렇게 꾀가 많았다지. 임금도 세웠다니 보통사람은
아닐 거야."

"커피가 왜 이렇게 멀겋냐. 아무 맛도 없다."

"니 입맛이 그런 게 아니고? 나는 괜찮은데…… 근데 임금 앞에
서 왜 저렇게 머리를 조아리고 있다냐? 뭐 죄졌나?"

"압구정 때문에 안 그냐. 다 제 분수를 모르니까 그런다. 사람이
분수를 알아야 오래 살지. 끅-."

한명회를 두고 하는 말인지 제 자신을 두고 하는 말인지 뺀질이의 트림은 퍽이나 질퍽했다. 압구정을 호화롭게 증축시키려다 직첩을 빼앗기고 성 밖으로 쫓겨나게 생긴 한명회는 갑자기 늙어버린 모습이었다. 시름에 잠긴 뺀질이도 한명회 못지않은 표정이었다. 푹 꺼져 들어간 눈과는 달리 얼굴은 푸석하게 부어 있었다. 잠을 못 잤거나 고민에 시달린 모습이었다. 비좁은 사무실에 에어컨까지 들여놓으니 오래 앉아있기도 뭐했다.

"보기만 해도 시원하다. 선전하는 김연아랑 어쩜 저렇게 똑 같이 예쁘게 잘 빠졌냐. 꽤나 비싸겠지?"

"커피 다 마셨냐? 머리 아프니까 그만 일 봐라."

김연아가 선전하는, TV에서 보기만 하던 에어컨은 철식의 키만 했다. 옆으로도 어깨넓이만한 에어컨은 흰 바탕에 담쟁이넝쿨 같은 게 뻗어있었다.

"여름에 저런 거 들여놓으면 여자랑 한번 할 거 두 번하고, 두 번 할 거 세 번 하겠다. 아무리 돈이 없어도 저런 거 하나는 들여줘야 대우를 받든 사랑을 받든 서비스를 받든 하겠지. 신혼살림에는 필수품이겠네."

"아이, 헛소리하지 말고 그만 가란말다. 에어컨을 확 뽀개버릴까 생각중이그만……"

뺀질이는 떨리는 손으로 급하게 담배를 찾아 물었다. 상당히 흥분된 모습이었다. 철식은 아무 말 없이 사무실문을 닫고 나왔다. 에라이 모자란 새꺄, 소리를 내뱉고 싶었지만 꾹 눌러 참았다. 그만큼 불을 붙인 것만 해도 뺀질이에게는 상당한 타격이었다. 뭔가 쾅 집어던지는 소리가 들렸다. 겨울에 에어컨까지 들여놓을 정도면 똘아이도 보통내기는 아니었다.

"작가님! 거 들었어요? 일본으로 날랐다카든데."

에어컨을 비롯한 이삿짐들에 대한 정보는 꼴통의 숨 가쁜 전언으로 그 내막을 알 수 있었다. 짐이 들어온 다음날 저녁, 철식은 꼴통으로부터 전화를 받았다. 업소에서 전화를 하는 꼴통의 목소리는 꽤나 들떠 있었다.

"무슨 소리에요? 한가하시나보네. 또 전화질이게."

"아이 참, 그기 아이고 거 지선이 그 가시나가 일본으로 날랐다 이까요."

매번 뭐가 그리 급한지 안달난 목소리였다. 업소에 손님이 없거나 손님에게 낙점이 되지 않으면 무조건 전화를 걸어왔다. 전화내용을 듣다보면 저절로 한심한 생각이 들어서 잠이 들어버릴 때도 있었다. 스무 살짜리 웨이터 놈이 집적거린다느니, 다음 주에 일본에서 돈 많은 할아버지들이 들어오는데 그때 한 건 할 수 있겠다느니, 저녁밥은 고스톱 쳐서 공짜로 먹었다느니, 들으나마나 귓밥만 쌓이는 소리들이었다.

"멀쩡하게 미용실 잘 다니는 지선 씨가 왜 날라요. 착실히 다니다가 시집간다던데."

"캬, 그라이까네 작가님이 사오정 소리를 듣는거라요. 그 가시나가 여시 백여시라꼬 내가 몇 번을 말했습니까."

흥분과 신바람이 귓속을 쩌렁쩌렁 울렸다. 무료하던 일상에 한 건 터진 게 분명했다.

"그래서요."

"좀 전에 그 가시나한테 전화가 왔다이까요. 그동안 고마웠다 뭐 이카면서 사장님 덕에 한동안 잘 묵고 잘살게 됐다고 지 혼자 웃어쌌는거라요. 니 그기 무슨 소리냐꼬 내가 물으이까네 그동안 미용실 다닌다는 것도 다 거짓부렁이고 사장님이랑 밖에서 살림을 차렸다고 실토하는기라요. 내 그 소리를 듣고 무섬증이 오싹 돋아가 바르르 떨었는기라요. 인간들이 우째 그리 감쪽같이 사람을 쏙이고…… 작가님요, 내말 듣고 있어요?"

누운 채 전화를 받던 철식은 몽롱했다. 딴 세상 얘기를 듣는 것 같기도 하고, 꿈을 꾸고 있는 것 같기도 했다. 철식은 전화기를 베개 옆에 내려놓고 가만히 눈을 감았다. 갑자기 산다는 것이 아무것도 아닌 것처럼 느껴졌다. 위층 천장이 꺼져내리듯 천천히 철식의 숨통이 조여들었다.

"여보세요, 아이씨 이놈의 전화기는 와또 말썽이고 꼭 중요한 말만 할라카믄 이 지랄이라카이까네 패대기를 쳐뿔든지 빠사뿔든지……"

혼자서 꿍알거리던 꼴통은 제풀에 겨워 전화를 끊었다. 꼴통의 말을 끝까지 듣지 않아도 대충은 알 수 있었다. 너저분한 꼼수들이 오가는 가운데 똘아이가 뺀질이의 뒤통수를 치고 나른 것이었다. 철식은 그대로 잠이 들었다. 자고 싶었다. 아무런 생각 없이 그냥 잠들어버리고 싶었다.

똑똑똑.

그날 밤, 자정을 막 넘긴 시각 누군가 철식의 방문을 두드렸다. 보나마나 물어보나마나 꼴통이었다. 똑똑똑, 방문을 안 열었다가는 점점 소리의 강도가 높아질 것이었다. 고시원생 전부를 깨울 수는 없었다.

"자는데 깨운 거 아니지요?"

이 주책없는 여자야 보면 모르겠냐, 소리가 순간 튀어나올 뻔했다.

"지선이 그 가시나 있잖아요……"

아무래도 뺀질이와 똘아이의 막장 불륜스토리를 끝까지 들어줘야 놓여날 수 있을 모양이었다. 철식은 꾸벅꾸벅 졸면서 신나게 지껄이는 꼴통의 얘기를 들었다. 반은 흘려들었고 반은 주워들었다.

"내 그냥 요서 자고 갈까예?"

할 말을 전부 토해낸 꼴통은 쥐새끼 같은 목소리로 철식의 귀에 콧바람을 집어넣었다. 들큼한 술 냄새가 훅 끼쳤다.

"잠도 다 깼고 밀린 빨래나 돌려야겠네요."

철식은 방어용으로 기지개를 켰다.

"하여튼 눈치라꼬는 요만큼도 없어가 아이고 내가 누굴 원망할끼고 내 눈깔이를 쥐어파뿔어야지. 달밤에 빨래 잘 하이소 꼴 퉁기기는 짠해가 한번 줄라켔디이."

고시원에서 헛짓거리는 뺀질이와 똘아이로 족했다. 꼴통과 그 짓을 한다면 주변 사람들은 모두 잠을 깰 것이고 다음날 얼굴을 들 수 없을 것이었다. 그것도 웬만큼 낯짝이 두꺼워야 할 수 있는 일이었다.

철식은 꼴통이 보는 앞에서 주섬주섬 널브러진 옷가지를 챙겼다. 꼴통은 팽 콧바람을 한번 튕기더니 문을 닫고 나가버렸다. 철식은 그대로 다시 침대에 누웠다. 빨래는 핑계일 뿐 혼자 있고 싶은 마음이었다. 날마다 제 돈 들여 반찬 사다 밥을 차려내고 잡다한 구박도 견뎌낸 똘아이가 결국 막판 뒤집기를 한 셈이었다. 반면 잔돈푼과 애교에 살살 녹아난 뺀질이는 결국 제대로 털리고 말았다. 살림집의 보증금과 패물을 챙겨서 그대로 날랐다는 똘아이는 지금쯤 휘파람을 불며 돈쓰는 재미를 즐기고 있을 것이었다. 이 모든 사건의 수단과 목적이 돈이었다는 사실이 철식에게는 꽤나 충격적이었다.

다시 암흑기로 접어든 고시원은 숨쉬기마저 버거웠다. 입을 꼭 다문 뺀질이는 주방 옆 제 방에 틀어박힌 채 좀처럼 사람들을 대하지 않았다. 대부분의 고시원 업무는 철식이 도맡아해야했다. 입퇴출 문제도 철식의 몫이었다. 그러는 와중에 받지 말아야 할 사람도 받게 되었다. 철식은 요즘 그 문제로 골머리를 앓고 있었다. 멀쩡한 겉모습과는 달리 속을 알 수 없는 게 사람이었다. 일단 사람을 받아놓으면 내보내기란 결코 쉬운 일이 아니었다.

히잡을 쓴 한국인 여성이 열대여섯 되는 여자아이를 데리고 방을 얻으러왔다. 아랍인 남편의 음주와 구타 때문에 잠시 숨어 있으려 하니 방 하나만 빌려달라고 했다. 고시원은 1인 1실을 원칙으로 했지만 철식은 원칙을 깨고 모녀를 들였다. 뺀질이였다면 어림없겠지만 여자나 딸이나 이미 지칠대로 지친 얼굴이었다. 잠시 머물다 갈 사람들이어서 한동안 뺀질이에게 잔소리를 얻어들으면 될 것이었다. 그리고 다행히 뺀질이는 기나긴 동면에 들어간 상태였다. 겨울잠을 자는 곰처럼 제 방에 틀어박힌 뺀질이는 두문불출참회의 시간을 보내고 있었다. 철식은 고시원 총무로서 처음으로 제 나름의 큰 결정을 내렸다. 하지만 일단 방안으로 몸을 들인 여자와 딸은 그 결정에 보답이라도 하듯 며칠 간격으로 철식의 혼을 쏙 빼놓았다.

히잡여자가 들어온 방은 노새가 빠져나간 방이었다. 철식은 방이 문젠가 그런 생각을 했다. 방에 마가 끼어서 들어오는 사람마다 특별관리 대상으로 분류되는 것인가 하는 의문이 들었다. 노새의 최후는 실로 비참했다. 노새가 쓰던, 그리고 히잡여자가 들어온 211호는 사람을 들이기만 하면 별로 좋지 못했다. 노새 전에는 20대 미모의 아가씨가 사용했다. 말투가 좀 남다른 여자는 탈북자였다. 자신이 김일성대학을 나왔으며 현재 국정원의 비밀 프로젝트를 수행중이라고 했다. 어떻게 보면 굉장히 세련돼 보이고 어떻게 보면 당돌해 보이는 여자였다. 가죽재킷과 가죽부츠 그리고 선글라스를 애용했으며 날이 어두워져야 활동을 시작했다. 여자가 탈북자라는 사실은 맞았지만 김일성대학을 나왔는지 국정원의 비밀프로젝트를 수행하는지는 미제로 남았다. 어느 날 저녁 웨이터 복장을 한 남자가 고시원으로 여자를 찾아왔다. 수없이 방문을 두드린 끝에 여자는 빠끔히 문을 열었다. 방안에는 소주병이 널브러져 있었고 토사물도 한바가지 쏟아져 있었다. 악취, 그것으로밖에는 달리 표현할 수 없는 상황이었다.

"너 빵꾸낼라믄 미리 얘기 하라고 했지. 씹팔년, 뭣하러 내려와서 남한사회에 무리를 일으키냐 일으키기를…… 저런 년은 강제로 북송시켜버리든지 미국놈 물받이로 보내든지 해야지 절대로 남한 사회에 도움이 안 돼요 도움이 안 돼."

이제 막 고등학교나 졸업했을까, 녀석은 험악한 상소리를 아무 거리낌 없이 뱉어냈다. 철식은 어이가 없기도 하고 의아하기도 해서 멍하니 녀석을 쳐다봤다.

"사장님! 언제 한번 다녀가십쇼 잘 모시겠습니다."

철식에게 허리를 꺾은 녀석은 명함 한 장을 건넸다. '진달래 가라오케, 웨이터 뎀뿌라', 이렇게 쓰여 있고 일본어로 그 밑에 해석이 붙어있었다. 명함을 받아든 철식은 실소가 흘러나왔다. 하찮은 뎀뿌라가 사람을 멸하는구나 싶은 생각 때문이었다. 여자는 며칠 후 소리소문 없이 사라져버렸다. 북한 사람들이 자존심이 강하다는 소리를 철식은 어디선가 들은 듯도 했다.

노새는 탈북여자보다 더 비참하게 방을 뺐다. 어느 날 갑자기 고시원으로 들이닥친 노새의 부모는 근 한 시간 동안이나 노새를 방안에 가둬두고 폭행과 훈계를 지속했다. 이게 무슨 일인가 제각 각 방문을 열고 뛰쳐나온 사람 중에는 뺀질이와 사쿠라도 있었다. 사태를 파악한 뺀질이와 사쿠라는 곧바로 고시원을 뛰쳐나갔다. 실제로 분을 못 참던 노새의 아버지는 노새를 쥐어 패던 중 밖으 로 나와 뺀질이를 찾았다. 하지만 이미 뺀질이는 줄행랑을 친 후 였다. 비록 돌아이에게 당하기는 했지만 잔머리와 상황파악에 관 해서는 나름 일가견이 있는 인간이었다. 지난번 친척 결혼식 때 고시원을 찾아온 노새의 부모는 뺀질이와 사쿠라를 대면했었다. 노새는 뺀질이와 사쿠라를 제 부모에게 소개시켜 확실한 현장검 증을 이끌어 내려했다.

"사장님과 일본 사모님이 어찌나 잘 챙겨주시는지 집에서보다 더 잘 생활하고 있다고 이놈이 노상 얘기를 해서 꼭 인사를 드리 고 가려고 이렇게……"

"아니 안 그러셔도 되는데……. 신노가 워낙 착해서 제 할 일은 잘 알아서 합니다. 밖으로 나돌지도 않고 학교 끝나면 고시원에서 공부만 하는지 아주 조용히 있구요."

"부모님이 계셔서 하는 말이 아니라 신노처럼 착한애도 요즘 없 어요. 말썽도 안 피우고 이번에 장학금도 받았다고 하던데……"

뺀질이와 사쿠라는 노새 부모와 간단히 몇 마디를 나누고 각각 꿀병 하나씩을 선물로 받았다. 아카시아 향이 확 풍기는 꿀 속에 어슷어슷 썰어진 인삼이 빼곡히 박혀있었다. 뺀질이는 그것을 사 무실 캐비닛에 박아두고 혼자서만 퍼먹었다. 주로 음주 전이나 후, 그리고 그 짓 전이나 후에 뒤 숟갈씩 퍼먹는 뺀질이의 표정은 흡사 불로초라도 삼키는 형상이었다. 한쪽 팔로 병을 끌어안고 숟갈 가득 퍼서 씹어 삼키는 모양이 살고 싶어 발악하는 노인네 모습이었다. 철식은 쩨쩨하고 아니꼬워서 한번 먹어보자는 말은 물론이고 아예 꿀에 대한 언급조차를 피했다. 뺀질이가 혼자서 꿀을 퍼먹는 모습을 보자면 신노에게 화가 치밀어 오르기도 했다. 걸핏하면 담배나 라면을 꾸러오거나 보일러를 높여달라고 사정하던 녀석이 결정적인 순간에는 남모른 체했다. 제 부모에게 소개시키지도 않고 꿀병도 뺀질이와 사쿠라 것만 챙기게 했으니 괘씸하기 이를 데 없었다. 녀석이 철식을 고시원의 허드레 일꾼 총무로 밖에는 취급하지 않는다는 명백한 증거였다.

"너 때문에 이놈아 내가 동네에서 뭐가 된 줄 알아? 한마디로 똥 되어버렸어 이놈아. 장학금까지 받으면서 학교 잘 다니고 있다고 동네방네 떠들고 다녔더니 진작에 작파하고 이 골방구석에서 곰팡내만 피우고 있어."

"당장 짐 싸, 집에 가서 군대 갈 때까지 농사나 지어. 엄마 아빠가 얼마나 뼈빠지게 농사를 지어서 니 뒷돈을 댔는지 니가 한번 경험해봐. 엄마는 너한테 속은 걸 생각하면 서울시내 한복판에서 할복이라도 하고 싶은 심정이야."

고시원 전체가 시끌시끌했다. 하지만 누구 하나 뭐라고 말릴 수 없는 것이 노새 부모의 억울한 심정을 너무도 잘 이해하기 때문이었다. 또한 노새에 대한 속풀이 감정도 한 몫 했음을 부인할 수 없었다. 그동안 사람들은 노새를 향해 속으로 나쁜 놈이라고 수없이 욕했다. 부모를 속이고 팽팽 놀고 자빠졌는 놈을 욕하지 않을 사람은 아무도 없었다. 하지만 겉으로는 아무 말 하지 않았다. 몇 달 얼굴 보다 말 사이이기도 했고, 서로 간에 이런저런 조언을 할 처지도 아니었기 때문이다.

"도대체 이런 깡통 같은 곳에서 뭣들을 하고 지내는지 간첩이나 살면 모를까. 천하에 몹쓸 장소가 이곳이야. 이딴 걸 만들어서 돈들을 받아 처먹고…… 사장은 도대체 어딜 갔기에 코빼기도 볼 수가 없어."

"얼른 가요. 봐서 뭣하겠어요, 상대해봤자 입만 아프지. 어쩐지 말이 좋더라니 애를 이지경이 되도록 놔두고. 그 일본여자도 안보이네 어쩐지 그 탁한 눈빛이 맘에 걸리더라니."

노새를 앞세우고 고시원을 빠져나가는 노새의 부모는 심기가 불편해보였다. 누구라도 만나기만 하면 불편한 심기를 토로하고 싶은 기색이었지만 사람들은 약속이라도 한 듯 방안에 틀어박혀서 나오지 않았다. 오직 철식만이 엉거주춤 죄인모습으로 배웅했을 뿐이었다.

"당신도 말 들어보니까 불쌍한 사람이라면서, 시골에 병으로 누워있는 아버지까지 버리고 소설인가 뭔가를 쓴다고 올라왔다던데, 젊은 사람이 뭐가 부족해서 이런 데서 걸레질이나 하고 지내고 있어, 나도 촌사람이라 한마디 하자면 얼른 내려가는 게 신상에 좋을 거야. 당신도 내 아들놈이랑 다를 거 하나 없다구."

마지막으로 노새어머니는 철식에게 일침을 가했다. 분명 울분 때문에 한 말이겠지만 철식에게는 뼈아픈 소리였다. 솔직히 말해서 노새어머니의 말은 하나도 틀린 구석이 없었다. 종종 철식도 내가 지금 무슨 짓을 하고 있는 건가, 멍 때릴 때가 많았다.

노새 부모가 다녀간 뒤 철식은 한동안 고민에 빠졌고 결론을 얻었다. 노새나 자신이나 하등 다를 바 없는 비루한 인간이라는 사실이었다. 한 놈은 제 몸 편하자고 부모를 상대로 사기를 했고, 또한 놈은 헛된 꿈을 좇아 병든 아버지를 버려두고 거지처럼 살고 있었다.

노새의 사기행각이 어떻게 발각되었는지는 영원한 미스터리로 남았지만, 개처럼 끌려가던 노새의 마지막 모습은 철식에게 지워지지 않을 영상으로 남겨졌다. 노새의 뒤를 이어 211호에 들어온 히잡 모녀도 만만치 않았다. 당연히 학교를 다닐 것으로 생각했던 딸은 학교 대신 PC방을 다녔다. '레하나'라고 불리는 딸은 PC방에 가지 않으면 주방과 마주보고 있는 복도 끝의 비상구 난간에 걸터앉아 노래를 불렀다. 귀에 이어폰을 꽂고 노래를 부르는 레하나의 눈빛은 뭔가를 갈망하는 소녀의 그것이었다. 쌍커풀이 짙고 눈이 부리부리하고 구릿빛 피부를 가진 레하나는 혼혈아 특유의 매혹적인 멋을 지니고 있었다. 목소리도 아름다워서 팝송이건 가요건 귀에 거슬리지 않았다. 하지만 레하나는 너무 자유스러운 나머지 고시원의 모든 방을 제 방처럼 드나들었다. 문이 열려진 방은 어느 방이나 들어가서 제 맘대로 했다. 냉장고를 열어서 먹고, 화장품은 바르고 심지어 편안히 잠을 자기도 했다. 잠깐 문을 걸어두지 않고, 샤워나 음식조리 내지는 슈퍼에 다녀온 사람들은 깜짝 놀라곤 했다. 제 방처럼 들앉아서 태연히 뭔가를 하고 있는 여자아이를 어떻게 대해야 할지 모두들 난감해 하는 눈치였다. 당연히 철식에게 항의가 들어왔다. 철식은 레하나의 어머니 하비바에게 정중히 설명했다.

"그래서요, 그게 뭐 잘못됐어요?"

돌아오는 말은 간단명료했다. 철식은 뻐근한 뒷목을 잡고 보통 일이 아니구나 생각했다. 철식의 우려는 얼마가지 않아 현실로 닥쳤다.

"왜 인터넷이 안 되는 거예요, 간판에는 인터넷이 된다고 써져 있던데 이런걸 보고 허위광고라고 하는 거예요. 물론 방값을 다 내지 않아도 되구요. 입실서약서에 환불은 절대 안 된다고 하지만 그것 자체가 불법이란건 잘 아시죠?"

정확히 인터넷이 안 되는 것은 아니었다. 안될 때도 있지만 중간에 자주 끊긴다는 것이 문제였다. 인터넷 문제로 몇 차례 불편한 얘기를 들은 적은 있지만 허위광고와 환불이라는 말은 처음이었다. 철식은 입이 딱 붙어버렸다. 제 주제로는 어림없는 상대임을 분명히 깨달은 결과였다. 게다가 찜통에 사골을 넣고 하루 종일 삶는 것을 보고는 붙어버렸던 입이 딱 벌어졌다. 두 개 불판 중에 한 개를 저당 잡힌 꼴이기에 원생들의 불평은 이만저만이 아니었다. 게다가 온 고시원에 사골 끓이는 냄새가 진동을 했다. 누리하고 비릿한 사골냄새는 아무리 환풍기를 틀어대도 사라지지 않았다. 더불어 쑥쑥 올라가는 전기사용량은 철식의 숨통을 자근자근 조였다.

또 어느 날은 방안에 둔 현금이 사라졌다고 호들갑을 떨었다. 한 번도 절도 사건이 벌어진 적은 없지만 철식으로서는 대략 난감했다. 정말로 절도사건이 벌어졌다면 분위기는 흉흉해질 것이고 누군가는 방을 빼야 할 것이었다.

"이런 일이 없었는데 저도 당황스럽네요. 그렇지만 그게 사실이라면 누가 가져갔는지는 밝힐 수 있을 겁니다. 고시원에 카메라가 다 설치돼 있으니까 방안에 누가 들어갔는지 알 수 있거든요."

"저 카메라 가동되는 거예요? 누가 안 된다고 그러던데."

"24시간 녹화됩니다."

"그래요, 확실하죠?"

"예."

"아 그럼, 내가 다시 한 번 찾아볼게요. 혹시 다른 곳에 두고 못 찾을 수도 있으니까요."

철식은 며칠분의 녹화된 CCTV를 살펴봤다. 주로 모녀의 방을 비추는 CCTV를 집중적으로 살펴봤지만 두 사람 외에 다른 사람이 드나드는 장면은 목격할 수 없었다. 대신 특이한 장면 하나를 발견할 수 있었다. 새벽 3시쯤 아랍인 남자 한 명이 모녀의 방으로 들어가는 장면이었다. 하비바가 현관문을 열자 남자가 들어왔고 두 사람은 매우 신중하게 복도를 걸어 방으로 들어갔다. 하비바와 아랍인 남자는 주위를 살피며 매우 조심스럽게 복도를 거닐었다. 그 모습은 두 사람이 어떤 식으로든 같은 생각을 가지고 한 몸으로 움직인다는 명백한 증거였다.

새벽 3시는 고시원의 취약 시간대였다. 대부분 새벽 2시 이전에 들어오고 나머지는 아침이 되어야 들어오는 패턴이었다. 아랍인 남자는 오전 10시쯤 고시원을 빠져나갔다. 오전 10시부터 12시까지도 취약 시간대였다. 아침까지 퇴근을 한 사람들은 12시 전까지 졸도할 정도로 잤다. 아침 청소를 마친 철식도 12시 전까지 자는 게 보통이었다. 아랍인 남자의 출입은 한번으로 그친 것이 아니라 매일 반복된다는 것을 화면상으로 알 수 있었다. 방 하나를 내주고 모두 세 명, 그러니까 일가족이 생활하고 있는 것이나 다름없었다. 철식은 그냥 둘 수 없어서 뺀질이에게 이 모든 상황을 설명했다.

"니가 받았으니까 니가 알아서 해 새꺄."

두꺼운 이불을 똘똘 말아감은 뺀질이는 고치와 같았다. 세상만사가 귀찮은 듯 씻지도 않고 간신히 배고플 때 밥만 배달시켜 먹는 정도였다. 철식은 조용히 문을 닫고 나왔다. 똘아이가 돌아왔다는 말 외에 어떤 말도 뺀질이를 일으켜 세울 수 있을 것 같지는 않았다. 다음날 철식을 찾아온 하비바는 다른 가방에 현금을 둔 것을 깜박 잊고 있었다고 했다. 철식은 남편으로 생각되는 아랍남자에 대해 얘기할까 잠깐 생각했지만 그만 두었다. 약속한 방 사용기간이 얼마 남지 않았기 때문이었다.

꼴통에게서 전화가 왔다. 강화도라고 했다. 전날은 인천 월미도라고 전화를 했었다.

"이런 기회가 좀처럼 없는데 운이 좋아가…… 다 좋은 게 좋은 거 아니겠어요. 내일은 집에 들어갈 수 있을 것 같고, 작가님 혹시 드시고 싶으신 거 있어요? 다 작가님하고 묵고 쓸라고 이라는 긴데 퍼뜩 말해보이소."

"강화도에 인삼막걸리가 유명하다던데 그거나 한 통 사다줘요. 맛이나 보게."

"히-히-, 그기 뭐가 어렵겠어요. 낼 보입시다 고마. 사랑하는 작가님요, 쪽-."

휴대폰에 입술을 대고 쪽 소리를 내는 꼴통을 떠올리자니 저절로 웃음이 새어나왔다. 나이는 먹었어도 귀여운 구석이 없지 않았다. 철식은 꼴통과의 관계가 재미있으면서도 한편 가슴 한쪽이 아리기도 했다. 어딘지 모르게 이상의 '날개'가 오버랩 되어 마음이 편치 않았다. 세월은 지나도 어느 구석에선가 똑같은 삶들은 존재하기 마련이었다. 꼴통이 몸을 팔아 벌어온 밥을 먹고 소설을 쓰면 그 소설은 욕된 것이 될까 아니면 진정한 휴머니즘적 소설이 될까. 철식은 킥-킥- 자조적인 웃음이 흘러나왔다. 소설과는 별개로 스스로 비굴한 생각에 사로잡혀 영원히 음지에 처박혀 살아야 할 것이라고 생각하니 실소가 터져 나왔다.

'할아버지랑 데이트 잘하세요.'

철식은 차마 입 밖으로 내지 못하고 문자를 보냈다. 꼴통은 지금 일본 할아버지들을 상대로 2박3일 여행 중이었다. 가끔 그런 경우가 있다고 했다. 업소에서 술을 마신 일본인들이 방에 들어온 아가씨들이 맘에 들면 업주와 상의해서 며칠간 사버리는 것이었다. 물론 일당은 후하게 준다고 했다.

철식은 몸도 찌뿌듯하고 맘도 심란해 고시원을 나섰다. 남산을 산책하면 몸이나 맘이나 좀 가벼워질까 싶어서였다. 오후 3시를 조금 넘긴 시각이었다. 등산화 끈을 묶는 철식의 손이 가볍게 떨렸다. 아버지가 유일하게 물려준 것이라고는 등산화 한 켤레였다. 누런 소가죽에 끈을 꿰는 쇠고리가 각각 16개씩 박힌 등산화는 군화나 다를 바 없었다. 남들이 구두를 신고 다니는 장소에 아버지는 등산화를 신고 다녔다. 예식장에 갈 때도, 단체로 여행을 갈 때도, 심지어 철식의 담임을 만나러 학교에 올 때도 양복에 등산화를 신었다. 다들 이상한 사람 취급했지만 아버지는 개의치 않았다. 신발 중에 등산화를 따라갈 만한 맵시를 가진 것이 없다는 당신의 지론을 평생 굽히지 않았다. 항상 여벌의 등산화를 구비해 두고 있던 아버지는 자리보전을 하면서 새것 그대로의 한 켤레가 남게 되었다. 아버지는 속안에 신문지를 박아두고 날이 좋으면 햇볕을 쐬고 약칠하기를 게을리 하지 않았다. 철식이 서울로 떠나던 날 아버지는 신발장 속에서 그 등산화를 꺼내주었다. 아버지는 아무것도 가진 것이 없었지만 가장 소중한 것을 내어준 것이나 다름 없었다. 언젠가 일어나서 다시 등산화를 신고 외출할 때를 기다렸을지, 한껏 폼을 잡고 나서던 젊은 시절을 회상했을지 모를 등산화를 내어주는 아버지는 눈이 허했다. 조만간 한번 다녀온다 다녀온다 하면서 일 년 넘게 찾아보지 못하고 있었다. 등산화가 다 닳으면 그때는 갈수 있을지, 아니면 부고장이나 받아야 갈 수 있을지 짐작할 수 없는 나날이었다.

철식은 단단히 끈을 조여매고 밖으로 나섰다. 자꾸만 흐무러지려는 마음을 꽉 조여 맨 철식은 아귀의 목구멍 같은 소방서 사거리에 섰다. 속을 알 수 없는 휑뎅그렁한 건물들과 수많은 자동차들이 독기를 뿜어내고 있었다. 철식은 숨이 막혔다. 횡단보도 건너편, 신호를 기다리며 햄버거를 베어 물고 있는 군인 두 명이 부연 시야 속에서 명징하게 와 닿았다. 군인과 햄버거는 높은 건물 숲 사이에서 플라스틱 장난감처럼 비현실적이었다. 철식은 뚜벅뚜벅 횡단보도를 건너 남산으로 이어진 샛길로 발길을 옮겨놓았다. 신발이 너무 무거웠다.

남산은 봄이었다. 오락가락 짓궂은 날씨에도 불구하고 산책하는 사람들이 눈에 띄게 늘어있었다. 겨울 동안 남산은 매일같이 운동을 다니는 사람들 외에 뜨내기 행인들은 드물었다. 동남아 입주 가정부 몇 명이 개를 산책시키고 있었고, 할 일 없는 노인들이 벤치를 차지하고 앉아 빵부스러기를 뜯어먹고 있었다. 건물과 도로가 얽혀있는 복잡한 도심보다 확실히 시간은 더디게 흐르고 있었다. 발걸음도 느려지고 맥박도 잦아들었다.

철식은 남측전망대 난간에 서서 길게 숨을 들이마셨다. 63빌딩 머리 위에서 노을이 타고 있었다. 철식이 가슴속 울화를 떨쳐버릴 수 있는 곳이라고는 남산, 남측전망대였다. 이렇게 사는 게 무슨 의미가 있을까…… 벌레만도 못하다는 생각이 들고, 그냥 누추해서 죽고 싶은 생각이 들기도 했다. 사람이 없으면 서울 시내를 향해 쌍욕을 해대기도 했고, 악을 질러대기도 했다. 그러면서 이상한 오기가 생겼다. 쉽게 포기할 수 없다는, 이대로 고향으로 내려갈 수 없다는 결기가 생기기도 했다. 이렇다 할 출판사에서 소설책 한 권이라도 만들어서 내려가고 싶었다. 몇 년간의 서울생활이 한낱 헛된 타향살이로 치부되는 것은 너무 슬픈 일이었다. 그리고 무엇보다 병든 아버지를 나 몰라라 내팽개치고 와버린 것에 대한 스스로의 면죄부를 만들고 싶었다.

"곽형, 지금 어디야?"

이런저런 복잡한 상념에 사로잡혀 있을 즘 민에게서 전화가 걸려왔다. 곧장 어디냐고 묻는 것으로 일손이 필요한 모양이었다.

"본론부터 얘기해, 어디로 가면돼."

"저녁 아직 안했지? 하얏트호텔 밑에 큰 목련나무 있는 중식당으로 와, 나두 지금 그쪽으로 가고 있으니까."

중식당으로 오라니 전에 없던 일이었다. 그리고 아직 일도 마무리 지을 시간이 아니었다. 저녁식사는 6시쯤 가게 문을 닫고 집에 들어가서 먹는 게 통상적이었다.

"생뚱맞게 웬 중식당? 그리고 아직 5시밖에 안됐는데……"

"하여간 좀 있다 보자구."

그냥 뚝 전화는 끊어졌다. 자상한 편인 민이 일방적으로 전화를 끊어버리는 일은 좀처럼 드물었다. 운전 중이거나 뭔가 바쁜 일이 있는 모양이었다. 철식은 남산타워까지 오르는 것을 포기하고 다시 왔던 길을 되짚어 내려가기 시작했다. 노을이 한강까지 내려앉고 있었다. 서울 시내에서 아름다운 일몰을 볼 수 있을 것이라고는 상상도 못한 일이었다. 처음 남산에 올라 노을을 마주한 순간 철식은 감동한 나머지 가슴이 울컥했다. 닭공장과도 같은 서울시내에 그렇게 장엄한 일몰이란 하나님의 축복이라고밖에 달리 표현할 길이 없었다. 때문에 철식은 종종 그 노을을 보러 남산에 올랐다. 노을이 완전히 질 때까지 찬찬히 보고 있노라면 가슴에 들어찬 분노가 서서히 녹아들었다. 눈물이 흐르듯, 고름이 빠지듯 그렇게 가슴속 응어리는 찬찬히 씻겨 내려갔다.

중식당으로 들어간 철식은 바짝 긴장했다. 민이 낯선 여자와 마주앉아 있었기 때문이었다. 철식은 어색한 맘에 괜히 목이 움츠러들었다. 고시원에 틀어박혀 지내는 동안 철식은 사람 대하는 방법을 거의 잊어버렸다. 몇 달 지내다 떠나갈 뜨내기들을 아무런 감정 없이 대하는 것에 익숙해져버린 철식은 평범한 대인관계마저도 어려운 실정이었다. 사람에게 예의를 갖추고 같이 동석해 얘기를 나눈다는 것은 이제 철식에게 너무나도 버거운 일이었다. 철식은 심히 불안한 마음에 제대로 눈도 마주치지 못하고 의자에 엉덩이를 들이밀었다.

"그동안 잘 계셨어요?"

난데없이 여자가 알은체를 했다. 철식은 순간 붙였던 엉덩이를 저도 모르게 다시 뗐다. 안면이 있었던가, 철식은 여자의 얼굴을 찬찬히 뜯어봤지만 기억이 없었다.

"지난번에 광숙 씨하고 같이 마리서사에 왔었잖어, 화경 씨."

철식은 민의 말을 듣고서야 고개를 끄덕였다. 여자의 이름이 화경이었는지 그 얼굴이 맞는지 흐릿했지만 정황상 그 여자인가보다 생각했다.

"아, 예 그런데 어떻게……"

"……"

두 사람 다 배시시 웃기만 했다. 도대체 이게 무슨 시추에이션인가 생각하다가 철식은 반짝 눈이 떠졌다.

"그럼 그날, 둘이서……"

여자는 빨간 매뉴큐어가 칠해진 손톱을 괜히 만지작거렸고 민은 저쪽을 쳐다보며 찬물을 마셨다. 전혀 그럴 것이라 예상하지 못했던 철식은 한 대 얻어맞은 것처럼 얼딸딸했다. 더불어 경숙 씨를 생각하자니 더럭 겁이 났다.

"뭐 그건 그렇고 밥부터 먹지. 화경씨도 식사 하고 가게 나가봐야 하고."

그날 밤 철식만 꼴통에게 먹힌 게 아닌 모양이었다. 미루어 보건대 민도 당한 게 분명했다. 그 방면에서는 꼴통과 화경이 민과 철식보다 베테랑일 것이 분명했다.

"언니한테 말씀 들었어요. 무슨 증표를 남겨줬다고 하던데."

순간 철식은 얼굴이 화끈 달아올랐다. 저쪽을 보고 있던 민이 곁눈질로 배시시 웃었다. 여관을 나서려던 철식의 등에 올라타 기어이 목을 빨아서 피멍을 만들더니 그걸 또 광고하고 다닌 모양이었다. 하여간 꼴통다운 짓거리였다.

"난 짜장, 사정 봐서 싼 거 시킨 거야. 기분 같아서는 요리를 시켜서 박을 씌우고 싶지만 다 나 때문에 생긴 일이니까."

철식과 민은 같이 짜장을 먹었고 화경은 속풀이를 한다며 우동을 먹었다. 면은 거의 먹지 않고 국물만 들이켜는 화경이 민을 향해 눈짓을 했다. 뭔가 싸인을 보내는 눈치였다.

"거, 곽형 그때 약속한 거 있잖아 같이 바닷가 가기로 했던 거…… 생각나?"

철식은 무슨 생뚱맞은 소린가 싶은 생각에 빤히 민을 쳐다봤다.

"그래서 말인데 이번 주 토요일 날 가는 게 어때? 광숙 씨랑 넷이 가면 딱 맞잖아. 1박하고 일요일 날 저녁에 오게, 오랜만에 자연산 회도 먹고 좋잖아."

어느 모로 보나 의견을 묻는 것이 아니라 통고 형식이었다. 철식은 그날 그런 약속을 했는지조차 아리송했다. 게다가 토요일 날 가자는 말은 너무도 갑작스러웠다. 철식은 빤히 민을 한 번 더 쳐다본 후 그릇에 남은 짜장 건더기를 수저로 긁어먹었다.

다음날 꼴통은 2박3일, 일본할아버지와의 동반여정을 마치고 돌아왔다. 올림픽 금메달이라도 따고 돌아온 선수처럼 한껏 고무된 꼴통은 베란다에 앉아있는 철식을 보자마자 어깨를 툭 쳤다.

"아이고, 작가님! 내가 쪼매 매칠간 신경을 안써줬디이 고새 햌쭉해지셨네."

"아, 예 잘 다녀오셨어요?"

철식은 으레껏 인사말을 건넸다. 뭐가 그리 좋은지 대충은 짐작하겠지만, 그게 그렇게 대놓고 좋아할 일인지 헷갈리기도 했다. 외간 남자와 2박3일 동안 여행을 다녀와서 돈 많이 벌어왔다고 좋아하는 꼴통을 지켜보는 철식은 그저 덤덤할 뿐이었다. 철식은 애써 웃음을 지어보이며 담배에 불을 붙였다. 겉으로는 미소 짓고 있었지만 속은 씁쓸했다.

"작가님요, 화경이한테 전화 받았어요. 토요일 날 동해바다로 넷이서 여행 간다꼬요."

누가 들을세라 꼴통은 주위를 두리번거리더니 철식의 귀에 대고 소곤거렸다. 쥐새끼 한 마리가 이빨을 긁는 소리처럼 들렸다. 소리는 작았지만 기분은 상당히 흥분되어 있다는 사실을 느낌상으로 알 수 있었다.

"그랬던 것도 같고…… 이틀씩이나 일을 못나갈지 모르는데 괜찮으시겠어요?"

"그깟 일이 문제예요. 작가님이랑 여행을 간다쿠는데 가게에 불이 나도 가야지요. 우리한테는 신혼여행이나 다를 바 없는긴데 안 그래요"

"……"

철식은 신혼여행이라는 말을 듣는 순간 머릿속이 하얘졌다. 언제 결혼을 했었던가 착각이 들 정도였다.

"작가님요, 방으로 가입시다 고마. 작가님이 사오라쿤 막걸리 사왔으이까네. 한잔 드셔보이소."

꼴통이 팔목을 잡아끄는 통에 억지로 끌려가다시피 철식은 방으로 들어갔다. 제 방으로 들어간 꼴통은 뭔가를 주섬주섬 챙겨서 철식의 방으로 왔다. 인삼 막걸리 한 통과 순무김치 한 팩 그리고 오리알 열 개였다.

"작가님요, 아무도 주지말고 작가님 혼자만 드셔야 됩니더. 요래요래 순무김치는 임금님 밥상에 올라갔던 거라하고 요 오리알은 찐 건데 하도 크고 실하길래 작가님 드시마 좀 조으까 싶어가 사왔다아입니까."

철식은 우선 인삼막걸리부터 한 컵 따라서 죽 들이켰다. 알싸한 사포닌 냄새가 입안 가득 퍼졌다. 철식이 인삼막걸리를 들이켜는 모습을 흐뭇하게 지켜보는 꼴통의 눈이 반짝반짝 빛났다.

"인삼인지 도라진지 알 길은 없지만 향이 괜찮네요."

거푸 한잔을 들이켠 철식은 순무김치 하나를 손가락으로 집어서 우걱우걱 씹었다.

"히-히-, 순무김치는 입맛에 맞아요?"

"임금님이 드셨다는데 어련하겠어요. 아주 짱입니다 짱이에요."

"자 요것도 하나 드셔보이소. 껍질이 단단해가 진짜로 몸에 좋을까 싶네요."

꼴통은 껍질을 깐 오리알을 철식에게 디밀었다. 철식은 넙죽 받아서 절반을 뚝 베어 씹었다. 비릿한 맛이 앞섰지만 남은 것까지 한입에 쏙 밀어넣고 꿀꺽 삼켰다.

"히-히-, 왜 그란지 작가님이 맛있게 드시니까 내가 그냥 좋다 아입니까. 찬찬히 드세요 체하믄 약값 듭니다."

철식은 순무와 오리알을 안주삼아서 강화 인삼막걸리 한 통을 다 비웠다. 그리고 쓰러져서 잤다. 잠결에 자꾸만 목이 메고 속이 쓰렸다. 눈을 뜨고 싶었지만 철식은 애써 눈을 감아버렸다. 목메고 속 쓰린 것을 그대로 감수하고 싶었다. 히-히-, 꼴통의 웃음소리가 이명처럼 귓속에서 울었다.

8. 거룩한 믿음의 역사

"똑– 똑– 똑–."

철식은 증권맨의 방문을 두드렸다. 일요일이었고, 증권맨이 쉬는 날이었고, 주식거래가 없는 날이었다. 게다가 철식에게나 증권맨에게나 똑같이 배고픈 날이었다. 말 하나마나, 날마다 허기진 날의 연속이었다.

"왜?"

빠끔히, 주먹 하나 들어갈 정도의 틈 사이로 증권맨이 눈을 내보였다. 뭔가를 훔쳐보듯, 사주경계 하듯, 긴장한 눈빛이었다. 증권맨의 방문은 단 한 번도 환하게 열린 적이 없었다. 겨우 의사소통이 가능할 정도의 틈만 허락한 채 상대를 예의주시할 뿐이었다. 특별할 것도 없는 자신의 방에 대한 빗장은 증권맨의 자존심과 맞닿아 있었다. 스스로 대상과 경계 지음으로써 자신은 그들과 다른 존재라는 우월감에 젖어 있었다. 아무도 특별하다고 생각하지 않지만 자신은 특별하다고 치부하는 비현실 속에서 증권맨은 독야청청 외골수가 되어가고 있었다. 열려진 방문의 너비, 딱 그만큼이 세상을 향한 증권맨의 관용이었다.

"밥이나 먹으러 가죠."

"밥?"

"예, 5분 후에 고시원 앞에서 뵈요."

"……"

증권맨은 잠깐 생각하는 틈을 갖더니 이내 고개를 끄덕였다. 증권맨에게 있어 묻지도 않고 따지지도 않고 고개를 끄덕인다는 것은 대단한 구미가 당기지 않은 한 있을 수 없는 일이었다. 밥, 그것은 증권맨에게도 어쩔 수 없는 본질의 문제였다. 밥은 증권맨의 그 꼿꼿함에 견줄 수 없는 엄청난 힘을 지니고 있었다. 인간에게 있어 밥은 모든 문제의 근원이기도 했다. 재빠르게 계산하고 슬그머니 꼬리를 내리는 증권맨도 밥 앞에서는 한낱 연명해나가야 할 목숨붙이였다. 하지만 밥을 제외한 그 어떤 문제에 있어서도 증권맨은 쉽사리 흔들리지 않았다. 자기 존재감으로 똘똘 뭉친 골리앗과도 같은 증권맨은 타인의 의견에 쉽게 동조하는 법이 없었다. 무조건 제가 옳고, 무조건 제 하고 싶은 대로 지껄여야 만족감을 느끼는 인간이었다.

"겨울도 이젠 한물갔나 봐요. 바람에서 봄기운이 느껴지네."

보광동 고갯길을 내려가던 철식은 별 의미도 없는 말을 뇌까렸다. 먼저 말문을 여는 것조차 귀찮아하거나 자존심 상해하는 증권맨에 대한 무한한 배려였다.

"겨울이건 봄이건 그게 너한테 무슨 의미가 있겠냐. 종일 고시원에 처박혀서 세상이 어떻게 돌아가는 줄도 모르고 사는 놈이."

거지같은 주둥이, 또 헛소리를 나불댈 모양이었다. 혓바닥을 뽑아서 잘근잘근 씹어 먹고 싶을 지경이었다.

"저라고 뭐, 평생 고시원에서 썩으란 법 있습니까. 언젠가 빛 볼 날 있겠죠."

"우리 속담에, 죽은 놈 불알 만지기라는 말이 있다. 그게 무슨 말인지 알기나 하냐?"

안다 씹새끼야, 바로 너 같은 놈을 두고 하는 말이다. 목구멍까지 치밀어 올랐지만 꾹 눌러 삼켰다. 오늘은 모든 것을 용서하고 사랑하기로 작심한 날이었다. 한 영혼을 구원하기란, 특히 증권맨처럼 몰상식한 인간을 구원하기란, 끝없는 인내와 한없는 인격이 요하는 일이었다.

철식이 상종하기도 뭣한 증권맨을 곱다시 불러낸 이유는 다름 아니라 불쌍해서였다.

며칠 전 우연히 철식과 증권맨은 남산을 올랐다. 가끔, 아주 가끔 증권맨은 남산을 올랐다. 좀처럼 세상 밖으로 제 모습을 드러내길 꺼려하는 증권맨이었기에 남산 오르는 것조차 드문 일이었다. 하지만 모처럼 때가 맞았는지 철식과 증권맨은 수복천 약수터에서 마주쳤다. 약수를 마시고 이런저런 기구들로 몸의 근육을 풀고 있는 사이 늙은 염소 한 마리, 아니 증권맨이 올라왔다. 퇴행성 관절염을 앓는 늙은 염소처럼 증권맨의 걸음걸이는 하염없이 고달프고 더뎠다. 철식은 알은체를 할까 말까 고민했지만 또한 걸레 쪼가리 같은 의리가 그렇지 않은지라 천천히 뒤를 따랐다. 말동무라도 해주면 헐거운 다리에 힘이 붙지 않겠냐는 어쭙잖은 동정의 발로였다.

"너 우리나라에 구제역이 왜 자꾸 발생하는지 아냐?"

산행 중 첫마디 치고는 꽤나 피로감을 증폭시키는 언사였다. 또 시작이구나, 뒷골이 뻐근했다.

"구제역요? 그거 동물성 사룐가 뭔가를 먹여서 그렇다고 뉴스에서……"

"뉴스? 너같이 지각없이 받아들이는 사람들을 위해 만들어지는 게 뉴스다. 일종의 선전선동 내지는 나팔수 개념이랄까. 미국산 쇠고기는 넘쳐나고 팔 곳은 마땅치 않고 만만한 건 대한민국이고…… 쯧-쯧- 차라리 소대가리를 달고 다니지 그러냐?"

소대가리? 염소대가리가 소대가리 운운하는 꼴이 숫제 오락가락하는 모양이었다.

"그렇게 생각하면 또 그런 것도 같고……"

귀찮다. 지껄이고 싶은 대로 지껄여라.

"그럼 911은 왜 일어났는지 아냐?"

"그건 이슬람 세력이 미국에서 자살 테러를 일으킨 거잖아요?"

"애국법이 뭔지는 아냐?"

"그런 법도 있어요? 못 들어 봤는데"

"그래, 모르고 사는 게 약이다. 알면 골치 아프고 병 생기니까. 그냥 구호식품 같은 라면이나 물어뜯으면서 맘 편안히 사는 게 행복한 거다."

한발 뒤에서 걷던 철식은 하마터면 늙은 염소의 뒷다리를 걷어찰 뻔했다. 뼈다귀에 거죽만 뒤집어쓴 늙은 염소가 되새김질 하듯 뱉어내는 언사가 고약하기 이를 데 없었다. 방구석에 처박혀서 썩은 사료라도 처먹는지 지껄일 때마다 주둥이에서 곰팡이가 피어올랐다.

"그나저나, 식사는 하셨어요?"

"휴ㅡ, 먹어봐야 똥만 생기는 거 구차스럽게 뭘 꼬박꼬박 챙겨먹냐. 근데 남산이 원래 이렇게 가팔랐냐? 지리산 천왕봉이 따로 없다."

"일본 아줌마가 무당한테 재수굿인가 뭔가를 했다고 주방에 떡이랑 과일이랑 하여간 별거별거 다 갖다놨던데 모르셨구나."

"뭐?"

꽥, 질러대는 '뭐' 소리에 그만 철식은 발을 헛디딜 뻔했다. 휙, 뒤돌아본 증권맨의 눈알이 뒤집히기 일보 직전이었다.

"지금쯤 좀비들이 다 먹어버리고 없겠죠?"

철식은 느긋하게 양념을 쳤다. 분노에 가득찬 증권맨의 얼굴을 철식은 슬그머니 외면했다. 유치하긴 해도 가장 효과적인 방법이었다. 굶주린 채 헐떡거리며 산을 오르는 증권맨에게 그보다 더

훌륭한 복수는 없을 것이었다.

"돈이 넘쳐나면 먹고 뒈질 일이지 무슨 굿질은 하고 지랄이라냐? 정말 재수 없는 왜년일세."

오르기가 벅찬 것인지, 빈 창자가 쓰린 것인지 증권맨은 한동안 씩씩거렸다. 딴은, 사쿠라가 재수없어 보이긴 했다. 코를 높이는데 얼마를 들였다느니, 호스트바에서 사내새끼 자지털 하나씩 뽑는데 수표 한 장씩을 날렸다느니, 호텔사우나에서 전신마사지를 받고 팁으로 신사임당을 줬다느니, 떠들어대는 형국이니 '재수 없는 년' 소리를 들어도 지당하고 마땅했다. 그러면서도 고시원생들에게는 소주 한잔 사는 법이 없었다.

"어……"

"……선배"

남측 전망대에 막 들어서던 찰나였다. 증권맨과 한 남자가 어색한 맞닥뜨림으로 마주했다. 허여멀건 한 상대편은 어딘지 모르게 배운 티가 났지만 증권맨과 마찬가지로 은둔자의 냄새가 풍겼다. 서울 시내가 한눈에 내려다보이는 전망대 위에서 맞닥뜨린 두 사람은 한동안 풍경처럼 서 있었다. 잘 아는 사이 같지만 그만큼 골 깊은 사연인 듯 보였다.

"저리로……"

먼저 말문을 튼 것은 증권맨이었다. 다분히 철식을 의식한 증권맨은 남자를 전망대 난간으로 끌었다. 철식은 그러려니 풀다 만 몸을 이리저리 비틀어 꼬았다. 일명 스트레칭이라는 것이었다. 하지만 귀는 증권맨과 남자에게로 바짝 치켜세워져 있었다.

"너도 꼴이 말이 아니구나. 말 안 해도 알만하다."

남자가 증권맨에게 담배를 권했다.

"햇빛 안 들어오는 곳에서 숨어 삽니다. 가족들도 몰라요."

증권맨은 입에 문 담배를 남자의 라이터에 갖다 댔다. 길게, 아주 길게 빨아들인 증권맨은 후-, 다시 길게 아주 길게 뱉어냈다. 조금 더 길었더라면 창자가 딸려 나올 판이었다.

"니 고객이었던 신림동 돼지엄마 자살했다는 소식 들었냐?"

"예?"

깜짝 놀란 듯 증권맨이 외마디 소리를 내질렀다. 뒤이어 뭔가 생각난 듯 황급히 철식을 흘깃거렸다. 철식은 전혀 관심 없다는 듯, 하나도 들리지 않는다는 듯, 쫙 쫙 다리를 찢어보였다. 잘못하다가는 불알주머니가 두 쪽으로 찢어질 판이었다.

"그 여자 액수가 좀 컸잖어…… 청담동에서 고기도 많이 사줬었는데."

"……"

"사람들한테 몹시 시달렸던가 보더라고. 계꾼들 돈까지 몽땅 너한테 맡겼다지?"

"벤처 테마주에 몽땅 박았더랬어요. 위험한 줄 알았지만 나도 수익금에 10%를 먹기로 했었으니까 모험을 할 수밖에 없었던 거죠. 크게 한 방 해주고 나도 좀 챙길 욕심으로다가."

둘은 한동안 말이 없었다. 각기 시선을 따로 한 채 담배 연기만 피어 올릴 뿐이었다.

"나 때문에 우리 집안도 전멸했다. 작은아버지, 이모, 사촌 형, 처갓집 식구들까지 죄다 내가 관리했으니까. 가족들 돈은 절대 끌어들이는 게 아닌데 어쩌다보니……. 아버지는 일 터지고 풍 맞아서 오줌똥 받아낸다. 퇴직금하고 문중 선산 담보대출 받은 거 몽땅 한 바구니에 담았었거든. 한꺼번에 그렇게 싹 빠질지 누가 알았겠냐."

"선배나 나나 쇠고랑 안 찬 게 그나마 다행이에요. 솔직히 고객 만날까봐 무서워서 밖에 나가지도 못합니다."

"그러게, 언제든 마주치면 분이 풀릴 때까지 맞아줘야겠지."

두 사람은 말없이 서울 시내를 내려다봤다. 도심 빌딩숲이 있고, 한강이 있고, 또 그 너머에 빌딩숲이 있었다. 두 사람과 도심의 거리는 좁힐 수 없을 아득한 원거리로 보였다. 나란히 선 채로 서울 시내를 내려다보는 두 사람은 좀처럼 시선을 맞추지 않았다. 별다른 얘기도 없이, 마무리 인사도 없이, 두 사람은 그렇게 초라하게 헤어졌다.

"환영합니다, 형제님."

증권맨을 데리고 간 곳은 식당이 아니라 교회였다. 입구에서 주보를 나눠주던 부목사와 여집사 일행이 우르르 달려들어 증권맨을 에워쌌다. 철식은 나 몰라라 했고, 증권맨은 당황했다.

"천국의 문으로 들어서셨습니다. 자 안쪽으로 들어가시죠. 이

순간부터 형제님과 우리는 모두가 하나님의 자녀입니다."

아직, 어리둥절한 증권맨은 정신을 차릴 사이도 없이 안으로 끌려들어갔다. 철식은 미소를 머금고 천천히 뒤따라 들어갔다. 모든 것은 밥에서 비롯되었다. 분명 일련의 과정을 마치고 나면 맛있는 밥이 기다리고 있을 것이었다. 지금은 비록 얼떨떨하고 배신감이 들 수도 있겠지만 수저를 드는 순간, 증권맨은 철식과 하나님을 향해 할렐루야를 외치며 감사의 눈물을 흘리게 될 것이었다.

"이게 니 방식이냐? 영 미련한 놈인 줄 알았더니 사람을 교회까지 끌고 오고, 재주가 메주다."

철식은 대꾸를 않고 성경책을 펼쳤다. 작은 손가방 안에서 꺼낸 성경책은 일요일마다 철식에게 밥을 먹여준 식권이었다. 성경책을 들어야 당당하게 밥줄에 설 수 있고, 또 당당하게 입속으로 밥을 퍼 넣을 수 있었다. 나도 하나님 자녀이니 하나님께서 주신 공짜밥을 마음껏 부담 없이 먹을 수 있다. 담대히 숟가락질을 할 수 있었다.

"형님, 기도하십시오. 기도만 잘하면 하나님께서 밥도 주시고, 죄도 사해 주시고, 앞으로 살 길도 열어주신답니다."

철식은 증권맨을 향해 누런 옥수수를 드러내보였다.

"오냐 그래, 니가 어떤 맘으로 날 여기까지 끌고 왔는지는 모르겠다만 까짓 기도쯤 못할까. 하여간 밥만 맛없어봐라."

증권맨은 뿌드득 이빨을 갈았다. 그러거나 말거나 철식은 불쌍한 증권맨을 위해 기도했다. 여태껏 저보다 불쌍한 놈은 없다고 여기며 살아왔지만 증권맨은 불쌍해도 너무 불쌍했다. 수많은 사람을 쪽박 차게 만든 것도 모자라 목숨까지 빼앗았으니 모르긴 몰라도 그동안 먹고 싼 똥보다 죄가 많을 테고, 인생역전 한방을 노리며 아직도 주식에 목매다는 형국이니 굶어죽거나 열받아죽거나 자살하거나 어쨌든 조속히 죽을 팔자였다.

"하나님! 여기 죄 많은 자 대령입니다. 살다살다 이렇게 죄 많고 불쌍한 양은 처음입니다. 도저히 주님이 아니고는 이 마귀 사탄을 구원할 자 없으니 주님 뜻대로 하옵소서. 눈을 뽑던지 팔다리를 분질러뜨리던지 고시원에서도 쫓아내 거리로 내몰던지 맘대로 하십시오. 부정한 머리 위에 숯불을 올려놓으시고, 악의 근원인 혓바닥을 돌덩이로 만드십시오. 그저 죄를 뉘우치고 회개할 때까지 쉼 없이 치십시오. 지옥불을 경험케 하옵시고……"

철식은 증권맨이 듣거나 말거나 입에서 나오는 대로 주워 삼켰다. 분명 증권맨은 귀를 쫑긋 세우고 있을 테지만 어쩌지 못할 것이었다. 죄지은 자 누구든 교회 안에 들어서면 심장이 오그라들고 손발이 후들거린다. 죄지은 자에게 하나님은, 칼 든 강도 보다, 귀신 망나니보다, 이 세상 그 어떤 악한보다 무섭고 두려운 존재다. 설교 때마다 목사는 몇 올 남지 않은 머리카락을 쓸어올리며 똑같은 말을 읊조렸다. 철식은 의심의 뱀대가리가 꿈틀거렸지만 목사가 읊어대는 발씀을 믿고 싶었다. 실령 그것이 거짓으로 씌이진 것일지라도 그 순간 간절히 믿고 싶었다. 그 어떤 것도 구원해줄 것이 없는 증권맨에게 거짓된 구원의 믿음이라도 한줄기 희망이 될 수 있다면, 그래서 증권맨이 세상 밖으로 나아갈 수만 있다면 진실로 받아들이고 싶었다.

사실, 철식에게 이끌려 한남제일교회에 왔던 이는 또 있었다. 새벽녘 철식이 고시원 청소를 하던 중 계속해서 운동장 돌듯 복도를 돌고 도는 이가 있었으니 이름하여 똘아이였다. 철식은 아무 상관하지 않고 제 할 일만 신경 썼다. 아무리 봐도 제정신이 아닌 듯 보였기 때문이었다. 수면양말을 신었고, 추리닝을 입었으며, 두꺼운 파카를 껴입은 똘아이는 땀을 뻘뻘 흘리면서도 계속해서 어두컴컴한 복도를 돌고 또 돌았다. 똘아이도 철식을 신경쓰지 않기는 매일반이었다. 무심히 봤다가는 다이어트 하느라 일부러 땀을 빼고 있는 것으로 착각할 정도였다. 하지만 눈빛이 풀려있었다. 뭔가에 잡혀서 질질 끌려가는 것이 분명했다. 철식은 청소를 다 끝내고 사무실에 들어가 담배를 피웠다. 여전히 CCTV 화면 속에서는 똘아이가 어딘가로 끌려가는 중이었다. 철식은 무슨 일이 생기지나 않을까, 사무실 문을 절반쯤 열어놓고 화면 속을 예의주시했다. 그러다가 덜컥 거품을 물고 버둥거릴 수 있다는 염려 때문이었다. 얼마나 지났을까 살며시 졸음이 밀려오려던 찰나 똘아이가 사무실 안으로 기어들어왔다. 똘아이의 머리는 물에 담갔다 빼낸 것처럼 흠뻑 젖어있었다. 물론 속안에 것들도 몽땅 젖어 있을 것이 분명했다. 똘아이는 말없이 철식의 담뱃갑에서 담배 한 가치를 뽑아들어 아주 천천히 오랫동안 피웠다. 지난한 여정을 마친 사람 같기도 했고, 또 다른 여정을 앞둔 사람 같기도 했다. 철식은 그런 똘아이를 그냥 지나칠 수 없는 뜻 모를 측은함이 느껴졌다. 하지만 철식으로서는 똘아이를 위해 아무것도 해줄 것이 없었다.

"교회 가서 기도나 하고 올까요?"

"……"

철식의 입에서 전혀 생각지 못했던 말이 튀어나왔다. 배고픔을 면하기 위해 교인행세를 하던 철식의 입에서 그런 말이 튀어나오다니 뱉어놓고도 기특할 노릇이었다. 어쨌건 철식으로서는 전혀 부담스러울 것이 없었다. 돈이 드는 것도 아니고, 머리골치 아프게 뭘 해결해야 하는 것도 아니고, 그저 교회에 데려다 놓기만 하면 될 것이었다. 그 이후로는 그들의 논리대로 주께서 알아서 할 일이었다.

담배를 다 피우고난 똘아이는 천천히 고개를 끄덕였다. 제정신으로 고개를 끄덕이는 것인지 의심이 들기도 했지만 철식은 일어섰고 똘아이도 따라나섰다. 밖은 새벽의 알싸한 추위와 함께 갈대 같은 안개가 몰려다니고 있었다. 철식은 똘아이를 앞세워 천천히 걸었다. 똘아이는 아무 말 없이 갈대밭을 헤치며 더듬더듬 골고다 언덕으로 향했다. 이태원동 고시원 거주자 막달라 마리아가 역사를 거슬러 십자가에 못 박힌 예수를 찾아가고 있었다. 한강이 바라다 보이는 언덕 위의 한남제일교회는 조명등에 빛나는 십자가로 똘아이를 반겼다. 시간과 공간을 초월한 막달라 마리아와 예수의 기막힌 재회는 그렇게 화려하고 경이적이었다.

기도실에는 새벽예배가 다 끝나고 개인 기도를 드리는 몇 사람의 신도만 있었다. 누가 시키지도 않았건만 똘아이는 맨 앞자리를 찾아 앉았다. 철식은 멀찌감치 떨어져 똘아이를 지켜봤다. 똘아이는 자리에 앉자마자 파카에 붙은 모자를 깊숙이 눌러쓰고 앞의 성경책받침에 머리를 처박았다. 깊은 회개라도 하는 것인지 미동도 하지 않고 머리를 처박고 있는 똘아이의 뒷모습은 굳어진 돌덩이 같았다. 철식은 그런 똘아이를 위한 기도를 드렸다. 세상 기댈 곳 없고, 정신은 온전치 못하여 귀신에게 고삐가 잡혔고, 왜놈들 사타구니를 쓸어주는 것으로 호구지책을 삼고 있는, 그러나 성깔은 수말과 같아 어디로 튈지 모르는 계집아이의 볼기짝을 사정없이 두들겨서 철이 좀 들게 해달라고 옹알거렸다.

　"쿨- 쿨- 쿨- 우웅-우-."

　역시 철식의 기도는 하늘에 닿아 기적적으로 응답을 받은 바, 똘아이가 장대한 코골이로 온 예배당에 방언의 역사를 증명해보였으니 저마다 신도들의 입에서 아멘! 아멘! 소리가 터져 나오지 않을 수 없었다. 더 이상 기적을 감당할 수 없었던 철식은 급기야 기절하듯 엎어져 자고 있는 똘아이의 귀를 잡아당겨 다시 추운 새벽길을 되짚어 걸어야하는 수고를 감내해야만 했다.

　"형님, 공짜에 무한리필이니까 맘껏 드십시오. 일요일마다 종종 배고프면 오시구요. 형님 밥값은 내가 평생치를 미리 납부했습니다. 하나님하고 쇼부쳤거들랑요."

　"그래? 뭘로 쇼부쳤냐?"

"매주 형님을 위한 기도를 드리는 걸로요."

"그게 기도냐? 순 쌍욕이더만."

메뉴는 멸치 국물국수였다. 평소에는 시래기된장국 아니면 다시다 미역국이었지만 특별히 국수가 마련된 날이었다. 증권맨과 철식은 맨 앞줄에 서서 국수를 받아왔고, 뚝딱 먹어치웠다. 한 번, 또 한 번, 다시 한 번, 또 한 번. 증권맨과 철식은 도합 4번씩 배식구를 왔다갔다 했다. 그러는 사이 사람들은, 특히 맞은편 식탁에 앉은 노부부는 국수를 빨아먹는 것은 뒷전이고 오직 증권맨과 철식의 그릇수와 속도에 집중할 뿐이었다. 테이블 중간의 쟁반에 놓인 인절미까지 둘이서 몽땅 쓸어 넣는 은혜로운 광경을 생중계로 지켜보던 노부부는 기적을 체험하듯 넋이 나간 표정이었다.

"일 다 봤으면 이제 일어서자."

증권맨이 입가에 묻은 콩고물을 털어내며 뇌까렸다. 매우 만족스럽다는 제스처였다.

그 후, 증권맨과 철식은 한남제일교회에서 '국수 네 그릇 형제' 또는 '인절미 한 쟁반 형제'로 불렸다. 온전히 하나님의 사랑과 은혜에 맛들인 증권맨은 스스로 주일마다 교회 찾기를 게을리하지 않았으니 모든 것이 밥에서 비롯된 거룩한 믿음의 역사였다.

9. 목마른 파도

　전쟁기념관 앞 벤치에 앉아있던 철식은 수많은 사람들로부터 집중적인 시선의 총알을 받았다. 후줄근한 청바지와 낡은 점퍼를 걸친 철식과, 금방이라도 손님접대를 할 수 있을 정도로 진한 일본식 화장에 원색 정장을 차려입은 두 여자의 조화는 쳐다보지 않는 사람이 이상할 정도였다. 그야말로 누추함과 경박한 화려함의 대비라고 할 수 있었다.

　철식은 사람들의 시선을 의식하고 피하느라 몹시 곤욕스러웠다. 그런걸 아는지 모르는지, 꼴통과 화경은 커다란 선글라스를 뒤집어쓴 채 철식에게 바짝 붙어서 말을 걸었다. 생전 여행이라고는 안 다녀본 사람처럼 출근상태 그대로, 아니 더 요란하게 치장을 하고 나선 두 여자에게서 철식은 되도록 멀찌감치 떨어지고 싶을 뿐이었다.

"아이고 두 분 오늘 신경 좀 쓰셨네요."

도망가기 직전의 철식을 구한 것은 민이었다. 도로가에 차를 세운 민은 두 여자에게 추파를 던지듯 히죽거렸다. 일분일초가 무서웠던 철식은 얼른 민의 차에 올라탔다. 그와 반대로 꼴통과 화경은 느릿느릿 온갖 폼을 잡았다. 내친김에 모터쇼 레이싱모델까지 해보일 모양이었다.

"오데 가던지 고마 가오가 생명인기라요. 여자는 가오 떨어지마 고마 그때부터 개도 안 쳐다본다이까네."

지나가는 개까지 째려보는 상황을 겪고 난 철식으로서는 저절로 고개가 저어졌다. 30여 분 동안 쏟아진 무수한 시선들의 이유가 그 '가오' 때문이라는 사실을 정작 알고는 있는지 묻고 싶을 따름이었다. 하긴, 무수한 사람들의 눈총이 부러움과 시기심에서 비롯된 것이라 착각하는 꼴통에게 더 이상 할 말은 없었다.

"원래 놀러갈 때 여자들이 계란도 삶아오고 뭐 도시락이나 그런 걸 준비해오는 건데 이건 뭐 화장품 냄새 때문에 머리만 아프고, 창문이나 좀 열어요."

"작가님, 우리랑 같이 놀러가는 거 영광인 줄 알아요. 우리가 뭐 한가한 사람인 줄 알아요?"

"그건 언니 말이 맞네. 제대로 걸리면 우리 하루 일당이 얼만데……. 막말로 두 분이 우리 일당 주실 것도 아니잖아요."

"일당은 못 드려도 즐겁게는 해드리겠습니다. 웃음이 보약 아닙니까. 이런 날도 있다니 무조건 신납니다."

철식만 빼고 세 명은 소풍가는 초등학생처럼 들떠보였다. 특히 민은 그 증세가 심해서 액셀러레이터를 밟았다 브레이크를 밟았다 운전이 흥분 그 자체였다. 민이 끌고 온 차는 스타렉스 더블캡이었다. 주로 비 올 때 부피가 작은 가전제품을 실어 나르는 용도로 뒷부분은 짐칸이었다. 폼이 좀 안 나기는 했지만 바다를 간다는 일념 때문인지 개의치 않는 표정이었다. 아마도 민에게 있어 이번 여행은 평생 있을까 말까 한 탈출일 것이었다. 성격상으로 한눈을 팔 위인도 못되지만, 늘 같이 일을 하는 경숙 씨 때문에 한눈을 팔 기회도 얻어 보지 못한 사람이었다. 속초에서 문학행사가 열리는데 시 낭송자로 초청 돼서 꼭 가봐야 한다고 둘러댄 민은 시종 입을 다물지 못했다.

"서울시내 빠져나가본 지가 얼마 만인지 정말 시 한 편 나오겠습니다."

서울 춘천 간 고속도로로 막 접어드는 찰나였다. 그동안 시를 못 쓴 이유가 서울에 처박혀 있었기 때문이라는 말처럼 들렸다. 소설을 쓰기 위해 서울로 올라온 철식의 귀에는 서울에 처박혀 있었기 때문에 시를 못 썼다는 민의 말이 아리송했다.

"나는 서울에 올라온 후로 거의 지하에만 살았던 것 같애. 내 방도 지하, 가게도 지하, 전생에 죄진 게 많았던지 거의 햇볕을 못보고 살았다니까."

"따지고 보마 훤한 세상 봐봐야 뭐 좋을 게 있나. 쌈박질하고, 해처묵고, 강간하고, 부모 때리 죽이고…… 차라리 니처럼 컴컴한

데 숨어 사는 게 좋을지도 모르지.”

“허-허-, 시는 광숙 씨가 쓰셔야겠네요. 한 수 배웠습니다.”

“뭐 시나 소설이 별거예요. 속 시원히 사는 모양을 까보이마 그기 시고 소설이지. 누구처럼 고시원에 들어박히가 낑낑대기만 하믄 무슨 소설이 써지겠어요. 뻘생각이나 안 들면 다행이지.”

꼴통의 말이 끝나자마자 킥킥거리는 소리가 들렸다. 무심히 창밖을 쳐다보던 철식은 화끈 달아올랐다. 그렇잖아도 요 며칠 소설이 써지지 않아, 머리털이 부쩍 빠져나가는 느낌인데 아주 초를 치고 있었다.

“얼마 전에 인천이랑 강화도랑 힘 좋은 할아버지하고 바닷가는 다 돌아본 사람이 뭐하러 또 바다는 간다고 따라나서서 허튼소리를 하고 그래요. 민형, 거 좀 내려드려요. 곧장 출근해도 될 것 같으니까.”

“요서 힘 좋은 할아버지가 왜 나오는데요. 내가 뭐 힘 좋은 할아버지랑 바다 보러 갔어요? 일하러 간기지…… 그리고 인삼막걸리랑 순무랑 오리알이랑 싹 묵어치운 사람이 누군데 지금 그딴 말을 하고 있어요. 지금 내하고 한번 해보자는 거예요?”

종알종알 짖어대는 꼴통의 시선을 피해 철식은 휴- 한숨을 내쉬었다. 괜히 벌통을 건드린 느낌이었다. 체구는 밥통만하고 상태는 모자라 보이지만 말발 하나는 특급이었다. 어찌 보면 말이 되기도 하고, 어찌 보면 말이 안 되기도 하는 어처구니없는 말들을 개소리처럼 짖어댈 때면 귓구멍이 윙윙거리고 골이 흔들릴 지경이었다. 철식은 그냥 창밖으로 고개를 돌린 채 쩝쩝 마른침을 삼켰다. 뭔가 더 지껄이려는 듯 힐끗 철식을 쳐다보던 꼴통은 한동안 째려보더니 고개를 돌려버렸다. 이런 사태를 일찌감치 예감한 철식은 민의 옆자리, 조수석에 앉으려했다. 하지만 제 옆자리는 당연히 화경을 위한 것이라는 무언의 눈빛을 보내는 민 때문에 어쩔 수 없이 뒷좌석에, 꼴통과 엉덩이를 나란히 할 수밖에 없었다.

"언니는 작가님을 좋아한다면서 왜 그렇게 쪼아대나, 좀 사근사근 여자처럼 굴면 좋겠구만은."

"닥치라 가시나야, 니가 남자에 대해서 뭘 안다꼬 대가리를 삐쭉거리나 삐쭉거리기를. 자고로 남자라카는기는 확 휘어잡아야 할 종자가 있는가 하면 요래요래 똥구멍을 살살 긁어주고 호호 불어줘야 할 종자가 있는기라. 허우대만 멀쩡해가 속은 계집애처럼 강단이 없는 종자는 확 휘어잡아서 가지를 쳐뿌리고 빤드시 잡아 묶아가 바로 세워야 하는 기라. 그래야 겨우 사람 될까 말까 쪼매 가능성이 비치는 기라."

"곽형! 다른 복은 몰라도 확실히 여복은 타고난 것 같애. 광숙 씨한테 제대로 조련을 좀 받으라구. 혹시 또 알아 그럼 진짜 반듯한 사람이 될 수 있을지."

갈수록 가관이었다. 언제부턴가 철식 혼자만 섬인 채로 셋이서 죽이 척척 맞아들었다. 쥐새끼들처럼 킥킥대는 것도 닮아가는 모양이었다. 철식은 뭐라고 꽥- 소리를 질러 신경질을 부려볼까 하다가 그냥 눈을 감아버렸다. 철식의 주변머리로는 느글느글 눙치는 셋을 도저히 상대할 수 없을 것이 확실했다. 셋의 여행에 들러리란 생각이 들자 부아가 치밀어 올랐다. 병신짓거리는 혼자서 다하고 있는 꼴이었다. 철식은 그렇잖아도 피곤하던 차에 잘됐다 싶어 잠을 청했다.

전날 철식은 뺀질이의 술상대가 되어 소주를 네 병이나 마셨다. 1박2일 고시원을 비우려면 그 정도 서비스는 해줘야 했다. 사무실에 앉아 말없이 주거니 받거니 소주를 마시던 뺀질이가 꺼이꺼이 울어버릴 때는 적잖이 당황하기도 했다. 생전 남의 눈에서 눈물을 뺐으면 뺐지 제 눈에서 진물 한 방울 뺀 일이 없던 뺀질이가 별일이었다. 철식은 오징어다리를 물고 있던 입을 헤 벌리고 멍하니 쳐다봤다. 덩치는 곰만 한 녀석이 속안에 고였던 울음을 엉-엉- 쏟아내는 꼴이라니 정말로 꼴같잖았다.

"내가 그년을 사랑했단 말다. 그냥 좆이나 빨자고 살림을 차렸던 게 아니란 말다. 이상하게 그년한테 내 새끼 하나 낳고 싶어서 그래서 살림을 차렸단 말다. 그냥 옆에 두고 싶어서 잡아두고 싶어서 통장에 돈도 쏴줬는데, 씨발년 그년이 이렇게 보고 싶은데 나도 나를 잘 모르겠고 미치겠다."

느닷없이 센티해져서 목 놓아 세레나데를 읊어대는 뺀질이가 철식은 퍽이나 낯설었다. 저렇게 계산적이고 얍삽한 놈도 사랑 앞에서는 어쩔 수 없더란 말인가, 술맛이 물맛이었다.

"차라리 니가 부럽다. 몸을 팔면 어떻고 좀 모자라면 어떠냐 너를 사랑해주면 그만이지. 나는 아직까지 누가 나를 사랑해준 여자가 아무도 없었다. 누가 날 사랑하겠냐 내 집사람도 나를 사랑하지 않는데.”

술기운 때문인지 진짜 사랑의 아픔 때문인지 뺀질이가 속을 드러내보였다. 지금껏 누구에게 속을 까보인 적이 없는 녀석이었다. 철식이 할 수 있는 것이라고는 물컵에 소주를 가득 따라서 건네는 것뿐이었다. 그보다 더 좋은 약은 없을 것이었다. 소주가 가득 든 컵을 받아든 뺀질이는 물인지 소준지 분간을 못하고 벌컥벌컥 들이켰다. 혓바닥을 죽 늘어뜨린 채 꺽- 트림을 하는 뺀질이의 눈알이 벌겋게 충혈 되어 있었다. 끔벅끔벅 눈을 감았다뜨기를 반복하더니 그대로 책상에 머리를 처박고 꼬꾸라졌다. 철식은 시체를 치우듯 사무실 한켠에 뺀질이를 누이고 옷가지를 덮어주었다. 사랑의 아픔이라는 것이 다 혼자 이겨내는 것이라는 사실을 알라치면 뺀질이의 불알에 흰털 몇 가닥이 쭈뼛거려야 할 것이었다.

“곽형! 일어나. 발이나 담갔다 가자구.”

“냅두세요. 혼자 차안에 꾸겨져 있게. 여행이 무슨 잠자러 가는 건줄 아나. 드르렁드르렁 아주 코로 엔진을 돌려요.”

철식은 부스스 눈을 떴다. 하얀 빛과 검붉은 빛이 한꺼번에 철식의 눈으로 쏟아져 들어왔다. 간간히 깔깔대는 웃음소리가 이명처럼 들리긴 했지만 혼곤히 잠에 취한 철식은 줄곧 몸을 가누지 못하고 있었다. 차에서 내린 꼴통과 화경이 난데없이 아-아- 악을 질러댔다. 뭔 지랄인가 싶은 생각에 흐물거리던 눈알에 바짝 힘을 줬다. 앞으로 환한 바다가 펼쳐져 있었다. 검붉은 낙조가 일렁이는 경포대 백사장으로 꼴통과 화경이 맨발로 뛰어가고 있었다. 속된말로 환장을 하고 있었다.

"오죽 좋겠어. 갈매기만큼이나 숭어만큼이나 좋겠지."

그렇게 말하는 민의 얼굴 위로 한 점 파도가 일렁였다. 철식은 민과 함께 천천히 파도를 향해 나아갔다. 고등학교 수학여행 때 와보고 처음이었다. 아마도 설악산까지 오르는 일정이었을 것이었다.

"좋네, 그때는 별로 좋은지 몰랐는데. 역시 바다는 좀 쓸쓸해야 제 맛인가봐."

"여자까지 끼구 그게 무슨 말이야. 난 딱 오늘만 같았으면 좋겠구만. 늘 이런 여유를 꿈꾸지만 그냥 꿈일 뿐이니까."

물비린내를 머금은 맵싸한 바람이 불어왔다. 남쪽 바다와는 또 다른 풍광이었다. 해가 지면 돌아가야 할 것 같은 기다림이 내재된 남쪽바다와는 달리 무작정 뛰어들고 싶은 질주본능을 자극하는 바다였다.

"언제쯤이나 이런 한가한 여유를 즐기며 살게 될지. 그게 가능하기나 한 건지…… 어쩌면 난 이미 롤러코스트를 탄 줄도 모르겠어. 절대 못 빠져나오겠지. 그래서 시를 쓰나봐. 가끔은 그런 생각을 해. 내가 쓰는 시가 똥 같은 건 아닐까. 생활에 치이고 세파에 찌든 내 몸이 밀어내는 똥 말이야."

드문드문 행락객들이 보였다. 모래집을 짓는 가족과, 팔짱을 끼고 걷는 연인과, 한 무더기의 관광객들이 각자의 모습으로 해변을 장식하고 있었다. 오래된 그림을 떠올리게 하는 풍경이었다.

"민형 시는 너무 물러서 탈이야. 이빨 다 빠진 노인네들이나 쓰는 그런 시 말고 스텐리스 같은 그런 뻔뻔한 시 좀 써봐."

철식과 민은 나란히 모래사장에 앉아 해지는 바다를 바라봤다. 저 멀리 꼴통과 화경이 물보라를 일으키고 있었다. 밀려드는 바닷물을 피해 도망쳤다 쫓아가기를 반복하며 깔깔거리는 두 여자에게서 금빛 물보라가 튀었다. 작은 꼬마 계집애 둘이서 장난질을 하고 있는 것처럼 보였다.

"난 내가 시를 잘 쓰는 줄 알았어. 그런데 어느 때인가 문득 그런 생각이 드는 거야. 내가 쓴 시들은 전부 중고가전제품 같은 거였구나, 누군가 쓰고 버린 철이 지나도 한참 지난 고철덩이 같은 거였구나."

"눅눅하게 왜 그래 그냥 웃자고 한 소린데. 가보자구 저 짓거리도 구경해주는 사람이 있어야 신바람이 날 테니. 빠져죽지 못해 환장을 하는구만."

철식과 민은 자리를 털고 일어섰다. 민의 늘어진 가죽단화 위로 모래가 밀려들었다. 닳아도 너무 닳은 단화는 축 처진 민의 어깨를 닮아 있었다. 철식은 휙휙 모래를 차며 앞으로 나아갔다. 흩어지는 모래파장이 과거처럼 부서졌다.

"뭣들 하는 거예요? 요래요래 바다가 부르고 있는데 멀거니 쳐다만 보고 있으마 바다에 대한 예의가 아니지. 퍼뜩 들어오이소."

두 여자의 치맛단은 이미 물에 젖어있었다. 꼴통은 회색 정장차림이었고, 화경은 검은색 투피스차림이었다. 새 다리만 한 꼴통의 종아리와 무 다리만 한 화경의 종아리를 파도가 씻어대고 있었다.

"같이 해요. 얼마나 재밌는데요."

화경이 민과 철식을 끌었다. 민이 환하게 웃었고 철식은 배시시 웃었다. 단화와 운동화가 나란히 두 켤레의 구두 옆으로 놓였고 맨발 네 개가 바다 속으로 뛰어들었다. 철식은 첨벙첨벙 뛰었다. 두 여자의 기분을 알 것도 같았다. 그냥 발을 담갔을 뿐인데, 바다 속으로 풍덩 빠진 느낌이었다.

"바다야 내가 왔다. 나 이화경이 왔다말이다."

"지랄하고 자빠졌다. 가스나 왜 내는 빼는데. 바다야 내도 왔다. 나 김광숙도 왔다. 내하고도 같이 놀아도."

무명작가 두 명과 얼굴에 기미가 끼기 시작하는 화류계 여자 두 명이 저물어가는 바닷가에서 알 수 없는 소리를 질러대며 뛰고 있었다. 넷은 어느 순간부터 어깨동무를 했다. 야야 야야야야 야야 야야 야야야~. 누구의 입에서부터 터져 나왔을까, 넷은 야구장에서나 들릴 법한 응원소리를 질러대고 있었다. 철식은 어느 순간 기분이 끝없이 좋아졌다. 가슴이 툭 터지는 느낌이었다. 그동안 옹송그리고 있던 모든 것들을 바다에 토해놓는 느낌이었다. 철식은 이성을 잃은 사람처럼 더 크게 뛰고 더 크게 소리를 질러댔다.

"하나 둘 셋. 우하하하."

작렬하는 웃음소리와 함께 세 연놈이 모래사장을 향해 도망치고 있었다. 생각 없이 허우적거리던 철식은 짠물을 한 바가지나

들이마셨다. 봄이라고는 하지만 바닷물은 아직 겨울의 뒤끝이었다. 파르르 몸을 떨던 철식은 연놈들을 향해 뽀드득 이빨을 갈았다.

동명항에 들어선 넷은 여기저기 횟집을 쭈뼛거렸다. 어설픈 몰골과 입성 때문인지, 부적절한 사이라는 판단 때문인지, 가는 곳마다 터무니없는 값을 불러댔다. 자연산이라고는 하지만 생선에게 물어볼 수도 없는 노릇이었다. 성질 급한 꼴통은 제가 살 테니 아무데나 들어가자고 성깔을 부렸지만 성정이 무른 철식과 민은 섣불리 발을 들일수가 없었다. 이러지도 못하고 저러지도 못하고 넷은 즐비하게 늘어선 횟집 앞을 배회할 뿐이었다. 횟집 앞에서 철식 일행을 구경하는 상인아주머니들의 눈길이 껌을 질겅거리듯 느물거렸다.

"속초 사시는 이상국 시인을 아는데 한번 전화나 해볼까. 어디로 가야 바가지를 안 쓰고 잘 먹을 수 있는지 말이야."

"아무데나 들어가자니까. 회 한 접시 묵는데 뭔 전화질은 해대고 그캅니까 쪼잔하게시리…… 할 테면 빨랑 해보이소. 배도 고프고 다리도 아파 죽겠구만은 내 다리가 무슨 자기들 다리하고 똑같다고 생각하는 갑지. 저 아주매들은 왜 자꾸 쳐다보고 지랄이고 화딱지나게시리."

이상국 시인이라……, 보도 듣도 못한 사람이었다. 민이 아는 사람이라면 그도 분명 삼류따라지일 것이 분명했다. 썩 내키지는

않지만 지푸라기라도 잡는 심정으로 전화를 하겠다니 그러라고
할밖에 달리 도리가 없었다.

"안녕하세요 선생님, 저는 시를 쓰는 민혁이라고 합니다. 기억
하실지 모르겠지만 작년 이맘때 시 낭송회 '리스팝 포엠'에
서……"

목소리와 어투에 한껏 예의를 갖춘 민의 태도가 괜히 거슬렸다.
괜찮은 횟집 좀 소개받는 것치고는 과하다 싶을 정도의 예의바름
이었다. 꼴통은 또 뭐라고 투덜거리고 화경은 전화기로 여기저기
사진을 찍어대고 있었다. 철식은 이 어정쩡한 상황이 어서 빨리
정리되고 소주나 한잔 들이켜고 싶을 뿐이었다. 해수욕장에서 물
에 빠진 후, 씻지도 않고 추리닝으로 갈아입은 몸이 자꾸만 끈적
거리고 따가웠다.

"아, 예 선생님 잘 알겠습니다. 예, 열심히 쓰도록 하겠습니다.
예, 예, 선생님도 건강하시고 후배들을 위해서 좋은 글 많이 보여
주십시오. 예, 감사합니다. 예, 예, 안녕히 계십시오."

"뭐야, 뭔데 그렇게 굽실거려 누가 들으면 큰 은덕이나 입은 줄
알겠네. 고작 횟집이나 소개받는 판에……"

"얼른 갑시다. '63호 해성수산'이라고 하시네."

주인아주머니 등치가 웬만한 씨름선수 보다 컸으면 컸지 절대
로 적지 않았다. 기가 질린 철식은 입도 뻥긋 못하고 뒤쪽에 서서
수산물을 보는 척 해찰을 부렸다.

"응, 그랬어. 상국이하고 나하고 초등학교 동창이야. 시를 쓴다

구? 뻔하겠네. 싸고 푸짐하게 오케이? 꼴에 또 어디서 갈치들은
짝짝이 달고 왔네. 상국이는 어째 그런다냐 평생 돈 되는 손님 한
번을 안보내고 맨날 시인이네 소설가네 불쌍한 작자들만 소개 보
내고. 초등학교 동창이라는 인연이 무지하게 질긴 거여 아무리 끊
어버릴라구 해도 갈수록 질겨지기만 해. 많이들 먹구가 절반은 상
국이가 사는 거니까."

　주인아주머니의 말처럼 딱 반값이었다. 광어와 물가자미 그리
고 조개들까지 푸짐하게 바구니에 담아줬다. 철식도 적잖이 놀랐
다. 이렇게까지 신경을 쓸 줄은 예상하지 못한 까닭이었다. 평생
문인 덕을 본 것은 처음이어서 절이라도 하고 싶을 지경이었다.

　"그러니까 이상국 시인이 누구냐면……"

　지금껏 술 따르는 것을 업으로 살아온 여자 둘과, 촌에서 소설
책 몇 권 읽어본 게 전부인 소설 습작생이 시인 이상국을 알 턱이
없었다. 그리고 날생선과 소주 앞에서 그런 객쩍은 소리가 귀에
들어올 리도 만무했다. 민은 심혈을 기울여 시인을 칭송했지만 듣
는 세 명은 그저 씹어 넘기기 바쁜 판이었다. 그나마 민의 표정이
하도 진지하고 열정적이어서 때맞춰 고개를 끄덕여 주는 작은 배
려까지는 잊지 않았다.

　흘러들은 민의 말을 대충 요약하자면, 시인이 '리스팝 포엠' 이
라는 시 낭송회 모임에 초대되어 서울에 왔고, 우연히 그 소식을
전해들은 민은 평소 '기러기 아빠' 와 '측우지변' 이라는 시인의 시
를 흠모하고 있던 참이라 경숙 씨의 매서운 질타에도 불구하고 잠

시 생업을 접고 빗속을 달려 시인을 접견하게 되었다. 그 자리에서 명함 한 장 건네받은 후, 지갑 속에 넣고 다니며 시인과 같은 훌륭한 시를 쓰겠노라 늘 다짐했다, 이런 내용이었다.

"다 끝났어요? 되게 기네. 그 사람이 뭐 회를 싸게 묵게 해줘서 고마운기지 시인이라서 고마운 건 아니잖아요. 난 뭐 목사님이 설교하시는 줄 알았네. 소주나 한잔 해요. 목 아플 텐데."

꼴통이 간단명료하게 정리를 했다. 벙 찐 얼굴이 된 민은 맨입에 소주를 벌컥 털어마셨다. 그게 바로 꼴통의 진면목이었다. 철식은 저 깊은 뱃속에서 스르르 웃음이 번져 나왔다. 겪다보면 그보다 더한 꼴통의 마력(?)에 빠져들 것이었다. 민의 얼떨떨한 얼굴을 쳐다보면서 철식도 벌컥 소주를 들이켰다.

"회도 맛있고, 소주도 맛있고, 사람도 맛있고, 이런 게 진짜 사는 재미 아닐까. 나도 결혼이나 해서 그냥 남들 사는 것처럼 평범하게 살까봐."

"결혼이나 한다꼬? 결혼이 무슨 하룻밤 떡치는 건 줄 아나 미친년. 또 소주 한잔 들이가노이까네 싱숭생숭 하는 갑지? 아가리 닥치고 이 광어 지느러미 살이나 한점 묵으라. 아, 아가리 안 벌리나."

젓가락을 화경의 입속으로 집어넣는 꼴통의 눈이 곱다시 찢어졌다.

"언니! 근데 나한테 왜 이렇게 잘해주는 건데?"

씹는 것과 박자를 같이해 커다란 눈을 껌벅거렸다.

"불쌍해서 그란다 와? 이 세상에 내보다 불쌍한 년이 너 말고 또 누가 있겠나. 내보다 얼굴도 빠지지, 술도 못 처묵지, 초이스도 못 받지…… 불쌍한 게 한두 가지라야말이지."

철식은 민의 잔에 술을 따랐다. 마냥 웃기만 하는 민의 얼굴이 보기 좋게 달아올랐다. 씻어낸 듯 평안하게 웃고 있는 민의 얼굴을 마주하던 철식은 불현듯 오길 잘했다 싶은 생각이 들었다. 늘 민의 얼굴 깊숙이 드리우고 있던 알 수 없는 잔영이 자취를 감춘 모습이었다.

"근데 아저씨는 왜 시인이 될라켔어요? 내보기에는 시하고는 영 거리가 멀지 싶은데."

꼴통이 빤히 민을 쳐다봤다. 느닷없는 꼴통의 질문을 받은 민은 얼떨떨한 표정이었다. 갑작스런 질문에 당황하기도 했겠지만, 애써 감추고 있던 속을 들켜버린 사람처럼 난처한 표정이었다. 한동안 멍하니 술잔만 쳐다보던 민은 어쩔 수 없다는 웃음을 지어보였다.

"……그러게요. 광숙 씨 보기에 내가 뭘 했으면 좋았을까요?"

"내 보기에는 철도아저씨가 어울릴 것 같은데요. 거 있잖아요 기차 떠날 때 한참 동안 서서 손 흔들어주는 아저씨요. 내 대구 떠나올 때도 그 아저씨가 요래요래 모자 빤듯하이 쓰고 철로에서 한참 동안 손을 흔들었다이까요. 그 아저씨를 생각하마 왜 자꾸 가슴이 알싸한지 알다가도 모리겠다카이……"

정말로 가슴 한쪽이 아픈 듯 꼴통이 한쪽 손을 들어 옆구리 쪽으로 가져갔다. 아픔도 전이되는 것인지 괜한 철식의 옆구리가 찌르르 결리는 느낌이었다. 뭔가를 생각하듯 술잔을 만지작만지작거리는 화경의 빨간색 손톱이 울컥 가슴을 저미게 했다.

"나가서 한잔 더 할까요? 조금만 나가면 속초해수욕장이 있는데 거기 가서 마른오징어에 캔맥주나 하나씩 까죠. 술맛은 그게 훨씬 좋을 것 같은데."

민이 먼저 자리를 털고 일어섰다. 술자리는 점점 무르익고 있었지만 이상하게 파장분위기가 되고 말았다. 알큰하게 취기가 올라온 철식도 무릎을 펴고 일어섰다. 일어설까 말까 망설이던 꼴통은 제 앞의 잔을 들어 죽 들이켰다. 토요일 저녁이어서인지 손님들은 점점 더 밀려들고 있었다. 절반은 서울사람들인 것 같았다. 좀 전까지는 느끼지 못했던 왕왕거림이 귓속을 울렸다. 사료를 보고 몰려든 닭들처럼 번잡하게 날뛰는 사람들에게서 서울의 시궁창 냄새가 풍겼다. 철식에게서도 그런 냄새가 풍기고 있을 것이었다. 철식은 걸음을 빨리했다. 뭐라고 구시렁거리는 꼴통의 목소리가 귓등을 할퀴었다.

캔맥주 24개들이 한 상자와 마른 오징어 두 마리를 앞에 둔 네 사람은 캄캄한 바다를 마주하고 앉았다. 바람은 없었지만 제법 날씨는 쌀쌀했다. 드문드문 늘어선 가로등 불빛이 제 영역만큼 자리를 비추고 있었다. 불빛을 찾는 하루살이처럼 넷은 가로등 밑에 자리를 잡았다. 인적은 드물었고, 차르르- 쑤- 파도소리만이 밤을 깨우고 있었다. 나란히 엉덩이를 깔고 앉은 넷은 말이 없었다. 똑, 캔 따는 소리와 픽, 라이터 켜는 소리가 전부였다. 뼛속까지 파고드는 밤바다의 적요는 침묵의 즐거움으로 이어지고 있었다.

"다시 묻겠심이더. 왜 시인이 될라켔습니꺼."

약속처럼 이어지던 정적을 깬 건 역시 꼴통이었다. 볼멘 듯 퉁명스러운 말투였다.

"언니야, 내가 볼 때는 말이다 민 선생님은 사랑하고 싶어서 시인이 된 거라. 너무너무 사랑해서 사랑하지 않으면 죽을 거 같아서 그래서 시인이 되셨을 거다."

"뭘 사랑하는데?"

"다, 전부다."

"미친년, 그라이까네 니보고 덜떨어졌다카는기다. 시인이 무슨 하나님이가 전부 사랑하게. 니는 고마 주이디 딱 닫고 오징어다리나 열심히 물어 뜯으라 그기 도와주는 기다."

철식은 그만 목구멍으로 넘기던 맥주를 칵— 뱉어내고 말았다. 그리고 한동안 켁—켁— 기침을 해댔다. 갑자기 튀어나온 웃음이 목구멍으로 넘기던 맥주를 엎어 친 결과였다. 콧속으로 몇 방울 맥주가 들어갔는지 머리끝이 찌릿했다.

"뭔 짓을 하는 건지. 하여간 못 말린다카이 내 아니믄 누가 거들떠보기나 하겠나. 자, 요 있어요. 질질 흘리지 좀 말고 딱으이소. 추접시럽고로."

꼴통이 손수건을 내밀었다. 철식은 콧물을 닦고도 한동안 웃음이 멈추지 않았다.

"아마, 비겁해서 시인이 됐을 겁니다."

밀려들었던 파도가 바다 깊숙이 민의 말을 끄집고 들어갔다. 먼 바다에서 집어등이 켜지고 있었다. 바다가 불 밝힌 하늘처럼 한순간 환했다.

"그래 말하이 쪼매 그란 것도 같고. 근데 세상에 안 비겁한 사람이 어데 있습니까. 다 쪼매씩 비겁한기지. 안 그래요 작가님?"

"……예?"

"작가님도 한 비겁 하잖아요. 매번 눈치만 실실 보면서 요랄까 저랄까 계산만 때리는 거 맞잖아요. 누가 뭐 툭 터놓고 사랑 한 따가리 하믄 잡아묵어요. 사랑이 뭔 줄도 모르는 사람이 시시껄렁하게 요리조리 재기만 하고, 뭐라고 말 좀 해봐요. 입에 뽄드 붙었어요?"

철식은 정말로 입이 딱 붙어서 말이 안 나왔다. 꼴통에게 대적할 수 있을 말이라고는 그 순간 없었다. 단순하고 명쾌한 진실 앞에서 그저 눈을 내리깔고 멍청한 듯 구는 게 그나마 체면을 유지하는 방법이었다.

"언니는 또 사랑타령인가. 참 좋겠다. 소설가 애인도 있고…… 작가님은 술 조금만 드셔야겠네. 오늘밤 언니를 많이 예뻐해 줄라면 큭-큭-."

"저 가시나가 뭐라고 씨부리쌌나. 칵 모래바닥에 쌧바닥을 쑤시박아블까보다."

"아, 나도 사랑하고 싶다. 저 바다처럼 넓은 가슴에 안긴 채 내 살아온 얘기를 밤새 하고 싶은데. 밥상도 차려주고 싶고, 애도 낳아주고 싶고, 발도 씻겨주고 싶고…… 내 남자다 싶으면 뭐든 다 해줄 수 있을 거 같은데."

"남자가 무슨 하늘이가 그딴 걸 다 해주게."

"하늘이면 어떻고, 땅이면 또 어떨까. 나를 사랑해주는 남자면 그만이지. 나는 다 줄 거다. 다른 건 다 필요 없고 난 사랑만 있으면 되거든. 난 사랑받고 싶어. 그냥 웃어주기만 해도, 안아주기만 해도 내가 사랑받고 있구나 느껴지는 그런 남자를 따라 살 거라고. 난 그동안 천덕꾸러기처럼 살아왔으니까. 이제 그렇게 살고 싶지 않으니까."

맥주는 이가 시리도록 차가웠고 오징어는 타이어만큼이나 질겼지만 누구도 자리를 뜰 생각을 하지 않았다. 바다를 향해 나란히 앉은 네 명의 머리 위로 은은하게 달빛이 부서졌다. 한물 간 화류계 여자 둘과, 남자라고 부르기도 뭣한 변변찮은 작가 두 명이 바다를 상대로 술주정을 하고 있었다. 쏴─ 쏴─, 졸다가 깼다가 술주정을 듣고 있는 바다는 간간히 지루한 하품을 해대기도 했다.

"와요? 맛이 없다 그거예요?"

"아니 그런 게 아니라 이상하게 맘이……"

"요래요래 내가 해볼 테니까, 딴 데 신경 쓰지 말고 쪼매 집중 좀 해봐요. 어떻게든 나는 한 번은 해야겠으니까."

철식의 위에 올라앉은 꼴통은 어떻게든 분위기를 만들어보려 갖은 재주를 부렸다. 그러면 그럴수록 철식의 그것은 점점 살 속으로 파고들 뿐이었다. 흡사 수세미로 씻어내는 것처럼 아픈 와중에도 생각은 복잡했다.

"휴- 도저히 안 되겠어요. 그만해요 아파요 아파."

안 떨어지려고 버티는 꼴통을 힘으로 밀어젖힌 철식은 침대를 빠져나왔다. 껍질이 쓰리고 아픈 지경이었다. 철식은 거울 앞에 놓인 테이블에 앉아 담배를 피워물었다. 애달아하는 꼴통의 바람과는 달리 철식의 자지는 발갛게 살갗이 씻긴 채 주눅들어 있었다. 물고 빨고 흔들어대던 꼴통의 정성이 안타깝기는 하지만 어쩔 수 없는 노릇이었다. 발기가 되지 않으리라는 사실을 철식은 일찌감치 알아차렸다. 꼴통의 벗은 몸을 안았을 때 철식은 가슴이 싸늘하게 식어 내리는 것을 본능적으로 느낄 수 있었다.

"아이 짜증나 정말, 여까지 와서 이게 뭐하자는 거야 사람 웃기게시리. 정말 이러기에요, 이래도 되는 거냐고요?"

철식은 묵묵부답으로 담배만 피웠다. 진실을 얘기하기도 그렇고 둘러대기도 애매한 상황이었다. 벌떡 일어난 꼴통은 방안의 전등 스위치를 켰다. 알몸인 채로 의자에 앉은 철식과, 선 채로 씩씩거리는 꼴통의 몸이 적나라하게 드러났다. 혼쭐난 모양으로 쪼그라든 철식의 자지를 휙 쳐다본 꼴통은 거친 손길로 가방을 뒤지기 시작했다. 신경질이 잔뜩 묻어있는 손길이었다. 로션 같은 뭔가를 손바닥에 쭉 짜 바른 꼴통은 곧장 철식 앞으로 다가와 무릎을 꿇었다.

"가만히 있어봐요 좀, 사람 웃기게 만들지 말고. 오늘밤 안하고는 못잘 테니까 그런 줄이나 알아요."

덥석 철식의 자지를 손에 쥔 꼴통은 제멋대로 흔들어대기 시작했다. 방안을 밝히고 있는 전등의 불빛이 너무 환했다. 꼴통의 수고와는 상관없이 철식은 햇볕에 타들어가는 식물처럼 시들어지는 느낌이었다. 꼴통이 집념을 보이면 보일수록 철식은 땅속으로 꺼져들었다. 꼴통의 손놀림은 부드러우면서 날렵했다. 전문가의 손길이라는 사실을 쉽게 느낄 수 있을 정도로 능숙했다. 남자들을 상대할 때 쓰는 로션인지, 사타구니에서부터 허브 향 같은 뜨거운 기운이 화하게 번졌다. 미끌미끌 꼴통의 손놀림에 따라 경쾌하게 미끄럼을 타는 자지가 뜨거웠다. 하지만 꼴통을 내려다보는 철식의 마음은 웅덩이 속에 가라앉은 돌덩이처럼 침울했다. 꼴통이 아무리 정성을 들여도 일어서지 않으리라는 사실을 철식은 잘 알고 있었기 때문이었다. 철식은 꼴통의 손을 두 손으로 가만히 쥐었다.

"이제 그만 해요. 도저히 안 될 것 같아요."

한순간 싸늘하게 굳어진 꼴통은 얼굴까지 회백색으로 변했다. 새파란 냉기가 밀물처럼 밀려들었다.

"왜 안 되는데요? ……내가 그렇고 그런 여자라서, 더러운 생각이 들어서, 그래서 안 되는 거지요?"

철식은 아무 말 없이 자리에서 일어섰다. 꼴통에게 뭐하고 말할 수 있는 그런 내용이 아니었다. 철식은 수건 한 장을 챙겨들고 욕실로 들어갔다. 얼음처럼 차가운 물줄기가 온몸을 감싸고 흘렀지만 철식은 그대로 몸을 내맡긴 채 물줄기를 맞았다. 모든 생각이 막혀버린 사람처럼 철식은 앞이 캄캄했다. 덜컥 진흙탕에 빠져버린 느낌이었다. 한동안 그렇게 서 있던 철식은 물기를 닦고 다시 방으로 들어섰다. 꼴통은 조금 전 그 자세 그대로 의자 앞에서 무릎을 꿇은 채 고개를 떨구고 있었다.

"되게 잘나셨네요."

철식은 조용히 옷을 꿰입기 시작했다. 알 수 없는 분노와 살기가 철식에게로 향하고 있었다.

"작가님, 한 가지 말해줄 게 있는데요. 디아나 송별식 날, 그때도 작가님은 그냥 잠만 잤어요. 취해서 그냥 잠만 잤다고요. 우리는 한 번도 한 적이 없다고요. 작가님 옷도 내가 벗기고 관계를 가진 것처럼 꾸민 것도 다 내가 한 짓이에요. 그라고 싶어서 그랬어요. 작가님은 순진한 사람이니까네 그라믄 내한테 묶일 줄 알았다고요."

철식은 두 다리에서 힘이 쭉 빠져나갔다. 애써 그러쥐고 있던 가느다란 끈마저 툭 끊어지는 느낌이었다. 철식은 출입문을 향해 힘겨운 다리를 끌었다. 고독보다 슬픈 걸음걸이였다.

"……작가님요, 내 좀 한번 안아주시면 안 되겠어요. 딱 한번만이라도 사랑해주시면 안 되겠냐고요. 내가 이래 부탁할게요."

문고리를 잡던 철식은 그대로 서고 말았다. 흐느끼듯 울먹이는 꼴통의 목소리가 철식의 뒷덜미를 낚아채듯 단단히 붙들어 맸다. 그러나 철식은 문고리를 잡았던 손에 바짝 힘을 줬다. 더 이상 감정에 질질 끌려가서는 안 되겠다고 생각했다. 철식은 찰칵, 문고리를 돌렸다.

"작가님요? 작가님요?"

복도에 한발 내어놓은 철식의 가슴속에서 싸— 하게 모래알갱이들이 흘러내렸다.

"내한테 왜 이카는데요, 왜 이렇게 내를 아프게 하는 거냐고요?"

뭔가가 쾅, 내던져지는 소리가 들리고 이어서 흐느끼는 소리가 들렸다. 철식은 애써 비틀거리는 발걸음에 힘을 주었다. 무릎이 꺾이기 전에, 주저앉기 전에 여관을 빠져나가야했다.

아직 어둠이 채 걷히지 않은 밖은 물비린내가 진동했다. 속초해수욕장 인근의 여관촌이었다. 철식은 고개를 들어 방금 빠져나온 여관을 올려다봤다. 혼자 남았을 꼴통의 방은 아직 불이 켜져 있었다. 꼴통의 울음소리가 불빛을 따라 먼 바다로 흘러들고 있었다. 불 꺼진 방 어느 곳에, 민과 화경도 들어있을 것이었다. 심해의 물고기처럼 고이 잠들어있기를 바랄뿐이었다.

10. 화려한 날들, 그 쓸쓸한 하오

　현관 벨소리가 울렸다. 철식은 이런저런 복잡한 심경 때문에 방 안에 누워 있던 참이었다. 누가 또 방을 보러왔거나 음식배달이 왔을 테지만 문을 열러 나가기가 귀찮았다. 현관문 가까운 방의 누군가가 열어주거나 복도를 오가는 누군가 살펴주기를 바랐다. 하지만 초인종은 계속 울어댔고 인기척은 없었다. 철식은 끙, 마지못해 몸을 일으켜 세웠다. 몸과 맘은 젖은 신발처럼 무겁고 축축했다.

　"여기, 천금숙 씨 사는 방이 몇 홉니까? 경찰입니다."

　다짜고짜 경찰 신분증을 들이대며 깍두기 두 놈이 들어섰다. 신분증만 없으면 천상 깡패새끼였다. 천금숙은 들어보지 못한 이름이었다.

　"……"

"여기, 사진에 보이는 이 여자요."

여권을 카피한 사진 속 여자는 사쿠라가 분명했다. 입실서류에는 분명히 김숙자라고 기입했었다. 철식은 선뜻 방을 가리켜주지 못하고 우물쭈물했다.

"근데 무슨 일 때문에 그러신지, 규칙상 무조건 방을 안내해줄 수도 없고."

"강남의 한 호텔에서 천금숙 씨가 도박사건으로 검거됐습니다. 일본 현지에서는 한국인 여성 불법체류자 윤락알선으로 경시청에 수배가 걸려 있었구요. 일본 국적이기 때문에 한국에서 조사가 마무리되는 대로 신변인도가 될 겁니다."

며칠씩 방을 비운 사쿠라가 아침이면 벌겋게 충혈된 눈을 달고 들어와서는 하루 종일 퍼질러 자던 모습이 떠올랐다. 철식은 사무실에 비치된 보조키를 들고가서 사쿠라의 방을 땄다. 경찰은 문이 열리자 사진을 몇 장 찍어대더니 구석구석 뒤지기 시작했다. 언젠가 주방에서 일본어로 지껄이는 사쿠라의 통화내용을 유심히 듣고 있던 꼴통이 "그리고 보이 여가 죄지은 사람 숨어살기는 딱 좋은 곳이긴 하네"라며 묘한 웃음을 짓던 기억이 떠올랐다. 침대 밑까지 샅샅이 뒤진 경찰은 만 엔짜리 현금다발 두 개와 가짜 신분증 한 개를 찾아냈다. 방은 순식간에 난장판으로 변했고 돈과 가짜신분증을 챙긴 경찰은 그대로 사라졌다. 불과 10여 분 만에 이루어진 일이었다.

철식은 스크린 골프장에 있다는 뺀질이에게 전화를 걸어 상황

설명을 하고 멍하니 사무실에 앉아 담배를 피웠다. 검거되었다는 사쿠라와 들이닥친 경찰과는 상관없이 이상하게 꼴통이 머릿속을 치고 들어왔다. 꼴통의 히-히- 웃는 모습과 노파처럼 누추한 몰골이 한꺼번에 머릿속을 옭아맸다. 철식은 머리에 손을 댄 채 한참을 고민한 끝에 꼴통을 대면하기로 마음먹었다. 꼴통은 식음을 전폐한 채 아직 두문불출 방안에 처박혀 있는 중이었다.

속초 여행을 다녀온 후 꼴통은 방문을 닫아걸고 밖으로 나오지 않았다. 먹지도 않고 움직이지도 않고 방안에만 틀어박혀 있었다. 꼴통은 뭔가 복잡한 일이 있을 때마다 두문불출 방안에만 처박혀 있곤 했다. 정기적으로 다니는 신경정신과에서 처방해주는 안정제와 수면제를 복용한 채 줄곧 잠만 잤다. 철식은 꼴통의 방문에 주파수를 세운 채 혹여 무슨 소리가 들리지나 않을까 신경을 곤두세웠지만 특별한 내용을 감지할 수 없었다.

간간이 화장실만 다녀오는 인기척이 있을 뿐이었다. 먹지를 않으니 그마저도 하루에 한두 번, 사람들의 왕래가 극히 드문 시간에 이루어지곤 했다. 걱정은 되었지만 도저히 마주할 자신이 없었던 철식은 사무실에 녹화된 CCTV를 재생했다. 굶고 병든 쥐처럼 간신히 화장실을 오가는 꼴통의 모습은 형언할 수 없을 정도로 누추한 몰골이었다. 헐렁한 티셔츠는 쇄골 뼈를 고스란히 드러내보였고 흘러내린 반바지는 골반까지 내려앉아 있었다. 며칠 사이에 눈은 움푹 들어갔고 키는 한 뼘이나 작아져 있었다. 끈적끈적 떡진 머리카락과 폭 꺾어진 고개는 어두운 곳에서 늙어버린 노파를 연상시켰다.

철식은 가슴이 싸ㅡ, 하게 아려왔다. 도저히 부정할 수 없는 죄책감이 심장을 꽉 틀어쥐고 놓아주지 않았다. 일부러 그런 것이 아니었다 하더라도 꼴통이 느끼고 있을 심정적 고통은 전혀 덜어지지 않을 것이었다. 철식은 왜 그랬을까 뒤돌아보지 않을 수 없었다. 되돌리고 싶지 않은 기억의 파편들이 숨구멍을 틀어막듯 옥죄어들었다.

꼴통을 안았을 때 철식은 막다른 슬픔과 맞닥뜨렸다. 꼴통은 여자로서의 모든 것을 상실한 사람이었다. 조금의 물기도 남아있지 않은 꼴통은 그냥 푸석한 스펀지일 뿐이었다. 벌레가 파먹듯, 전부 파먹혀버린 꼴통의 몸은 빈껍데기일 뿐이었다. 철식은 꼴통에 대한 슬픔과 스스로에 대한 좌절감 때문에 저절로 눈이 감겼다. 인간이 물 한 방울 남아있지 않을 정도까지 철저하게 빼앗길 수 있구나 개탄하지 않을 수 없었고, 결국 나는 이렇게 상처 입은 영혼을 안을 수 없는 비겁한 놈일 뿐이구나, 무릎 꿇지 않을 수 없었다. 그 푸석한 몸에 어떻게든 물기를 샘솟게 하려 애쓰던 꼴통의 잔영이 내내 철식을 괴롭혔다. 철식을 통해 어떻게든 여자로서의 생명력을 확인하고 싶어하던 꼴통의 몸부림이 가슴 한구석에 지울 수 없는 이빨자국을 남겨놓고 있었다.

"저기요, 문 좀 열어주세요. 할 말이 있어서요."

철식은 죽 전문점에 들러 전복죽 한 그릇을 샀고, 꼴통에게서 받았던 수저와 젓가락 세트도 잘 챙겨들었다.

"……"

"광숙 씨, 광숙 씨!"

"……"

"귀찮게 안 할 테니까 문 좀 열어보세요. 문 열 때까지 계속 두드릴 겁니다. 어디 누가 이기나 해볼까요? 나도 고집이 있는 사람입니다. 점점 더 세게 두드립니다."

철식은 복도가 울릴 정도로 쾅쾅 문을 두드려댔다. 틀어박혀있던 원생 뒤 명이 문을 열고 빠끔히 내다보더니 이내 문을 닫았다. 다른 사람 같았으면 시끄럽다고 소리라도 질렀겠지만 총무인 철식이 문을 두드리니 무슨 일이 있겠거니 하는 눈치였다. 철식은 더 크게 문을 두드렸다.

"왜 그래요, 귀찮게시리. 한번만 더 두드리면 경찰에……"

꼴통이 발칵 문을 열어젖힘과 동시에 빽 소리를 질렀다. 그 틈을 놓치지 않고 철식은 얼른 방안으로 몸을 들이밀었다.

"잠깐이면 됩니다. 할 얘기가 있어서 그래요."

"……"

꼴통은 팔짱을 낀 채 철식을 째려봤고 철식은 어정쩡하게 침대에 걸터앉았다. 방안에서 쉰내가 진동했다. 며칠 동안 씻지 않은 꼴통의 몸에서 악취가 풍겨왔다. 환풍이 잘 안 되는 고시원의 특성상 며칠만 씻지 않고 청소를 하지 않으면 곧바로 역한 냄새가 풍기기 마련이었다. 철식은 숨을 천천히 들이마시면서 조심스럽게 입술을 놀렸다.

"저 그러니까. 그날은 제가 미안했습니다. 일부러 그러려고 그런 게 아니라 저도 모르게 그렇게 되더라고요. 그리고 이건 전복죽인데 일단 먹고 기운을 좀 차리세요. 그래야 일도 나가고 생활도 할 거 아닙니까. 그리고 또 이건 지난번에 나한테 주셨던 수저와 젓가락인데 아무래도 다시 돌려드리는 게 도리일 거 같아서요. 그땐 제가 너무 경솔했던 것 같습니다. 신중하게 생각하고 받았어야 했는데……"

철식의 말은 중간에서 싹둑 잘라졌다.

"병주고 약주냐이 빙신새꺄. 당장 내 방에서 나가, 이 콧물 같은 새끼야."

순식간에 일어난 일이었다. 급하게 욕지거리를 뱉어낸 꼴통은 죽 용기와 수저 세트를 복도에 내동댕이쳤다. 머리는 산발한 채 씩씩거리는 폼이 미친년보다 한 끗발 위였다. 철식은 멍청히 앉았다 찰싹 따귀를 얻어맞았다.

"넌 나보다 더 불쌍한 놈이야 새꺄. 남자새끼가 겨우 죽이나 사 들고 와서 한다는 소리가 뭐 경솔했어? 수저하고 젓가락은 뭐하러 들고 왔는데? 너 지금 나 약올리는 거야? 씹어먹든 쓰레기통에 던져버리든 내 꺼 아니니까 니 맘대로 해 이 유치한 새꺄."

뺨을 감싸쥔 철식은 그대로 복도로 내몰리고 말았다. 그리고 찰칵 문 걸어 잠그는 소리가 들렸다. 곧이어 "내 살다살다 별 쌩 양

아치새끼를 또 다 만나네. 저런 게 무슨 소설을 쓴다고…… 하이
고 웃기지도 않네 정말. 내가 발로 써도 너보다는 잘 쓰겠다 이 좆
만한 새꺄."짖어대는 소리가 들렸다. 더불어, 고개만 내민 고시원
생 몇 명이 빤히 철식을 쳐다봤다. 쏟아진 죽을 밟고 선 철식은 차
마 고개를 들지 못했다. 갖은 욕설에 뺨까지 얻어맞고 복도로 내
몰린 철식은 눈물이 핑 돌았다. 쏟아진 죽과 널브러진 수저와 젓
가락이 철식만큼이나 초라한 몰골로 현장을 증명하고 있었다.

도저히 회복할 수 없는 상황을, 그것도 자청해서 연출한 철식은
참회의 시간을 견뎌야만 했다. 꼴통의 직언처럼 '빙신새끼·콧물
같은 새끼·불쌍한 새끼·유치한 새끼·쌩 양아치 새끼·좆만한
새끼'에 걸맞게 눈깔을 팍 내리깔고 입을 딱 봉한 채 있는 듯 없는
듯 살아야했다. 눈을 감아도 잠이 오지 않았고, 밥을 먹어도 맛을
몰랐다. 겨우 숨만 쉬며 살아간다 해도 과언이 아닌 날들의 연속
이었다.

하비바는 가뜩이나 주눅 들어 있는 철식을 벼랑 끝으로 몰아붙
이기도 했다. 이런저런 이유로 복잡한 일들을 만들어내던 하비바
는 급기야 방에서 나온 벌레 때문에 온몸에 두드러기가 났다며 금
전적 보상을 요구했다. 치료비와 위자료 그리고 새로운 거처로 옮
길 이사비용까지 달라며 생떼를 썼다. 철식으로서는 대략난감한
일이 아닐 수 없었다. 그렇잖아도 심란한데 골머리가 쑤셨다. 철

식은 어쩔 수 없이 뺀질이에게 상황설명을 하고 도움을 청했다.

"재밌다야. 내비뒤봐라, 어디까지 가는가 보게."

역시 뺀질이다운 대답이었다. 그러다 말겠지 하는 심리와 네가 들였으니 네가 알아서 해라,는 계산이 깔려있었다. 어느 정도 똘아이의 그림자에서 벗어난 뺀질이는 며칠씩 골프 투어를 다니며 고시원을 비웠다. 상비약처럼 비아그라를 챙겨가는 뺀질이의 목적이 어떤 것인지는 뻔했다. 골프나 그 짓이나 방망이를 휘둘러대기는 마찬가지였다.

철식은 날마다 죽을 맛이었다. 꼴통은 다시 일을 나가기 시작했지만 밤마다 취해서 들어오기 일쑤였다. 일을 나가는 것이 아니라 술을 마시러 나가는 것처럼 보였다. 그런 모습을 볼 때마다 철식은 바닥으로 치닫는 죄책감에 치가 떨렸다. 반면 철식을 대하는 꼴통의 태도는 여느 고시원생을 대하는 그것과 다를 바 없었다. 만나면 씩씩하게 인사도 하고 밥은 먹었냐고 먼저 물어주기도 했다. 하지만 그 모든 몸짓과 눈빛과 말투에 그 무엇이 빠져있었다. 사랑이라고 할까, 애정이라고 할까, 하여간 그 어떤 설렘이 사라지고 없었다. 차라리 잘된 일이라고 생각하면서도 마음 한 구석이 허전하고 쓸쓸한 것은 어쩔 수 없었다. 게다가 꼴통은 마주할 때와는 달리 술이 취해서 들어온 날이면 한 시간이고 두 시간이고 방안에서 통곡을 해댔다. 혼잣말을 해가며 딱히 누구에게라고 할 수 없는 욕지거리를 미친년처럼 퍼부어대기도 했다. 그런 날은 철식도 뜬눈으로 지새울 수밖에 없었다. 꼴통의 양쪽 옆방에서 덩달아 조용히 하라고 소리를 질러대기도 했고 철식에게 조치를 취해 달라며 항의를 해오기도 했다. 철식으로서는 고시원에 산다는 자체가 고문이었다. 때문에 자주 남산을 올랐지만 그때뿐이었다. 유리조각을 세워놓은 것처럼 **빽빽한** 서울 도심 속에 한 점 숨 돌릴 틈이 없었다.

속초 여행 후 철식은 마리서사에도 발길을 하지 않았으며 민으로부터 걸려오는 전화도 받지 않았다. 여타 다른 작가들의 소식도 끊긴 지 오래였다. 철식은 술에 의지해볼까 했지만 그것도 여의치 않았다. 환풍도 원활하지 않은 방에 기거하며, 각종 라면을 내리 3년 동안 장복하다보니 몸도 말이 아니었다. 때문에 쥐포 안주로 소주를 들이켜고 난 다음날이면 제대로 몸을 가누지 못할 정도로 허우적거리곤 했다. 상황의 심각성을 예로 들어 말하자면 멀쩡한 이빨도 흔들릴 지경이었다. 일진이 사나운 때면, 철식을 논의 잡초와 동급으로 취급하는 아버지로부터 뜬금없는 전화가 걸려오기도 했다.

"그래, 몸 편허니 잘 있지야. 내가 앉은 자리에서 밥 묵고, 또 그자리에서 똥을 싸지른 지 오래여서 니 안부를 수시로 못 챙기니께 넓은 아량으로 이해혀라. 집안에는 똥내가 진동을 허고 문드러진 똥구멍은 쓰리고 아픈디 누굴 탓허겠냐 다 내 잘못한 탓이지. 예부터 내려오는 말로 부모한테 불효를 하믄 똑 그와 같이 당헌다고 글등만 내가 귀담아 듣덜 않고 죽을 때까지 니 조부모를 나몰라라 해서 안 그러냐. 너 들으라고 허는 말은 아니다만, 살아보니께 인

과응보 사필귀정, 틀린 말 하나 없드라. 나는 시방 이웃이 퍼다 주
는 묵도 못 헐 시어빠진 김치로 연명을 허고 있고, 보름에 한 번씩
인가 한 달에 한 번씩인가 하여간 관에서 나온 목간차 안에서 낯
모르는 아줌씨들한티 사타구니 보여감시로 갱신히 썩어 자빠지지
는 꼴은 면허고 있다. 딴말 필요 없이 나는 여러모로 잘 살고 있으
니께 걱정 말고 서울에서 니 출셋길이나 도모허다가 애비 죽었다
는 부고장이나 받으면 그때나 발길 허든가 인편으로 부조나 좀 보
내든가 니 알아서 혀라. 거듭 말허거니와 나는 여러모로 잘 지내
고 있으니께 걱정하덜 말고 니 몸이나 편히 잘 간수해라. 그만 끊
자. 전화세 아깝다. 몇 푼 안 되지만 다 그것도 내 돈 나가는 것인
디. 으흠."

　전화 한 통으로 가슴에 바윗돌을 올려놓는 재주를 가진 아버지
가 그저 존경스러울 뿐이었다. 철식은 아버지로부터 전화를 받는
날이면 내내 입맛이 썼다. 도통 입안에서 침이 돌지 않아 뭘 삼키
고 싶은 욕구가 없었고, 아무것도 하고 싶지 않은 무력증에 시달
려야만 했다. 그나마 세 형제 중 철식이라도 전화를 받으니 다행
이었다. 위로 두 형은 일상처럼 아버지로부터의 전화를 피했다.
받아봐야 속이나 상할 뿐이라는 것이 이유였다. 좁은 방안에서 앉
았다 누웠다 일어섰다를 반복하던 철식은 가슴에 열이 차올랐다.
분출되지 못하는 뭔가가 자꾸만 쌓여서 독이 되고 그 기운이 심장
을 부풀어 오르게 하는 모양이었다. 휴-, 한숨 내쉬는 것이 습관
이 되어버린 철식은 날마다 담배만 태워 죽였다.

한 달 만에 처음 외출이었다. 오전에 화경으로부터 전화를 받은 철식은 나갈까말까 고민을 하다가 내키지 않는 걸음을 했다. 하얏트 호텔 밑의 큰 목련나무가 있는 중식당이었다. 식당을 환하게 밝히고도 남을 만큼 목련이 피어있었다. 어느덧 4월이었다. 식당에는 민도 함께 있었다. 철식은 편치 않은 얼굴로 두 사람과 마주했다.

"곽형, 괜찮은 거지? 통 전화도 안 받고 연락도 없고 해서 말이야."

"두 사람은 식사해, 난 술국에 술이나 한잔 할래."

화경이 전화한 이유가 꼴통 때문일 것이라는 사실을 철식은 대충 짐작하고 있었다. 민은 종업원을 불러 간짜장 둘과 술국 하나 그리고 고량주를 주문했다. 철식은 뭔가 두 사람의 입에서 말이 나오기까지 기다리는 자세를 취했다. 물 컵을 만지작거리는 철식의 손에서 미지근한 땀이 배어나왔다.

"그날 그렇게 가버리시고 많이 놀랐어요. 물론 언니는 더했겠지만."

화경이 조심스럽게 말을 꺼냈다. 철식은 얼굴이 약간 달아올랐지만 가만히 듣고만 있었다. 간략하게나마 사과성 설명을 하는 것이 옳겠지만 굳이 그렇게 하고 싶지 않았다. 밤사이 꼴통과 문제가 있어서 그냥 혼자 사라졌겠거니 짐작하는 눈치였다.

그날 철식은 날이 밝자마자 첫차를 타고 서울로 올라왔다. 다시 꼴통이 묵고 있는 여관으로 들어갈까 싶기도 했지만, 아침이 되어

세 사람의 얼굴을 마주하기도 뭣해서 혼자 버스를 탔다. 버스는 텅텅 비어 있었고 도로에는 안개가 끼어 있었다. 철식은 졸다가 깨다가 꿈결 같은 긴 터널을 통과했다. 서울에 도착한 철식은 혼곤한 상태가 되어 하루 종일 잠만 잤다.

"속초에서 돌아온 후로 언니가 좀 달라졌다는 건 철식 씨도 잘 아실 거예요. 출근은 하지만 손님방에 들어가지도 않고 빈 룸에서 초저녁부터 술만 마시고……"

음식에 앞서 고량주가 먼저 나왔다. 철식은 한잔을 따라서 천천히 마신 후 춘장을 찍은 양파로 입가심을 했다. 한잔을 마셨을 뿐인데 뜨거운 기운이 화하게 치받쳤다.

"아가씨들한테 자꾸 돈은 꾸고, 돈 달라고 가게로 찾아오는 사람도 있고 어떻게 정신을 좀 차려야 생활이 될 것 같아서 상의 좀 드리려고."

두 잔을 마시자 철식은 얼굴이 벌겋게 달아올랐다. 두 달째 밀려있는 방값과, 빚 받으러 왔다며 현관 초인종을 마구 눌러대던 중년의 대머리가 꼴통의 형상에 오버랩 되었다. 가슴이 답답하고 정신도 아득해지는 느낌이었다.

"철식 씨가 언니 좀 붙잡아 주시면 안 될까요. 워낙 지금 상태가 안 좋아보여서, 그러다 무슨 일 나는 건 아닌지 걱정도 되고"

민과 화경은 나온 음식을 절반도 먹지 못하고 밀어냈다. 두 사람이 음식을 먹으러 나온 것이 아니라는 것쯤은 철식도 잘 알고 있었다. 반면 철식은 후후 불어가며 술국을 수저로 떠마셨다. 목이 마른 것도 같고 막힌 것도 같았다. 간간히 술도 털어 부었지만 소용없는 짓이었다.

"잘 아시겠지만 언니 불쌍한 사람이에요. 어릴 적에는 고아로 살다가 스무 살부터 이 바닥을 전전했고 만나는 남자들한테마다 사기당하고 한 번도 여자답게 살아본 적이 없는……"

"그래서 나보고 어쩌라는 겁니까. 데리고 살기라도 하라는 거냐구요. 나 하나도 책임지지 못하는 놈이 무슨 수로 여자를 책임 져요. 막말로 온갖 악귀들 같은 놈들한테 다 파먹히고 거죽만 남은 창녀를 내가 뭣하러 책임져요. 내가 그렇게 우습게 보여요? 그렇게 덜떨어진 놈으로 보이냐구요?"

왜 그랬을까. 철식의 가슴속에 들어찬 뜨거운 열기가 한순간 불을 뿜었다. 오랫동안 묵은 일상의 피곤과 수치심이 한꺼번에 터져 나오고 말았다. 철식은 무엇에 씌기라도 한 듯 불같이 화를 냈고 순식간에 테이블을 들어 엎고 말았다.

딱 거기까지가 철식이 기억하는 전부였다. 눈을 떠보니 온몸에 짜장과 술국이 묻은 채로 고시원에 널브러져 있었다. 철식은 그 상태 그대로 이틀을 지냈다. 아무것도 신경쓰고 싶지 않았다. 딱 한번 문을 열어본 뺑질이는 아무 말 없이 다시 문을 닫았다. 거의 먹지도 않고 물만 마시면서 이틀을 보내는 동안 철식은 의외로 머리가 맑아지는 느낌이었다. 철식은 가만히 몸을 침대에 누이고 가장 근본적인 문제만 생각했다. 자꾸만 치고 들어오는 생각의 곁가지들은 과감히 베어냈다. 그러자 머릿속에 딱 세 가지 생각만 남게 되었다.

'아버지', '꼴통', '소설', 이 세 가지 생각이 큰 줄기로 남았다. 어느 것 하나 쉬운 것이 없었다. 두 가지는 관계의 문제이고 하나는 욕망의 문제였다. 사람이 살 수 있는 것은 관계이겠지만 살고자 하는 것은 욕망일 것이었다. 철식은 관계와 욕망 사이에서 무릎 꿇고 기도했다. 한 번도 제 자신을 위해 진지하게 기도한 적 없던 철식은 두 손 모아 간절히 기도했다. 정리하거나 결단지어야 할 삶의 중요한 순간에 서 있다는 사실을 철식은 뼈저리게 느끼고 있었다.

철식은 감았던 눈을 떴고 컴퓨터에 남아있는 습작물들을 하나하나 삭제해나가기 시작했다. 그냥 글씨들의 모임이었지만 철식의 모든 것들이기도 했다. 꼴통이 발로 써도 그보다는 나았을 알량한 소설들이 하나하나 지워지고 있었다. 애잔함과 홀가분함이 한꺼번에 교차했다. 마지막으로 파일삭제를 끝낸 철식은 이제 그만 고향으로 돌아가야겠다고 마음먹었다.

"너하고 나하고 틀린 점이 뭔 줄 아냐. 사람을 상대하는 방법, 그게 바로 틀린 점이야. 세상에 빈틈없고 약점 없는 놈이 어딨겠냐. 벌벌 떨게 뭐있냐 그거야. 널널하게 지켜보고 있다가 이때다 싶으면 확 물어버리면 그만인데. 너처럼 인생 답답하게 살다가는 평생 그지깽깽이로밖에 살수가 없어. 대가리는 뭐 폼으로 달고 다니냐 제발 짱구 좀 굴리면서 살자."

빼질이는 오른손 새끼손가락으로 콧구멍을 쑤셔서 아무 곳에나 툭툭 튕겨냈다. 혹여 그 파편 덩어리가 제 앞으로 튈까 조마조마하며 철식은 빼질이의 얘기에 귀를 기울였다. 물론 역겨운 구석이 없지는 않았지만 꾹 눌러 참았다. 철식은 빼질이를 이용해 계획해두었던 꼴통의 문제를 해결할 심산이었다.

"친구이긴 하지만 쪼끔 존경스러운 맘이 없지 않다야."

간단히 하비바를 쫓아낸 빼질이는 한껏 고무된 상태였다. 절대 그냥 나갈 것 같지 않던 하비바가 순순히, 그것도 밀린 방값까지 내고 나갔다니 의아한 구석이 없지 않았다.

"짜식, 뭘 그런 걸 가지고. 어쨌든, 존경 그거 많이 해라. 그런 건 하면 할수록 좋은 거니까."

말끝에 주먹이 튀어나가려는 걸 철식은 간신히 참을 수 있었다. 원래 뻔뻔한 놈이니 그러려니 할 수밖에 없었다. 어떻게든 살살 구슬려서 일을 성사시켜야만 했다.

"그래그래 알았으니까. 어떻게 된 일인지 얘기나 좀 해봐. 얼른 듣고 싶다."

빼질이는 한껏 거드름을 피우며 무용담 늘어놓듯 얘기를 시작했다.

하비바는 일종의 고시원 전문이었다. 일단 조금만 살겠다며 고시원을 들어간 후 이런 서런 트집을 잡아 돈을 주지 않고 몇 달간 지내는 수법이었다. 그러는 와중에 딸과 남편까지 함께 생활하는 수순을 밟았다. 더 이상 무상으로 버티기 힘든 때가 오면 결정적인 문제를 만들어내 돈을 뜯어내고 사라졌다. 하지만 뺀질이는 여느 고시원 사장들처럼 그리 만만한 상대가 아니었다. 의심 많고 잔머리에 능한 뺀질이는 이슬람 사원을 중심으로 한 인근 고시원마다 전화를 넣었고 비슷한 사례가 있는지 수소문했다. 그중 한곳에서 하비바에 관한 이력을 들을 수 있었고, 그동안 상습적으로 고시원에 대한 갈취가 행해지고 있었다는 사실을 간파했다. 뺀질이는 세 사람의 방값을 전부 지불하지 않으면 경찰에 신고해 가족 모두 철창신세를 지게 하겠다며 도리어 협박을 했다. 하비바는 뺀질이가 요구하는 돈을 전부 지불하고 급하게 짐을 싸서 떠났다.

"정말 대단하다. 너나 되니까 그런 걸 해결하지 감히 누가 그런 걸 해결 할 수 있겠냐. 내친김에 너 그 잘난 머리로 일 하나 더 처리하자. 그러면 내가 진짜로 너 존경할게."

"뭔데 그러냐, 원래 나는 돈 안 되는 일이나 내 일 아니면 신경 안 쓰는 사람인 줄은 니가 더 잘 알 꺼고. ……일단 들어보기나 하자 돈 드는 거 아니니까."

철식은 기회는 이때다 싶었다. 뺀질이가 거들기만 한다면 의외로 일은 쉽게 성사될 수 있을 것이었다.

"광숙 씨 있잖냐, 연식이 너무 오래 되서 손님한테 팔리지도 않는 것 같고 며칠씩 방안에 처박혀서 나오지도 않고……. 어떻게 손 좀 써보자. 방값도 밀리고 빚쟁이가 고시원까지 쫓아오고 여러모로 인생이 답답하잖냐."

"그렇다고 뭐 뾰족한 수가 있는 것도 아니잖아. 내가 자선사업

가도 아닌데 방을 그냥 꽁짜로 내줄 수도 없고…… 그렇잖아도 매달 방값은 밀리고 5만원씩 3만원씩 질질 끌어서 주니까 푼돈만 되고 신경질나 죽겠구만."

"그래서 말인데 광숙 씨를 기초생활수급자로 만들면 어떨까 해서. 그러면 너도 매달 방값을 제때 받을 수도 있을 거고 광숙 씨도 생활이 좀 나아질 수도 있을 거고. 서로 좋은 일 아니냐."

철식은 최대한 뺀질이가 기분 좋게, 또 이익이 될 수 있게 설명했다. 뺀질이가 중간에 나서서 통장에게 말을 넣어준다면 일은 한결 쉽게 해결될 수 있을지 몰랐다. 뺀질이는 통장과 형님동생 하는 사이로 같은 상가번영회 소속이며 막역한 술친구이기도 했다.

철식은 시골로 내려가기 전에 꼴통을 기초생활수급자로 만들어 놓을 생각이었다. 정기적으로 나라에서 도와주는 형식이라도 갖추지 않는다면 꼴통은 살아가기 힘든 형국이었다. 여러모로 꼴통은 기초생활수급자 되기에 충분한 조건을 갖추고 있었다. 세상에 도와줄 가족이라고는 없는 천애고아이고, 자신의 소유라고는 땡전 한 푼 없이 도리어 빚만 쌓여 있는 처지였다. 게다가 십년 넘게 정신과 치료를 받고 있고, 끊어진 다리 인대 때문에 장시간 몸을 움직여 뭘 할 수 있는 처지도 아니었다. 더불어 수박 한 통 들기도 버거워 보이는 밥통만한 체구에 말을 좀 길게 섞다보면 감지되는 소통불능도 정상참작의 요건으로 충분했다.

"그렇게만 된다면 오죽 좋겠냐. 내가 한번 알아보마. 뭐 내가 밀린 방값 받기 위해서 그런 건 아니고 그냥 돕고 싶은 순수한 마음에서 그런다. 가끔 착한 일도 해야 하나님께서 돈도 주신다더라."

의외로 뺀질이는 유쾌하게 받아들였다. 따지고 보면 그리 어려운 일도 아니었다. 통장과 술 한 잔 하면서 말 한마디 넣으면 되는 일이었다. 철식은 인내심의 한계에 도전하듯 이런저런 칭찬으로 뺀질이의 똥구멍을 불어줬다. 원래 칭찬에 약한 뺀질이는 마냥 흐뭇해서 전에 없이 짬뽕 두 그릇을 배달시키기도 했다.

바로 다음날, 뺀질이는 꼴통을 사무실로 불렀다. 오전에 통장과 꼴통에 대한 얘기를 끝냈다고 했다. 뺀질이는 꼴통을 부르기 전 철식과 대충 작전을 짰다. 통장이 동사무소 사회복지 담당자를 만난다고 했으니 꼴통을 설득하기만 하면 되는 일이었다. 하지만 꼴통이 어떻게 나올지 짐작할 수 없는 일이었다.

"거 밀린 방값은 어떻게 하실 작정이에요?"

다짜고짜 뺀질이는 방값부터 따져 물었다. 행여 틈을 보일세라 꼴통의 눈을 똑바로 쳐다본 채로였다. 객처럼 떨어져 앉은 철식은 무심한 듯 꼴통의 표정을 살폈다.

"……왜 갑자기 방값 얘기는 하시는지……"

꼴통의 얼굴에 두려움이 확연했다. 돈 없고 갈데없는 사람의 명백한 낯빛이었다. 담뱃갑에서 담배 한 가치를 뺀 뺀질이는 꼴통에게 슥 내밀었다. 담배에 불을 붙이는 꼴통의 손이 미세하게 떨렸다.

"아시다시피 나도 땅 파서 장사하는 사람 아니잖아요. 꼬박꼬박 국가에 세금 내면서 시설물들 다 사용하게 해주고 불 때주고 에어컨 틀어주고 나도 이런저런 들어가는 게 많다 이 말이에요. 방세를 받아야 운영을 하든 뭘 하든 할 거 아니겠어요."

"……그렇긴 한데, 요새 뭐 좀 안 풀리는 게 있어. 몸도 안 좋고 쪼매 기다려 주시마 어데서 돈을 좀 빌리든지."

알 수 없는 말들을 횡설수설했다. 꼴통의 전형적인 모습이었다. 강자의 얼굴로 심하게 몰아붙이면 당황해서 어쩔 줄을 몰라 하는 게 꼴통의 특성이었다. 낯선 곳이나 낯선 사람을 대할 때면 영락없이 엄마 잃은 어린아이 꼴이었다. 잠재된 피해의식이 두려움으로 증폭되곤 하는 것이었다.

"둘 중 하나를 선택하세요. 밀린 방값 다 주고 방을 빼시든지 아니면 낼 오후에 동사무소에 가서 기초생활수급자를 신청하시든지."

"아니 그게 무슨 말씀이세요? 내가 왜 기초생활수급자를 신청해요? 팔다리 멀쩡하고 일도 하는데 그런 건 장애자나 불쌍한 사람들이 하는 거잖아요."

"진짜 멀쩡한지 안 멀쩡한지 한번 따져볼까요? 다리가 아파서 가까운 거리도 매일 택시를 타지, 머리가 아파서 헛소리는 빽빽해대지, 마음이 아파서 며칠씩 방안에 틀어박혀 있지, 몸은 약해서 힘든 일도 못하지…… 일을 한다고요? 한 달에 몇 번이나 일해요? 한 번? 두 번? 솔직히 광숙 씨 나이면 이제 그 바닥에서 은퇴할 나이 아니에요. 내가 남자라도…… 하여간 둘 중 하나를 선택해요."

한동안 사무실은 정적에 휩싸였다. 꼴통은 자존심이 상한 듯 낯빛이 싸늘했고 입매가 위로 치켜 올라갔다. 파르르 떨리는 입술이 애써 화를 참고 있는 모습이었다.

　　"근데, 작가님은 요 왜 있는데요?"

　　"예?……"

　　속으로 잘 되어간다, 흐뭇한 미소를 짓던 철식은 깜짝 놀라지 않을 수 없었다. 휙, 매서운 눈빛을 쏘아댄 꼴통이 빤히 철식을 노려봤다. 갑자기 허를 찔린 철식은 급 당황했다. 어수룩하긴 해도 본능적인 감각은 뛰어난 구석이 있었다. 오랫동안 그런 감각 하나만을 믿고 살아온 사람이었다.

　　"꼬리하이 냄새가 나는 게 뭐가 있지 싶은데. 참말로 작가님은 요 왜 있는데요?"

　　"내가 오라구했어요. 광숙 씨 동사무소 좀 데려가라고, 혼자서 갈 수 있어요? 담당자하고 이런저런 얘기 다 할 수 있겠냐구요? 혼자 갈 수 있으면 그냥 다녀오시든지."

　　철식은 놀란 가슴을 진정시킨 채 심드렁하게 딴 곳을 쳐다봤다. 두 사람의 대화에 별 관심 없다는 태도였다. 꼴통은 한참을 째려본 후 마지못해 다시 고개를 돌렸다. 그러고 난 후에도 한동안 사무실은 정적에 휩싸였다. 새 담배 한 가치를 다 피우고 난 꼴통은 대단한 결심을 한 듯 입을 떼었다.

　　"갈게요 동사무소. 대신 내가 지금 기운이 없으이까네 고기 좀 사주세요."

철식은 그만 웃음을 터트릴 뻔했다. 역시 꼴통다운 대답이었다. 동사무소 가는 조건으로 고기를 사달라니 철부지가 따로 없었다. 하지만 유쾌했다. 졸지에 고기를 사게 된 뺀질이는 어이없는 표정으로 지갑을 챙겨들었다.

"현재 가족관계는 어떻게 되시나요?"

"혼잔데요."

"부모나 형제분들 있으실 거 아닙니까?"

"없어요."

"생활은 어떻게 하십니까?"

"예? 뭔 생활요?"

"예-, 그러니까. 생활비는 어떻게 충당하고 계시는지."

"그딴 걸 꼭 말해야 되나요."

"그래도 일단 기초적인 것은 알아야 저희가 도움을 드릴수가 있거든요."

"참내, 별걸 다 묻고 그라네. 누구 취조하는 건가…… 일본 분들 모셔요. 더 이상은 말 몬해요."

"아직 근로 가능한 나이라서 근로능력평가진단서를 떼어야 하거든요. 어디 몸이 불편하신 데는 있으세요?"

"안 아픈 데가 어데 있겠어요. 오만 데가 다 쑤시고 아프지."

꼴통과 몇 마디 나누고 난 사회복지 담당자는 아무 말 없이 서류 한 통을 내밀었다. 더 이상 말을 섞어봐야 별 소득이 없을 것이라는 판단 때문인 것 같았다. 철식은 '국민기초생활보장 신청서'라고 쓰인 서류를 꼴통에게 작성하라고 해놓고 따로 직원을 상대했다. 지금까지 꼴통이 살아온 내력을 죽 설명하고 정상참작을 부탁할 요량이었다. 철식은 담당자의 측은지심을 자극하기 위해 부족한 말주변을 총동원해 선처를 호소했다.

"근데, 김광숙 씨하고는 어떤 관계시나요?"

철식의 말을 다 듣고 난 담당자는 딱 한마디 했을 뿐이었다. 눈에는 의심이 가득했다.

"……"

"노파심에서 드리는 말씀인데 김광숙 씨하고 동거인이시거나 여타 사실혼 관계시면 이 모든 것이 불법이 되고 관련조항에 따라 처벌될 수도 있거든요."

철식은 갑자기 등에서 식은땀이 배어나왔다. 뭐라고 바로 대꾸하지도 못하고 우물쭈물 맥 빠진 얼굴만 해보였다. 꼴통의 살아온 이력과 상태를 구구절절 설명하는 동안 담당자는 전혀 다른 생각을 하고 있었던 것이다. 철식은, 꼴통과의 관계는 단순히 방을 마주보고 지내는 사이 이상도 이하도 아니라고 몇 번을 설명했지만 담당자의 의심은 쉽게 거둬지지 않았다. 행색으로 보나 상태로 보나 불쌍해 보이기는 마찬가지였으니 충분히 그렇게 생각할 수도 있을 것이었다. 철식은 가만히 자리에서 일어서 꼴통에게로 향했다. 더 이상 담당자를 상대해봤자 괜한 의심만 살뿐 꼴통에게 이로울 게 없다는 판단 때문이었다. 철식이 다가가자 꼴통은 뭔가 숨기는 듯 서류를 감싸고 몸을 비틀었다. 고개를 쑥 내민 철식은 꼴통이 감싸고 있는 서류를 내려다봤다.

"아니, 고졸이라고 하지 않았어요? 고아원에서 고등학교까지 다녔다고……"

막 써내려간 서류의 학력 난에 중졸이라고 씌어있었다.

"내가 언제 고졸이라고 했어요. 중졸이라고 했지. 그라고, 왜 남의 서류는 딜다보고 그라는데요. 이것도 엄연히 사생활 침해라꼬요 알기나해요."

철식은 그냥 입이 딱 벌어지고 말았다. 동사무소가 떠나갈 듯 소리를 질러대는 꼴통의 태도에 그만 기가 질렸던 것이다. 사람들은 일제히 철식과 꼴통에게로 시선을 집중했다. 소리를 지른 꼴통보다 처참하게 짓뭉개진 철식에게로 더 많은 시선의 화살이 쏟아졌다. 철식은 찍소리도 못하고 구겨질 수밖에 없었다. 고개를 들고 동사무소에 앉아 있다는 자체가 고문이었다. 꼴통은 나름대로 서류를 이해하지 못하고 낑낑대고 있었지만 직원이나 철식에게 도움을 요청하지 않았다. 그냥 낑낑대고 있을 뿐이었다.

"저기요, 김광숙 씨, 건넌방 사시는 분요!"

한참을 기다리던 직원이 철식을 불렀다. 우물쭈물 기어가다시피 한 철식에게 담당직원은 몇 가지 첨부서류에 대한 설명 후 바쁜 것 아니니 집에 가서 천천히 작성해오라고 했다. 어쩐지 내쫓기는 느낌이 들기도 했지만 철식도 그 편이 나을 듯 싶었다. 동사무소에서의 1분이 백년처럼 느껴졌다. 철식은 조용히 꼴통의 옆구리를 찔러 동사무소를 빠져나왔다. 철식은 퉁퉁 부은 채 투덜거리는 꼴통을 데리고 다니며 '근로능력평가진단서'와 '통장사본' 그리고 '고시원 월세계약서'를 만들었다. 꼴통을 데리고 다니며 일을 본다는 것은 거의 수도에 가까운 행위였음을 뼈저리게 느낀 하루였다. 하지만 꼭 한 가지 물어보지 않을 수 없었다. 왜 중졸인데 고졸이라고 거짓말 했는지.

"고졸이라카는 것하고 중졸이라카는 것하고는 하늘과 땅 차이라카는 것쯤은 내도 잘 안다 아입니까."

철식은 꼴통을 향해 엄지손가락을 치켜올렸다. 도저히 철식으로서는 따라갈 수 없는 높은 경지였다. 도저히 공부에 취미가 없어 중학교만 졸업하고 원장을 도와 고아원 아이들 뒤치다꺼리를 했다는 얘기는 나중에 들을 수 있었다.

철식은 서울에서의 모든 생활을 차츰 정리했다. 소설쓰기를 접어버린 이상 하루라도 빨리 서울을 떠나고 싶었다. 일말의 미련이나 아쉬움 따위를 느끼고 싶지 않았다. 뭔가 가슴에 구멍이 뚫린 건 분명했지만 어쩔 수 없는 노릇이었다. 평생 안고 살아가야할 비애 같은 것이라 생각했다. 우여곡절이 있었지만 꼴통의 일도 잘 처리가 되어가고 있었다. 정신과치료 내력과 끊어진 인대의 진단서가 잘 나와 구청에서 나온 통합조사팀의 실사까지 끝난 상태였다.

복잡한 마음을 정리하자 자연스럽게 아버지 생각이 났고 전화를 했다. 조만간 내려가 똥도 치우고 손수 목욕도 시켜주겠노라 흰소리를 했다. 결기에 찬 철식의 목소리와는 대조적으로 아버지는 떨떠름하게 전화를 받았다.

"똥은 몰라도 목욕은 아무래도 아짐씨들 손이 더 보드랍고 좋지 않겠냐."

늙어도 주책을 떨어대는 아버지가 있어 다행이라는 생각이 들었다. 당신 의향이 그렇다면 목욕은 그쪽에 맡기는 게 좋겠다는 소리를 끝으로 전화를 끊었다. 까닭 없이 웃음이 흘러나왔다.

철식은 오랜만에 민에게 전화를 걸어 술 약속을 잡았다. 문학의 가장 밑바닥 안전층을 책임지고 있는 떨거지들에게 술이라도 한 잔 사고 내려가는 것이 도리일 것이었다. 필경 이름 없는 문인으로, 거리에 날리는 폐휴지처럼 떠돌다 사라질 인간들이지만 그들의 열정만큼은 숭고한 날갯짓에 비길만했다. 조금 투박하고 어설픈 그들의 문학과 언행은 가슴 아프지만 한편 뿌듯한 진실이 내재되어 있었다.

철식은 약속시간이 되기를 기다리며 방 정리를 했다. 웬만한 건 버리고 간단히 가방 하나만 들고 내려갈 참이었다. 손바닥만 한 방에서 먼지는 한 봉지나 쏟아졌다. 정리를 다 끝내고 나니 마음 한 구석이 허전했다. 어떤 이유에서건 떠난다는 것은 여운을 남기기 마련이었다. 철식은 허수한 마음이 되어 의자에 앉았다. 훑어볼 것도 없지만 여기저기 구석구석 눈을 주었다. 그래도 몇 년 동안 온전히 몸을 뉘인 곳이었다. 이런저런 상념이 꼬리를 물자 코끝이 찡했다. 철식은 행여 콧물이라도 흐를까 고개를 천장으로 치켜들었다. 다 정리했다고 생각했는데 미처 정리하지 못한 그 무엇이 눈에 들어왔다. 캐비닛이나 다를 바 없는 옷장 위에 올려진 낡은 성경책이었다. '한남제일교회'로 밥을 얻어먹으러 갈 때 입장권처럼 들고 가던 것이었다. 밥다운 밥이 그리울 때, 사람다운 사람냄새를 맡고 싶을 때 철식은 그 성경책을 들고 한남제일교회를 찾았었다.

철식에게 성경책은 종교적인 믿음과는 상관없이 당당히 교회 안으로 들어갈 수 믿음의 증표였다. 철식은 보란 듯이 성경책을 옆구리에 끼고 예배당 안으로 또 지하 식당 안으로 들어서곤 했다. 철식은 뜨거운 미역국과 된장국에 김장김치를 얹어서 양껏 먹었고, 무작정 교인들과 악수를 하며 온기를 느꼈다. 그 모든 것이 다 결핍에서 오는 만용이라는 사실을 철식은 잘 알고 있었다. 교회에서 '고시원 형제'로 통하던 철식은 그 모든 것이 다 하나님의 용서와 이해로 여겨져 누추한 마음이 들지 않았다. 오히려 싱글싱글 봄바람 같은 웃음이 피어나곤 했었다. 그런데 이제 그 성경이 더 이상 필요 없었다. 철식은 신자도 아니었고, 더 이상 밥을 빌러다니지 않아도 될 것이었고, 사람 온기를 그리워하지 않아도 될 것이었다. 하지만 철식은 더 이상 소용없어진 성경을 과감히 버리지 못했다. 주린 창자를 채워주고, 얼어붙은 허파에 온기를 불어넣던 입장권은 또 다른 의미의 성경이었던 것이다.

철식은 약속시간보다 조금 일찍 마리서사에 도착했다. 그냥 조용히 소파에 앉아 분위기를 느끼고 싶었다. 얼마나 지났을까 장이 들어왔다. 여전히 무가지 신문을 옆구리에 낀 장은 뭐라도 주워 먹을 게 없나 어슬렁거리는 표정이었다. 사무실 소파에 앉은 셋은 별 말도 없이 아직 오지 않는 김을 기다렸다. 들리는 소문에는 변두리 당구장에서 내기당구로 근근이 술값을 충당한다고 했다. 손이 떨려서 어떻게 큐대를 잡는지는 알 수 없지만 그런 재주라도 있으니 도둑질은 하지 않아도 될 것이었다. 한때는 장래가 촉망되던 시절이 있었을 청춘들이었을 테지만 지금은 겨우 연명해가는 도시의 빈민일 뿐이었다.

"삼각지 뒷골목 대구탕이 괜찮던데 그리루 갈까? 예전에 김이 이혼기념이라고 한 턱 냈던데 있잖아."

시계를 한번 들여다본 철식은 괜히 싱거운 웃음을 지어보였다. 얼추 밤 8시를 넘기고 있었다.

"좋지, 이혼할 때도 낙향할 때도 우린 대구탕이군. 뭐 좀 좋은 일루다 먹었으면 좋을 텐데 말이야."

신문을 접는 장의 목소리가 침처럼 흘러내렸다. 민이 김에게 삼각지로 오라고 전화를 했고, 밖으로 나간 셋은 빈 택시를 잡아탔다. 택시를 타고 가는 셋은, 아무런 말도 없었다. 멀리 불 밝힌 남산타워가 달리는 택시를 물끄러미 비추고 있었다.

대구탕 집은 퇴근 손님들로 북적거렸다. 모두들 시끄럽게 떠들어대며 누군가를 공동으로 씹는 듯한 유쾌함이 있었지만 철식의 테이블은 그저 눅눅할 뿐이었다. 천천히 국을 떠 마시고 천천히 소주잔을 비워냈다.

"그래 고향으로 내려가면 뭐 먹고살 궁리라도 있나?"

대구 눈알을 젓가락으로 쑤시던 장이 말했다.

"걱정마, 가을에 쌀 한 포대씩은 보내줄 테니."

철식은 호기롭게 웃었다. 남의 땅이긴 하지만 노는 땅들도 더러 있고, 어떻게든 되겠지 하는 막연한 기대감에서였다. 셋은 저마다 다른 방향으로 시선을 향한 채 쓸쓸히 웃었다.

어슬렁어슬렁 해질녘 마을을 헤매는 떠돌이 개처럼 김이 식당 안으로 들어섰다. 못 본 사이에 더 까맣고 홀쭉해진 느낌이었다.

"쪽팔리게 무슨 송별식은 하구 난리야. 갈 거면 조용히 가지. 겨우 삼 년 해보고 때려치울 거 같으면 시작은 뭐하러 하냐 말이야. 난 또 내 주변에서 진짜 소설가 하나 나오나 내심 기대했지. 신경질나니까 술이나 한잔 따라봐."

김의 타박을 들으니 철식은 비로소 숨통이 좀 트이는 듯 싶었다. 그제야 소주 맛이 달달했다.

"까놓고 얘기해서 요즘 소설 좀 쓰는 애들 누가 있나. 장난 쌈치기 하는 잡소리들만 지껄이고 자빠졌는 놈들이 태반이지. 거 좀 진득하게 항아리 빚듯 그렇게 써내는 놈 없나. 하긴 나부터 이 모양인데 뭔 소리를 지껄이겠어. 술이나 처먹고 일찍 뒈져야지."

자학하듯 자조 섞인 웃음과 함께 연거푸 김이 술잔을 들이켰다. 소설에 발목이 걸려서 인생 망쳐버린 한탄을 그렇게 토해내고 있었다.

철식은 마음이 한결 편안해졌다. 안타깝긴 하지만 그런 현실을 담담히 받아들이며 살아가는 모습이 아름답기까지 했다. 다른 사람들 눈에는 그런 모습이 병신머저리처럼 보일지 몰라도 맑은 눈으로 보면 내장이 훤히 들여다보이곤 했다. 문 닫을 시간까지, 추가 국물을 더 부어가며 소주를 마셨다. 전철 끊어질 시간이 다 되어서야 자리를 털고 일어선 사람들은 삼각지 역사 앞에서 비틀거렸다. 기쁘게 환송할 수도, 돈 들여 환송할 수도 없는 그들은 한사코 비틀거렸다. 철식은 그들의 마음을 알기에 먼저 등을 보였다.

전쟁기념관을 지나 녹사평 방향으로 천천히 걸었다. 취기가 있긴 했지만 정신은 명료한 느낌이었다. 언제 다시 이 길을 걸어볼까 애정이 담긴 발걸음을 했다. 실실 웃음이 흘러나왔다. 군대생활을 끝낸 제대병의 마음 같기도 했다.

"어이, 곽형."

뒤따라 뛰어온 민이 철식의 팔을 잡았다.

"한잔 더 하자구. 속은 풀고 가야지."

민과 철식은 택시를 타고 한남동 골뱅이집으로 향했다. 골뱅이집에는 이미 꼴통과 화경이 자리를 잡고 있었다.

"참말로 밉상이라카이, 하필 술 한잔 살 돈도 없을 때 내려간다꼬 야단이고 야단이. 내 돈 좀 벌어가 거하게 한잔 살 수 있을 때 그때 내리가믄 좋겠구만은. 우짜겠노 서로 대가 맞지 않아 그란 것을, 오늘 술은 작가님이 사이소. 묵기는 우리들이 묵을 테이까네."

철식은 실없는 소리를 지껄이는 꼴통이 누나 같다는 생각을 했다. 뒤끝 없고 어린애처럼 순수한 꼴통이 한 뼘 정도 커보였다.

뒤 잔 마시는 사이 민과 화경은 사라지고 없었다. 애초부터 민과 화경은 꼴통과의 자리를 만들어주기 위해 함께했던 것이었다. 철식은 자주 잔을 비우는 꼴통의 잔에 말없이 술을 따랐다.

"작가님요, 고백 하나 할까요?"

"그딴 거 아무한테나 하는 거 아닙니다. 뭔진 모르지만 아껴두세요."

"내 업고 병원 갔을 때 있잖아요. 작가님 등에 업혔을 때 참 따뜻하대요. 그냥 그 말을 해주고 싶었어요."

"원래 몸에 열이 많아서 그런 겁니다. 겁도 많고, 큭-큭-."

꼴통은 처음으로 낯선 남자를 상대한 후 토했던 얘기를 했고, 누군지 모를 아이를 지웠던 얘기를 했고, 가끔 심란할 때 고아원을 찾는다는 얘기와 더불어 죽고 싶다는 얘기도 했다. 철식은 아무 말도 못하고 듣기만 했다. 몇 날 밤 지샌 술자리처럼 몸이 노곤하고, 수많은 얘기들이 추억처럼 떠돌았다. 아프고 달달하고 아쉽고 코믹한 감정들을 한 몸에 껴안고 깊은 강 속으로 수장되어가는 기분이었다.

"인자 고마 가입시다. 자꾸 눈물이 날라케서……"

택시를 잡으려 했지만 꼴통은 걸어가자고 했다. 다리가 아파서 평소 오래 걷지를 못했지만 굳이 걷기를 원했다. 꼴통은 철식의 팔짱을 끼고 나란히 걸었다. 꼴통은 철식의 팔짱을 가슴 안쪽으로 꽉 꼈다. 고시원까지 가는 동안이라도 절대로 놓치지 않겠다는 의지가 엿보이는 팔짱이었다. 철식은 몸 안의 혈관이 하나하나 끊어져나가는 느낌이었다. 팔을 타고 전해져오는 꼴통의 진실이 가식으로 가득 찬 철식의 혈관을 마디마디 끊어놓고 있었다.

"여서부터는 작가님이 날 좀 업고 가이소. 마지막인데 그 정도 소원은 들어주시겠지요?"

한남제일교회 모퉁이 언덕이었다. 굴다리 아래로 차들이 다니고 한강이 내려다보이는 전경이었다. 철식은 말없이 등을 내밀었다.

"작가님요, 내는 오늘 여기를 평생 잊지 못할 겁니다. 작가님한테는 어짠지 모르겠지만 나는 지금 행복하다아입니까. 수많은 불빛들이 저래 우리를 비추고 있고, 나는 작가님 등에 요래 업히가 있고, 저 앞으로는 한강이 내리다보이고, 내가 우째 이런 날을 잊을 수 있겠습니까. 내 평생에 이런 날이 다시 있을까 싶고 마는……"

철식은 꼴통을 업은 채 한참동안 서울의 야경을 내려다봤다. 애써 참아내는 눈물이 가슴속에 한 바가지 고여 들었다.

"못 잊을끼지요, 난 지금 처음으로 행복하다 아입니까."

철식의 등에 업힌 꼴통이 술주정처럼 뇌까렸다.

다음날 새벽 철식은 미리 챙겨두었던 종이가방을 들고 조용히 방문을 열었다. 여느 날과 마찬가지로 고시원은 쥐죽은 듯 고요했다. 누군가는 캄캄한 천장을 바라보고 있을 것이고, 또 누군가는 소주를 홀짝거리고 있을 것이었다. 철식은 꼴통의 방문을 무연히 바라봤다. 어쩌면 꼴통도 그 방문을 마주하고 있을지 모를 일이었다. 아주 천천히, 서울생활의 모든 시간들을 거슬러 꼴통의 방문 손잡이에 종이가방을 걸었다. 경건한 의식처럼 여겨지는 순간이었다. 가방 속에는 신문지에 싼 '성경책'이 들어 있었다. 철식이 누군가에게 떠나며 줄 수 있는 유일한 물건이었다. 꼴통의 방문 앞에 선 철식은 마태복음 한 구절을 암송했다.

"하늘나라는 이런 어린아이 같은 사람들의 것이다."

에필로그

오전 내 순찰인지 회진인지 위문공연인지 도통 헷갈리는 발품을 하고 돌아온 철식은 벌러덩 마루에 몸을 뉘었다. 마땅히 하는 일 없어 보이는 철식을 마을노인들은 '공동 도우미'로 선정, 소용되는 대로 부려먹기 일쑤였다. 자질구레한 생필품 보급에서부터 허물어진 담장 보수까지 무조건 철식을 불러댔다. 이런저런 핑계로 외면할라치면 그놈이 요새 오갈병이 들었다는 둥, 엄발이 났다는 둥, 억지소리로 마음을 불편하게 만들었다. 불러낸 노인들 거개는 철식의 턱주가리에 한사코 막걸리 사발을 디밀었다. 행여 손사래라도 칠라치면, 서울물 좀 퍼먹고 나니 텁텁한 막걸리는 껄끄럽냐는 둥 쭈구렁텅 늙은이 낯바닥을 마주하니 술맛 떨어져 그러냐는 둥, 괜한 심통을 부리곤 했다. 때문에 철식은 자의반 타의반 인사처럼 막걸리사발을 들이켜야만 했다. 알딸딸한 정신에도 이런저런 생각들은 가지를 뻗치기 마련이었다. 이러다가는 노인들과 어깨동무로 늙어가겠구나 허탈했고, 어쩌면 간암 같은 걸로다 그들보다 한 발 앞서갈 수도 있겠구나 더럭 겁이 나기도 했다. 아버지 한 사람을 병구완 할 목적으로 고향집에 돌아왔다지만 막상 발을 딛고 보니 마을은 온통 노인들 천지요 거개가 다 오늘내일이었다.

"니 코는 모양으로만 달고 다니는 거여, 공기를 마시자고만 달고 다니는 거여? 식전 댓바람부터 막걸리 타령을 하고 돌아왔으믄 얼른 지린내 풍기는 똥걸레부터 갈아대야 마땅헐 판에 대짜로 자빠르져 있자믄 도대체 자식된 도리는 어느 개아들놈이 허느냐 이 말여. 속 모른 사람들은 자식 덕분으로 호강헌다고 헐 테고, 집안에 효자났다고 씨알거리겠지만은 그거이 다 허울뿐이라는 거이를 알랑가 몰러."

철식은 등을 붙였던 마룻장에서 끙- 몸을 일으켜 세웠다. 아버지였다. 사람 불편하게 하는 데는 일가견이 있어서 닦음질하고 부려대기를 물마시듯 했다. 얼른 들여다보지 않으면 고문기구와도 같은 혓바닥으로 촘촘히 지지고 볶을 것이었다. 눈 안 가는 곳에 뭔가를 감춰두고 먹어대는지 매번 기저귀는 묵직하게 미어터졌다. 심사가 뒤틀린 때문인지 그 냄새 또한 고약하기 이를 데 없었다. 대충 치우고 닦아내기를 마친 철식은 마루턱에 걸터앉아 찬물에 헹군 밥알을 목구멍으로 밀어넣었다. 이상하게 똥을 치우고 나면 뱃속에서 허기가 느껴졌다. 반찬은 고루고루 이웃 할머니들 손에 딸려왔지만 도통 젓가락이 가지 않았다. 철식은 허연 밥알이 굴러다니는 사기그릇을 수저로 휘휘 저었다. 쓸데없이 마음 한구석이 찌르르 저려왔다. 수저와 젓가락을 바꾸고자 여러 차례 맘먹었지만 여직 그대로 쥐고 있는 모양이 꼴사나웠다. 붉은색 채송화 문양이 박힌 수저와 젓가락을 입안으로 가져갈 때마다 철식은 모래를 한줌씩 떠 넣는 느낌이었다. 못내 수저질이 버겁던 철식은 꿍– 된 숨을 내쉬었다. 물 말은 밥그릇을 저만치 밀쳐놓고 담배를 피워물었다.

"목간 아짐씨들은 어찌 이리 더디게 온다냐. 부랄 밑이 축축허고 겨드랑이도 끈적거리는디 비누칠 좀 했으믄 개안허겄구만."

철식은 이렇다 저렇다 대꾸 없이 대문께에 눈을 처박았다. 주책이라고 해야 할지 혈기왕성하다고 해야 할지 도통 판단이 서지 않았다. 몸뚱이는 다 녹아내려도 감정만은 그대로 팔팔하게 살아 꿈틀대는 것이 수컷의 본능인 모양이었다. 철식은 타들어간 꽁초를 마당으로 획 튕겨냈다.

"참 너도 불쌍헌 놈이다 이놈아. 썩은 고자배기 맨치로 누웠는 나도 보드라운 아짐씨 손길이 지다려지는디 젊으나 젊은 너는 오죽이나 허겄냐. 새벽이면 불뚝불뚝 방맹이가 치솟을 것이고 가슴은 꽝꽝 얼어붙은 시한 들판일텐디 오죽이나 밤이 질고 괴롭을 것이냐. 안방에는 늙은 놈 홀아비, 건넌방에는 젊은 놈 홀아비, 참말로 집안 꼴 잘 돌아간다. 허긴 누구를 원망허것냐 다 내 불찰이고 못난 탓이제. 오죽이나 부족허게 너를 맹글었으믄 세상에 반이 조개라는디 그것 하나 못 차지허고 미친개처럼 싸돌아 술타령이것냐."

이쯤 되면 철식도 가만 있을 수 없었다. 그렇잖아도 맘이 심란한 지경인데 대놓고 꽹과리를 쳐대는 꼴이었다.

"목욕봉사 다녀간 지 일주일밖에 안됐는데 왜 그리 보채싼대요. ……나라도 사타구니를 빡빡 밀어드릴까요?"

어찌나 흥분했던지 말끝에 혓바닥이 뽑아져 나올 지경이었다.

"아서라, 이 구새묵은 도구통 같은 자석아."

철식은 끙— 된소리를 토해낸 뒤 마룻장에서 엉덩이를 떼었다. 아버지와 붙어봐야 살가운 말이 오갈 리 없었다. 철식은 처마 밑 선반에 올려두었던 여성용 손가방을 내렸다. 열흘 전 찾아온 손가방은 선반에 올려둔 그대로 들여다보지 않고 있었다.

다시는 발길을 하지 않겠다, 다짐했던 서울 하늘 어디쯤에서 철식은 손가방을 끌어안고 북받친 감정을 토해내야 했다. 달랑 가방 하나로밖에 남겨질 수 없었던 삶에 대해 황망하고 죄스러웠다. 철식은 밤이 되기를 기다려 이태원 먹자골목과 마리서사를 지나쳤고 한남제일교회 언덕길을 올랐다. 아직 바래지 않은 잔영들이 부옇게 아른거렸다. "작가님요! 내는 지금 행복하다아입니까." 바람을 등지고 선 철식의 귓등으로 사그라지지 않은 입김이 불어왔다. 하늘에는 거룩한 십자가가 매달려있고, 저 멀리 검은 강을 따라 한 영혼이 왔던 곳으로 흔적 없이 흘러가고 있었다.

"곽철씩 씨 되시죠? 여기 용산경찰선데요. 다름이 아니라, 김광숙 씨 사망사고 때문에 전화 드렸습니다."

그날 아침, 철식은 난데없는 전화에 잠이 싹 달아나고 말았다.

"예? 김광숙 씨 사망사고라니, 그게 무슨 말씀입니까?"

"김광숙 씨가 한남 제일교회 뒤편 언덕에서 추락사했습니다. 아마 술을 먹고 귀가하다가 사고를 당한 것 같은데 사인은 두개골 파열이구요. 여보세요? 듣고 있어요?"

새벽녘, 몸이 쑤셔서 도통 잠들 수 없다는 아버지의 팔다리를 주무르다 얼핏 선잠이 든 상태였다. 철식은 뒤통수를 한 대 얻어맞은 사람처럼 멍하니 전화를 받는 와중에 차라리 꿈이었으면, 생각이 들었다. 조마조마 피하고 있던 두려움의 근원을 외통길에서 딱 맞닥뜨린 느낌이었다.

"······큼– 큼–."

이렇다 저렇다 말을 잇지 못하고 간신히 듣고 있다는 시늉만 해보였다.

"그런데 이분이 무연고자라 도무지 연락할 사람이 없더라구요. 사체이관 문제도 그렇고, 당시 들고 있던 것으로 보이는 손가방 처리문제도 그렇고······ 하여간 김광숙 씨 사망보험금 수령인으로 곽철식 씨가 기재되어 있어서 연락하게 되었습니다."

대충 전화를 마무리한 철식은 한동안 정신을 차릴 수 없었다. 꼴통이 그렇게 쉽게 생을 마감하다니 도저히 믿어지지 않았다. 고아원에서 술집까지 꼴통의 삶은 질긴 생명력을 수반한 여정이 틀림없었다. 그런 꼴통이 술 먹고 추락사라니 허망할 수밖에 없었

다. 철식은 가슴 저 밑바닥에서부터 스멀스멀 두려움이 피어올랐
다. 꼴통의 죽음에서 결코 자유로울 수 없는 죄의식 때문에 가슴
이 오그라들고 침샘이 말라붙었다. 게다가 사망보험금 수령인이
라니……. 도대체 꼴통은 어떤 심정으로 이렇게 가혹한 형벌을 짐
지웠을까. 철식은 평생 박힌 가시로 안고 가야 할 과거 앞에서 회
개하지 않을 수 없었다.

선반에서 끄집어 내린 손가방에는 허물 같은 먼지가 켜켜이 쌓
여있었다. 철식은 죄를 털어내듯 가방에 내려앉은 먼지를 털어냈
다. 마음같이 쉽게 털어내지지가 않았다.

철식은 손가방과 막걸리를 챙겨들고 털레털레 호박밭으로 향했
다. 봄부터 호박농사에 공을 들였지만 가을이 되어 얻어 건질 수
있는 것은 몇 덩이 되지 않았다. 서울에서 내려온 철식은 농사꾼
으로 명함을 달리할 궁리 끝에 호박을 생각해냈다. 부지런하지도
못하고, 농사기술도 없던 철식은, 그중 만만하겠다 싶은 호박을
택해 산비탈 묵정밭에 모종을 옮겨 심었다. 돈을 만들자는 것보다
크고 많이 달려서 흐벅진 마음이나 느껴보자는 심산이었다. 철식
이 모종을 내기위해 호박구덩이를 팔쯤 뺀질이에게서 한 통의 전
화가 걸려왔다.

"얌마, 사내자식이 짜잔하게 무슨 호박농사냐 호박농사가. 거
좀 꿈을 크게 가져라, 소를 기른다든가 포도밭을 한다든가 하여간
돈 좀 되고 남 보기도 그럴 듯 한 걸 하란말다. 하여간 가을에 호
박 익으면 몇 덩이 보내고, 광숙 씨는 얼마 전에 방 뺐다. 너 나가

고 바로 어떤 놈팡이한테 얻어걸린 모양인데 수급비는 뺏기고 걸핏하면 얻어맞는 모양이더라. 말하긴 뭣하다만 것도 뭐 헛지랄일 테고 얼마안가 죽나지 않겠냐."

철식은 무덤덤하게 전화를 받았다. 해진 추억 앞에서 다시 허물어지고 싶지 않았다. 서울생활은 색을 잘못 칠한 그리다 만 그림과 같았다. 살다보면 그런 쓸쓸한 그림 한 장 남기기 마련이지만 그것으로 족했다. 그냥 아프고 짠하고 심란하고 쓸쓸할 뿐이었다. 호박밭에 다다른 철식은 꾸벅 고개부터 숙였다.

"광숙 씨! 술이 급하십니까 담배가 더 급하십니까? 하긴, 남자도 없이 혼자서 외롭게 누웠자니 이것저것 순서 없이 급하시겠지."

시신안치소에서 꼴통을 데려온 철식은 호박밭을 파고 그곳에 관을 묻었다. 땅은 바글바글 마사토로 드러눕기 호사스러울 지경이었다. 철식은 아직 뗏장도 마르지 않은 꼴통의 무덤 앞에 담배와 술을 올렸다. 덩달아 철식도 한 대 피워 물었다. 산과 들은 사랑에 빠진 처녀의 치마처럼 알록달록 나풀거렸다. 바야흐로 흐드러진 가을이었다. 하지만 철식의 호박밭은 누렇게 뜬 잎사귀와 성긴 줄기뿐이었다. 오며가며 철식의 호박밭을 기웃거린 노인들은, 호박이라는 것이 원래 주인 심성에 뿌리를 박고 사는 식물이라고 훈수했지만 뭔 말인지 알아듣지를 못했다. 심은 사람 뱃속의 두둑한 거름자리에서 덩실덩실 달덩이 같은 호박이 나뒹구는 것이라고 후렴까지 넣었지만 철식은 그 말도 똥으로 흘려보냈다.

"그래 편안하십니까? 남의 호박밭까지 떡하니 차지하고 누운 건 또 무슨 심보래여 그래. 어쨌든 올 호박농사는 영 그른 줄 알았더니 덕분에 호박 한 덩이는 제대로 건졌습니다. 아무리 둘러봐도 광숙 씨 만큼 누렇게 익어 자빠진 호박은 찾아볼 수가 없네요. 이럴 때, 감사하다고 하는 건지 화를 내야 하는 건지……"

철식은 봉분 앞에 놓았던 막걸리를 들어 나발 불었다. 달달하고 쓸쓸하고 톡 쏘는 것이 똑 꼴통의 맛이었다. 취할라, 알딸딸했다. 철식은 들고 왔던 손가방을 열었다. 괜히 열어보기가 뭣해 그대로 선반에 올려두었던 것이었다. 가방 속에는 별것이 없었다. 파우치와 콘돔 그리고 손지갑과 성경책 한 권이 전부였다. 죽은 사람이 세상에 남긴 것 치고는 꽤나 간소했다. 그나마 꼴통의 존재를 증명할 것이라고는 손지갑 안에 들어있는 주민증 한 장이 유일했다. 주민증 속 꼴통은 쓸쓸한 눈을 달고 있었다. 한 발 비켜선 사람의 표정 같기도 했고, 한 발 다가서고 싶은 사람의 표정 같기도 했다. 꼴통은 그렇게 세상의 경계 어디쯤 유령처럼 서 있었다.

철식은 검불과 나뭇가지를 끌어다 불을 피웠다. 천천히 해넘이가 시작되고 있었다. 철식은 이글거리는 불덩이 속으로 하나 둘 꼴통의 물건들을 던져 넣었다. 손가방…… 파우치…… 콘돔…… 손지갑…… 주민등록증……. 지글지글 끓어오르며 꼴통의 잔해가 사라져갔다. 잔해가 다 사라지고 나면 기억도 함께 소멸될 것이었다. 남은 것은 성경책뿐이었다. 철식이 고시원을 떠나오던 날 꼴통의 방 문고리에 걸어두고 온 그것이었다. 성경책 가죽표지 안쪽에 사진이 한 장 붙어있었다. 경포대에서 철식과 함께 찍은 사진이었다. 꼴통이 자신의 전화기를 화경에게 맡겨 억지로 찍어낸 사진이었다. 사진 속에서 꼴통은 환하게 웃고 있었다. 철식의 옆구리를 파고든 꼴통은 볼이 미어져라 웃음을 물고 있었다. 환하게 웃고 있는 꼴통의 뒤로 겨울바다가 꿈꾸듯 일렁이고 있었다.

내 곁에 유령

초 판 1쇄 인쇄일   2014년 8월 26일
초 판 1쇄 발행일   2014년 8월 31일

지은이   손병현
펴낸이   이정옥
펴낸곳   평민사
          서울특별시 서대문구 남가좌2동 370-40
          전화 (02)375-8571(代)
          팩스 (02)375-8573
          평민사(이메일) 모든 자료를 한눈에 —
          http://blog.naver.com/pyung1976

등록번호   제10-328호

  값   13,000원

  ISBN   978-89-7115-606-3   03800